Ah, o verão!

Fernanda Belém

Ah,
o verão!

As Quatro Estações do Amor

Livro 1

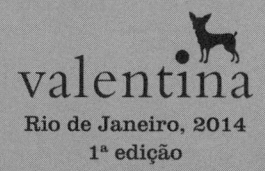

valentina

Rio de Janeiro, 2014
1ª edição

PROJETO GRÁFICO DE CAPA E MIOLO
Silvana Mattievich

DIAGRAMAÇÃO
editorîârte

Impresso no Brasil
Printed in Brazil
2014

CATALOGAÇÃO NA PUBLICAÇÃO
BIBLIOTECÁRIA: FERNANDA PINHEIRO DE S. LANDIN CRB-7: 6304

B428a

Belém, Fernanda
   Ah, o verão!: as quatro estações do amor, volume 1 / Fernanda Belém. – Rio de Janeiro: Valentina, 2014.
   256p.: 23 cm

   ISBN 978-85-65859-18-9

   1. Romance brasileiro. I. Título

CDD: 869.93

EDITORA VALENTINA
Rua Santa Clara 50/1107 – Copacabana
Rio de Janeiro – 22041-012
Tel/Fax: (21) 3208-8777
www.editoravalentina.com.br

Para todos aqueles que já viveram ou querem viver um verão inesquecível.

Acho que eu seria capaz de produzir um calhamaço apenas com agradecimentos. São tantas as pessoas que gostaria de citar, de dizer nome por nome, para que soubessem o quanto sou grata por todo o carinho. Sintam-se abraçados.

Agradeço aos meus pais, meu marido e minha família, por sempre acreditarem em mim. Vocês são os responsáveis por me fazer sonhar. Vinicius, obrigada por compreender e me dar todo o silêncio que preciso quando estou no computador criando novos mundos. E muito obrigada pelas ideias, por ser o companheiro perfeito e o príncipe que sempre sonhei.

Patrícia, obrigada por você ser a minha primeira leitora e essa prima tão fofa. Seu incentivo é importante demais e essencial para que eu continue, sempre! Natalinha, obrigada por todas as caminhadas na praia, conversas e confidências. Além de melhor amiga, saiba que também é a responsável por me inspirar quando estou com alguma espécie de bloqueio criativo. Obrigada por toda a empolgação e pela companhia.

E o que falar de meus leitores? Vocês não imaginam como me emocionaram durante esses dois anos. Sou muito grata pelas cartinhas e mensagens. Anna Rosa Lima, um agradecimento especial para você! Seus elogios e sua ansiedade para ler mais uma de minhas histórias me deixam muito feliz! E Sara Beck, obrigada por ter se tornado uma amiga!

Durante essa caminhada conheci muitos autores e blogueiros queridos. Obrigada pelas resenhas, trocas de experiências e conversas. Marcia Rubim, Carol Estrella, Cris Motta, Mallerey Cálgara, Bia Carvalho, Monique Lavra, Lu Piras e Helena Andrade, minhas amigas de "Entre Linhas e Letras" e de sonhos! Tenho certeza de que vamos conseguir espalhar cada vez mais o amor pelos livros entre os jovens. Agradeço por sonharem junto comigo. Adriana Brazil e Patrícia Barboza, obrigada por todas as conversas e incentivos. Adoro vocês! Fernanda França, um agradecimento ainda mais especial para você! Adoro o nosso #chatDeLivro e saber que, de alguma maneira, estamos espalhando o prazer da leitura pelas redes sociais. Bruno Borges, obrigada por ter acreditado no meu trabalho, por ser meu agente literário e por toda a paciência com a minha ansiedade e com todas as minhas perguntas.

Sempre leio os agradecimentos nos livros e fico encantada quando o autor fala sobre a sua editora com um enorme carinho. Hoje, fico orgulhosa de poder encher a boca para dizer que sou muito grata por estar em uma editora tão perfeita! Não tenho nem palavras para agradecer a Editora Valentina por ter apostado na minha história e em mim. Nunca vou esquecer toda a conversa deliciosa sobre o mundo dos livros no dia em que assinei o contrato. Naquele dia, tive a certeza de que o meu romance estaria sendo cuidado com todo o carinho e profissionalismo do mundo. Vocês são incríveis! Rafael, obrigada por deixar o meu livro perfeito e pela preocupação com todos os detalhes. Marcelo, Vânia e toda a equipe da Valentina, obrigada, obrigada e obrigada!

E, para finalizar, agradeço a todos aqueles que passaram pela minha vida e deixaram suas marcas. Todos os meus personagens têm um pouquinho de cada amigo, um pedacinho de alguma história, a essência de alguém.

Aproveitem o verão, todos, sempre e... ótima leitura!

Capítulo 1

♥

Enfim, férias!

1º de janeiro

— Uma droga de viagem — Feliz (?) Ano Novo! —

Sabe quando você já viaja sabendo que tudo vai ser um saco? Pois é isso mesmo o que vai acontecer comigo neste verão. Já sei o que vou ter pela frente na viagem que estou sendo <u>obrigada</u> a fazer.

Não queria gastar 15 dias das minhas tão desejadas férias com os meus pais, com os amigos dos meus pais, nem com a <u>filha chata</u> dos amigos dos meus pais. Quem é que merece um castigo como esse?

Bom, eu achava que EU não merecia. Na escola, passei de ano direto e não fiz nada de errado para ser castigada.

Ah... Antes que eu me esqueça, já que é a primeira vez no ano que escrevo nesta agenda, preciso me apresentar para quando ficar mais velha saber exatamente quem eu era neste momento da minha vida:

Meu nome é Camila, mais conhecida por todos como Mila. Sou apaixonada por um garoto da escola chamado Rafael. Ele é mais velho, está indo para o terceiro ano e é lindo! Todas as meninas suspiram quando o Rafa passa. Ah... e dá pra resistir? ~~Aqueles olhos verdes são irresistíveis! Cabelo liso, loiro... Hum!!!!!!!!~~ M-A-R-A-V-I-L-H-O-S-O!

Melhor esquecer isso e voltar a falar de mim! Afinal, é o primeiro dia do ano da minha nova agenda.

Acabei de completar 15 anos — meu aniversário foi em dezembro, pertinho do Natal (sim, sim! sempre recebi apenas um presente dos espertinhos da família, que se aproveitam da proximidade das datas para economizar).

Tenho o cabelo comprido, ondulado e castanho — não é pintado, mas quem sabe, quando eu reler esta agenda, posso estar com cabelo grisalho, loiro, vermelho até!!! Todo mundo elogia os meus olhos! Dizem que brilham muito. A cor? Mel. Meu corpo: sou magra, sem ser magrela. Tenho pernas grossas e barriga bonita. Espero continuar assim no futuro!!!

Estou indo para o primeiro ano. Graças a Deus! Não aguentava mais estudar no mesmo corredor de toda a pirralhada da escola. Agora mudei de andar e vou ver com frequência a galera mais velha. Aleluia!

Por falar em pirralhada...

Todo mundo acha infantil essa minha mania de escrever em agenda, mas o que eles não sabem é que isso é uma maneira de praticar a minha futura profissão: Quero ser jornalista.

Minha agenda não é apenas um diário sobre o meu dia a dia. Aqui posso filosofar e escrever sobre tudo o que desperte o meu interesse. Claro, também descrevo uma coisa ou outra que tenha acontecido comigo — ~~como quando o Rafael passou por mim no ano passado e deu um sorriso perfeito!~~

Bom, agora que já deixei o meu registro básico de personalidade para o futuro, vou voltar ao assunto principal deste primeiro dia do ano...

A viagem.

Estou muito chateada com a minha mãe! Acho um absurdo ter que fazer essa viagem. Vamos combinar que já sou bem adulta para decidir o que estou ou não estou com vontade de fazer, não é mesmo? Bem, o problema é que meus pais não concordam. Acho que não vai ter jeito, mas, de qualquer maneira, vou tentar argumentar uma última vez.

NÃO QUERO VIAJAR!!!!!!!!!

Até breve!

Camila Garcia Campos, Mila

— Mãe, fala sério! Não estou acreditando que você vai me obrigar a fazer essa maldita viagem — reclamei, bastante irritada.

— Não estou te obrigando a nada. Você vai se divertir. — Minha mãe tentou me acalmar enquanto terminava de arrumar a mala.

— Não está me obrigando? Que bom! Então, não vou — suspirei, aliviada.

— Claro que vai.

— Mas, se você não está me obrigando... Não quero ir — bati o pé.

— Então, se você prefere assim... eu estou te obrigando. Já arrumou a mala? — perguntou já sem muita paciência.

— Claro que não.

— Vá agora arrumar! Adolescentes... aborrescentes!

— Mãe, será que... pelo menos... nós podemos conversar? — tentei mais uma vez, com a voz mansa e chorosa.

— Não é isso o que estamos fazendo?

— Ok. Então tenho o direito de argumentar.

— Fique à vontade.

— Primeiro: Minhas amigas vão ficar aqui. Segundo: Hoje tem festinha na casa do Bê. Terceiro: Já estávamos programando várias coisas para fazer nas férias. Marcamos churrascos, cineminha, também combinamos de ir à praia e àquela lanchonete nova que até você disse que deve ser um barato.

— Deve ser mesmo.

"Ufa!" Foi o que pensei quando ouvi a resposta. Ela finalmente estava compreendendo o meu drama e me livraria daquela viagem tosca. Festinha para os íntimos na casa do Bê!!! Lá vou eu!

— Que bom que você concorda, mãe — falei mais animada e aliviada.

— É, mas agora chega de papo furado e vai logo arrumar a sua mala. Seu pai já saiu da casa da vovó e logo, logo vai passar aqui para nos buscar.

— Mãe, você é louca? — perguntei, olhando bastante irritada na direção dela.

— Olha o respeito, menina!

— Você acabou de dizer que também achava legal a nova lanchonete, que concor...

— E acho. Mas ela vai continuar no mesmo lugar quando a gente voltar.

— Não terminei de falar, mãe! — disse com vontade de chorar. Será que ela conseguia entender!?!

— Mas *EU* terminei! Vai logo se arrumar, Camila! Para de ser criança e de fazer pirraça!

— Se não sou criança, posso muito bem decidir o que *EU* quero fazer.

Os pais são muito engraçadinhos. Quando é do interesse deles, nós não somos crianças, mas, quando alguma coisa é do nosso interesse, aí sim nós ainda somos bebês chorões. Que saco! Aquilo não podia continuar daquele jeito. Precisava achar um argumento que convencesse a minha mãe de que eu poderia ficar. Merecia ficar!

— Camila, é sério, não vou falar de novo! Você vai viajar com a roupa do corpo se não correr logo para o seu quarto e escolher o que vai levar! — Ela elevou ainda mais o tom de voz e me olhou de cara feia.

— Isso não é justo. Você é muito ingrata comigo — falei fazendo um bico, tentando reverter a situação.

— Eu? Ingrata? Ô, filhota, você tá delirando e já estou perdendo a paciência.

— Mãããe, tenta entender, vai. Não fiquei em recuperação em nenhuma matéria, passei em tudo! Estudei pra caramba só para poder entrar de férias mais cedo. Quando consigo ótimas notas, você me obriga a passar as *minhas* férias longe das *minhas* amigas, longe da *minha* casa e só com gente chata? Você acha mesmo que isso é justo? — tentei apelar.

— Você não fez mais do que a sua obrigação passando de ano. E pode ir parando com essa conversinha! Vai imediatamente para o seu quarto arrumar as suas coisas — mandou ela, ríspida.

— Droga!!!!! Você nunca, nunca entende nada! — gritei e saí marchando.

Entrei no quarto e bati a porta com força. Ouvi minha mãe berrar alguma coisa, mas não respondi. Ignorar é sempre a melhor opção depois de tentar argumentar. Se ela não conseguia me entender, eu iria dar o troco. Não dirigiria a palavra nem a ela nem ao meu pai durante todos os dias que passaríamos naquele inferno de cidade.

Também não faria a menor forcinha para ser amiga *daquela* Juliana. Só tinha estado com a filha dos amigos dos meus pais uma vez, mas de cara vi que a menina era uma chata. Não tinha nada a ver comigo e com as minhas amigas. Muito tímida, sem graça, sem sal! *Aff!!!!!!!*

Droga, droga, droga e droga! Essa viagem vai ser um pesadelo!

Não adiantava ficar bufando! Sabia que, se não preparasse a mala, minha mãe me obrigaria a ir de qualquer maneira. Precisava arrumar aquilo logo para, pelo menos, levar as roupas que eu gostava. Imagina ter que vestir os modelitos da Juliana? Aí seria mais, muito mais do que o fim.

— Amiga, não deu nada certo! — lamentei assim que a Dani atendeu o celular.

De todas as minhas melhores amigas, a Dani era, sem dúvida, a melhor das melhores! Estudávamos juntas desde o jardim de infância. Não tínhamos segredos. Nossa amizade era tudo para mim.

Dani era muito alegre, divertida e comunicativa. Também era a mais bonita de todas as meninas do nosso grupo. Tinha um corpão, cabelo comprido, loiro e liso quase até a cintura. E que olhos azuis! Também era a única do grupo que tinha um namorado (*mais velho! Da sala do Rafael!!!*) — o Bernardo.

— O que aconteceu, Mila? — perguntou, preocupada.

— Dani, minha mãe é um saco! Ela está me obrigando a viajar. A maldita viagem para a Região dos Lagos! — eu reclamava e preparava a mala ao mesmo tempo.

— Você não conseguiu fazer com que a tia Regina mudasse de ideia?

— Não. Tentei de tudo, mas ela não está nem aí para as minhas lamentações!

— Ah... E o tio Paulo?

— E meu pai decide alguma coisa aqui, Dani?! Minha filha, depois que a minha mãe encasqueta com uma ideia, ninguém consegue tirar da cabeça dela.

— Putz! — Dani deu uma risada. — Pior que a tia Regina é assim mesmo! Já que não tem jeito, tenta pelo menos aproveitar. Nem vai ser tão chato assim. Fui para a Região dos Lagos com meus primos e com o Bê no Sete de Setembro e foi show. Tem muita praia bonita e muitos gatinhos por lá. Minhas primas solteiras adoraram!

— Dani, acho que você não está captando a mensagem. Estou sendo obrigada a viajar com meus pais, com os amigos dos meus pais e com aquela garota-chata-sem-graça-e-sem-sal da Juliana. Arghhhh!!! — falei já chorando e quase gritando.

— Calma, Mila! Já que você está sendo obrigada a ir, relaxa! Vai passar rapidinho. Você tem certeza de que a Juliana não é legal?

— Relaxa!?! Como eu vou relaxar? — perguntei, indignada com a falta de solidariedade da Dani. — Vou perder os churrascos, as festinhas, tudo! E não tem a menor chance da Juliana ser legal. Ela é chata e ponto final.

— Quando você voltar, ainda vai ter tempo de sobra de curtir o resto das férias com a gente. Vou caprichar nas programações. Prometo! — Dani tentou me confortar. — E você não pode dizer que conhece a Juliana. Vocês só estiveram juntas uma vez, nem mesmo chegaram a conversar.

— Claro! Ela não conversa. Parece até que é muda — resmunguei.

— Mila... ela é tímida. Acredito que nessas duas semanas vocês possam se aproximar. — Fez uma pausa e logo voltou a falar. — Só não vai descobrir nela uma nova melhor amiga e esquecer sua velha companheira aqui, hein?

Suspirei e dei uma risada.

— Ai, Ai... Só você para ver sempre o lado positivo de tudo! Por isso adoro ser sua irmã postiça.

— Também te adoro, Mila! Quero que você se divirta.

— Vou tentar. Mas você sabe que estou triste porque, além de perder tudo, além de ficar longe de vocês, ainda vou ter que ficar longe do Rafa, né!?! — desabafei.

— Ai, amiga! Isso vai até ser bom pra você. Ele pode sentir a sua falta!

— Mas para ele sentir a minha falta precisa, antes de qualquer coisa, saber da minha existência!

— Você acha que ele não sabe? Essa sua paixão não é segredo pra ninguém. — Dani deu uma risadinha.

— E se o Rafa se apaixonar enquanto eu estiver viajando?

— Isso também poderia acontecer com você aqui, aí seria até pior. O que os olhos não veem o coração não sente — disse Dani com firmeza.

Tremi diante daquela possibilidade.

— Ele não vai sair da minha cabeça.

— Amiga, pode deixar que vou ficar de olho e te passo um relatório completo de tudo o que o Rafa fizer. Vou até pedir para o Bernardo umas informações privilegiadas.

— Obrigada, amiga!

— De qualquer forma, tenta aproveitar a viagem. Quem sabe você não arruma um gatinho por lá?

— Até parece! Não vou conseguir parar de pensar no Rafa!!! Ele é a minha paixão aguda! É o menino dos meus sonhos, não vou sossegar enquanto não ficar com ele! — exagerei.

Será que já estou de TPM!?!

— O problema é que esses meninos do terceiro ano acham que só podem ficar com as meninas mais velhas. Sempre nos chamam de "pirralhas". Ainda estamos indo para o primeiro ano. Você sabe que é complicado!

— Sei que é, mas ele vai descobrir que sou a mulher da vida dele! Assim como o Bernardo se apaixonou por você.

— Você é uma figura, Mila. — Dani deu um risinho. — O Bê é diferente dos outros meninos. Não liga para essa bobeira de idade.

— É... — suspirei. — Bem que o Rafa poderia ter umas aulinhas com o Bernardo de como ser mais gente boa. Tão lindinho... Tão metidinho! Droga!

— *Relax, baby.* — Agora ela estava soltando uma gargalhada!

— Amiga, preciso desligar — disse assim que ouvi o berro da minha mãe, provavelmente vindo de dentro do elevador.

— Vai lá e boa viagem, Mila!

— Obrigada. Aproveita aqui por mim — pedi, sem muita empolgação.

— E você, aproveita lá! Tenta entrar no Skype pelo laptop do seu pai. Vai ser como se você estivesse aqui.

— Boa ideia!

— Camilaaaaaaaaaaaaaaaaaaaaaaaaaaaaa... Vem logo!!! Seu pai está no carro esperando a gente! — Minha mãe deu um grito que quase quebrou as vidraças.

— Já vou, mãe! Que saco! — berrei de volta, com a boca afastada do telefone.

— Anda, criatura de Deus!!!

— Tenho que desligar, Dani! Beijo, amiga!

— Beijosss!!!

Peguei minha mala, a bolsa e, é claro, uma foto do Rafael. Se não poderia encontrar com ele durante 15 dias, pelo menos ficaria olhando para aquela foto que eu tanto amava.

Ah... que sorriso!

— Camila Garcia Campos... Se eu for até aí, vou te arrastar pelos cabelos!

Minha mãe e seus dramas! Eu tinha a quem puxar. Odiava aquelas ameaças completamente sem fundamento. *Queria ver se algum dia ela realmente teria coragem de me arrastar pelos cabelos!*

Como não queria pagar pra ver, fechei a porta do meu quarto e fui encontrar com ela já dentro do elevador.

— Você não tem jeito, né menina? — Algum vizinho apressado esmurrava a porta do andar de cima.

— Se eu não precisasse ir, você não precisaria ficar gritando.

— Olha o respeito, hein? Sou sua mãe e não quero você me respondendo desse jeito. Se fizer isso na frente dos nossos amigos... — ameaçou com a mão levantada, como se fosse me dar uma palmada.

Quantos anos minha mãe achava que eu tinha?

— Você grita na frente das minhas amigas — provoquei, beeem irritada.

— Camila, Camila! — advertiu. — E tem mais uma coisa.

— O quê? — perguntei, agora preocupada.

— Não quero você resmungando, seja agradável.

Nossa!!! Que grande coisa!

— Ok — respondi, seca.

— Não acabei!

Lá vem...

— Você disse que era só mais *uma* coisa, mãe! — reclamei.

— Não me provoca, Camila!

— Fala! O que é?

— Quero que a senhorita trate bem a Juliana.

— Você não acha que está pedindo um pouquinho demais, não? — perguntei com sinceridade. Eu estava de péssimo humor com aquele início de férias.

— Não. Trate bem a menina, ela é um amor de pessoa. Você só vai sair se levar a Juliana. Ah... E não quero saber de nenhuma história de beijo na boca, hein? Ouviu, né?

— Mãe, isso são férias ou um castigo? Você pede para que eu te conte as coisas, mas fica assim depois — resmunguei, com lágrimas nos olhos.

— É claro que é para você contar, mas chega de dar beijo na boca. Seu pai não gostou nadinha dessas histórias.

— Quem mandou você abrir a sua boca grande? — falei, sentindo os meus olhos arderem.

— O Paulo é seu pai e meu marido — minha mãe respondeu se defendendo. — Não temos segredos!

— Tá bom, mãe! E não existe essa história de que dou muito beijo na boca. Já tenho 15 anos e só fiquei com sete meninos. Minhas amigas já ficaram com muito mais do que isso.

— Sete!!! — minha mãe gritou, arregalando os olhos, colocando a mão no peito. — Minha filha, isso é muito! Até sapinho você pode pegar, sabia? Se suas amigas já ficaram com muito mais do que isso, não são boas amigas para você! Não quero que os outros pensem que você beija qualquer um. Isso é horrível. Nem cogite em ficar com alguém nesses dias. Está avisada!

— Fala sério! — retruquei, inconformada.

— Estou falando mais do que sério! — alertou, encerrando o assunto, já na garagem.

Saímos do prédio, fiquei muda. Lembrei que ignorar era melhor do que falar. Se minha mãe pensava que, além de fazer aquela viagem, eu ainda teria que ficar agradando aquela sem-sal-e-sem-graça, estava muito enganada! E quanto ao beijo na boca, pouco me importava. Estava apaixonada, só pensaria no Rafael durante toda a viagem.

Só e só!

1º de janeiro

— Uma droga de viagem —
— continuação —
Na estrada — estou sendo obrigada a viajar!
Rafael, Rafael, Rafael, Rafael, Rafael, Rafael, Rafael, Rafael, Rafael, Rafael, Rafael, Rafael, Rafael, Rafael, Rafael, Rafael, Rafael, Rafael, Rafael, Rafael...

No engarrafamento, ouvindo "Essa não é mais uma carta de amor... São pensamentos soltos, traduzidos em palavras...", do Jota Quest, e pensando no Rafael. Acho que é exatamente isso o que vou fazer durante todos esses dias.
Ah... O amor!

Capítulo 2

♥

Férias de verão

— Camila! — chamou minha mãe.

— O que é? — perguntei, assustada.

Aquele engarrafamento na saída do Rio me cansou e acabei dando uma boa cochilada enquanto escutava música. A agenda ainda estava aberta no meu colo. Quando abri os olhos, vi minha mãe olhando para trás. Limpei a baba e fechei rapidinho.

— Vai dormir a viagem toda? — quis saber.

— Nem isso eu posso?

— Sem dramas, Camila! Sem dramas! — Ela voltou a olhar para a estrada, impaciente.

— Você me acordou só para perguntar se vou continuar dormindo? — reclamei.

Até meu pai achou graça.

O que minha mãe queria? Eu estava dormindo e ela me acordou para perguntar se eu iria dormir a viagem toda. Ela só podia estar de brincadeira! Aquilo era alguma piada? Se era, não achei graça nenhuma.

— Já estamos quase chegando. Repara na paisagem, pensa nas praias... Tenta aproveitar mais as suas férias, que estão apenas começando. Essa é a praia Rasa.

— Não quero olhar nem pensar em nada — respondi com raiva. Minhas férias estavam começando e o castigo também. Ninguém merece começar o ano assim!!!

Na próxima virada, prometo acreditar mais nas superstições e vou pular sete ondas com o pé direito. Aposto que eu estava apoiada no esquerdo quando deu meia-noite.

Apesar de ter dito que queria seguir dormindo, não resisti e olhei o mar. A cidade deve estar bombando, uma pontinha de entusiasmo surgiu em mim.

Vários amigos do colégio contavam sobre férias na Região dos Lagos, principalmente em Búzios. Torci para que a minha sorte mudasse. Quem sabe o Rafael aparece uns dias por lá?

Perdida em pensamentos e fantasias, só saí do transe quando já estávamos chegando ao condomínio dos amigos dos meus pais. O lugar até que era simpático e estava bastante cheio.

— Quando digo que aquela garota é sem-graça-e-sem-sal... Olha lá! Parece uma Monster High com aquela roupa! — Apontei.

Juliana estava parada na frente da casa, ao lado dos pais. Era branquela, com cabelo maltratado. Mas o grande problema eram as roupas. O que era aquilo, gente? Que medo! Não estava acreditando que teria que ser amiga dela!

— Pare já com isso, Camila! — Minha mãe se irritou e me lançou um olhar gelado.

— Não estou falando nenhuma mentira! Além de ser sem-graça-e-sem-sal, ainda é brega. Que roupa é essa, meu povo? Quem em sã consciência usa uma bermuda verde-exército, igual à de um homem, e ainda acompanhada por aquela camisa GG amarela?! Parece um rapper.

— Chega!!! Não quero ouvir mais nada! Comporte-se — disse meu pai, dando sinal de vida.

Estacionamos o carro e fomos falar com o casal amigo dos meus pais, Robson e Tatiana. Juliana praticamente não abriu a boca, só deu dois beijinhos e não emitiu opinião alguma.

Já era final de tarde quando chegamos, o sol estava baixando. A praia teria que ficar para o dia seguinte. Fingi estar com sono para não ter que conversar com a menina-monstro-sem-graça-e-sem-sal-que-mais-parecia-um-menino durante o jantar.

— Claro que você vai sair para comer com a gente! — Minha mãe não aceitou a desculpa.

— Mas eu não quero ir — insisti, determinada, terminando de desfazer a mala, deitando na cama em seguida. — Estou com dor de cabeça!

— Camila, tenta ser menos chatinha, tá?

— Que saco, mãe! — Olhei com raiva para o rosto sério dela.

— Se arruma — mandou, me fazendo levantar com *aquele* olhar.

Tomei um banho, coloquei um shortinho jeans e uma camiseta preta.

— Está linda! — minha mãe tentou me agradar assim que saí do banheiro e entrei no quarto.

— Não me lembro de ter pedido sua opinião — resmunguei, dando de ombros.

— Camila, você é *muuuito* azeda. Vai ficar velha rapidinho.

Ignorei o comentário e sentei na cama para ver tevê enquanto meu pai tomava o banho dele. Já eram quase oito e meia quando todos ficaram prontos para sair.

Búzios era uma cidade belíssima. Gostei do lugar em que jantamos. O restaurante ficava de frente para o mar, no ponto mais movimentado da cidade: a Rua das Pedras. Era uma rua em que não passava carro. Repleta de barzinhos, restaurantes e com muitos, muitos gatinhos desfilando de um lado para outro.

Eu nem prestava atenção no que todo mundo conversava. Estava perdida, admirando o vaivém na nossa frente. Se minhas amigas estivessem comigo, com certeza aquela viagem seria perfeita!

— Camila, está gostando de Búzios? — perguntou tia Tatiana, com sua voz doce.

— Oi? Desculpa... Eu estava distraída! — respondi.

— A Tatiana perguntou se você está gostando daqui. — Minha mãe me olhou tensa quando repetiu a pergunta. Com certeza, com medo da resposta.

— Estou sim, tia. Eu me distraí aqui pensando em como as minhas amigas também iriam gostar — expliquei educadamente.

— Ah... Que bom! Amanhã você vai adorar as praias.

— Aposto que sim — disse, sem realmente ter muita certeza.

Depois que terminamos o jantar, demos uma volta pela Rua das Pedras. Queria dar um passeio por ali, mas teria que conversar com a Juliana para saber se ela topava.

Cheguei a pensar na possibilidade, mas achei melhor desistir. Seria um mico andar ao lado de uma menina tão fora de moda e tão cafona. *Sério! Quem seria capaz de sair para um lugar de praia, repleto de pessoas maravilhosas, sem uma maquiagem e com uma blusa com a estampa do Chaves e a frase "Foi sem querer querendo"?! Quem? A Juliana!*

Analisando a situação e com medo de encontrar algum gatinho conhecido, desisti do passeio e fomos embora.

Já no condomínio, percebi que na área da piscina havia um barzinho com música ao vivo. Da varanda da nossa casa, dava para ver o movimento. Se no dia seguinte a gente novamente voltasse cedo, era para lá que eu iria. Mesmo que eu tivesse que ir sozinha.

Dormir cedo, nas férias, ninguém merece!

— Pai, me empresta o seu laptop? — pedi, aproveitando que todos estavam assistindo televisão.

— Pode pegar — respondeu sem prestar muita atenção.

Então, peguei o *passaporte* para o mundo das minhas amigas e sentei no chão, no cantinho da varanda. Enquanto esperava o computador ligar, senti um arrepio com a brisa fresquinha que soprava.

Não havia ninguém on-line. Com certeza, todas as minhas amigas estavam fazendo algo muito mais interessante do que ficar batendo papo na internet. Olhei o meu Facebook, parecia que todo mundo já tinha me esquecido. Nenhum recado, mensagem, curtida, comentário... nada!

Fuxiquei a página do Rafael. Sim! Por mais incrível que pudesse parecer, ele havia aceitado o meu pedido de amizade. Mas também não tinha nada de interessante por lá.

Que saco!

Fechei tudo e devolvi o laptop para o meu pai.

Com a minha agenda nas mãos, saí mais uma vez de fininho até a varanda. Peguei a foto do Rafa, que estava logo entre as primeiras páginas do mês de janeiro e fiquei babando. Como aquele garoto podia ser tão lindo? Sentei num murinho e deixei o pensamento vagar.

— Oi — Juliana disse, baixinho.

Ah, não! Tinha que ser a Juliana! A menina-monstro-com-camisa-do-Chaves estava parada na porta. *Pois é, pois é, pois é.*

— Oi — respondi, guardando rapidinho a foto do Rafael.

— Quer ir até o bar da piscina? — perguntou com o rosto todo vermelho de vergonha. Com certeza, a ideia era dos pais dela. Juliana estava fazendo aquilo por obrigação.

— Não sei. O que tem de legal, lá? — Eu estava louca para ir, mas não sabia se queria ter a Juliana *sem querer querendo* comigo.

— Música e coisinhas para beliscar.

— Não aguento comer mais nada! Mas podemos ir, sim. — Não resisti, queria tentar me enturmar com a galera do condomínio. — Vou guardar isso aqui e já volto.

— Tá — Juliana abriu um sorriso tímido.

Tadinha! Ela nem parecia ser tão chata como eu pensava. Mas precisava melhorar o visual.

Guardei a agenda no fundo da mala e retoquei o batom.

— Você conhece o pessoal daqui do condomínio, Juliana? — perguntei enquanto andávamos.

— Não. Essa casa é nova, e venho pouco para cá.

— Entendi.

Ao chegarmos ao bar da piscina eu fiquei ainda mais animada. Um homem engraçado, gordinho e de cabelo comprido estava com um violão cercado por meninos e meninas que aparentavam ter a nossa idade. Todos estavam acompanhando uma música que não consegui identificar, pois a Juliana preferiu não se aproximar.

Sentamos perto dos adultos, longe da diversão. Qual era o problema daquela menina?!

— Não prefere sentar lá, Juliana? — Apontei para o grupo animado.

— Ah, não! Aqui está bom. A gente não conhece ninguém mesmo. — Voltou a ficar com o rosto todo vermelho.

— Ué... Então vamos lá conhecer.

— E se as garotas forem metidas? — Juliana olhava, tensa.

— A gente só vai saber se são ou não... se falar com elas — tentei convencer.

— Se você quiser, pode ir. Eu volto.

— Claro que não! Deixa pra lá. Amanhã a gente tenta fazer amizade com o pessoal — desisti e continuei sentada bem distante do lugar no qual realmente queria estar.

— Tá — sorriu mais tranquila.

Pedimos refrigerante e ficamos assistindo — *ou melhor, tentando assistir* — o homem cantar.

— Você passou para qual série? — Juliana até que enfim quebrou o silêncio.

— Primeiro ano — respondi, frustrada, e continuei olhando na direção do pessoal da nossa idade.

— Eu também! Acho que vamos estudar juntas. Não sei se seus pais te falaram, mas fui transferida para a sua escola.

— Sério!?! — Juliana conseguiu toda a minha atenção com aquela informação. Se aquele gremlin fosse para a minha escola e grudasse em mim... seria o fim. Ninguém iria querer andar comigo e aí mesmo é que eu não teria chance com o Rafael.

— Ã-hã. Você gosta de lá?

— Adoro! É assim, ó, de menino lindo! — Fiz um gesto de cheio com os dedos.

Será que a Juliana se interessava por gatinhos ou tinha medo de chegar perto deles também?

— Hum... — Ela não deu muita importância para aquela informação. — E o pessoal é tranquilo?

— É dez!

— Que bom!

Quando reparei que já não tínhamos mais assunto e que o silêncio começou a ficar constrangedor, resolvi ir embora.

— Vamos voltar? Tô morta da viagem — exagerei.

— Vamos! — respondeu, aliviada.

Entramos em casa e Juliana deitou no sofá para ver tevê.

— Boa-noite, Ju! — Não tinha intimidade, mas sempre tive a mania de chamar todo mundo, conhecendo bem ou não, abreviando o nome. Juliana levou um susto quando a chamei daquela maneira. Arqueou uma das sobrancelhas e depois sorriu.

— Boa-noite — respondeu, por fim.

Que menina estranha!

Coloquei a camisola e peguei a agenda. Aproveitei que a Juliana havia cochilado e saí para a varanda na pontinha dos pés. Sentei mais uma vez no murinho e abri a agenda na página do dia 1º de janeiro. Já havia escrito na folha toda. Peguei um papel extra — que deixo no final da agenda junto com os marcadores e os clipes coloridos, para essas situações de falta de espaço, e prendi no alto da página.

Quanta coisa para contar no primeiro dia do ano! Pena que nem tudo são flores!

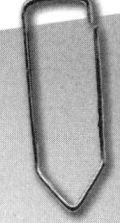

1º de janeiro — continuação –

— <u>Saudades de tudo que deixei para trás</u> —

Que dia! O engarrafamento me deixou exausta. Olho a foto do Rafael e sinto vontade de voltar correndo para casa. Enquanto estou me preparando para dormir, sei que as minhas amigas estão se arrumando para sair. Hoje é o dia da festa na casa do Bernardo, namorado da Dani.

Todos os meninos do terceiro ano vão estar lá e o Bê deixou que a Dani chamasse as melhores amigas, para não ficar deslocada.

Enquanto todas as meninas devem estar eufóricas, indo para a festa, estou aqui. Presa em Búzios. Longe de tudo e de todos. Cansada e entediada.

O que fiz para merecer esse castigo?

Com certeza o Rafael vai estar lá e essa seria uma oportunidade incrível, mas...

Quero chorar! Estou sentindo um bolo na garganta. Minha mãe não entende nada, se compreendesse alguma coisa, não teria me trazido para cá. Ela acabou com as minhas esperanças.

Infelizmente, não posso fazer nada para mudar isso.

O melhor é ir dormir para o tempo passar mais rápido.

Boa-noite.

Suspirei e fechei a agenda.

Dei uma última olhada na direção da piscina, a galera ainda se divertia por lá. Fiquei em silêncio pensando na vida, na festa que estava perdendo e na minha falta de sorte. Sem nenhuma amiga em Búzios, nem mesmo o bar do condomínio pôde ser a minha diversão no primeiro dia do ano. Apenas um quarto, uma cama e o sono me restavam.

Antes de apagar a luz da varanda, olhei mais uma vez para a foto do Rafael. Adorava aquele retrato! Ele estava com o uniforme da escola, o cabelo bagunçado e aquele sorriso que eu tanto amava — meio metido, meio "tô nem aí".

"Comporte-se, hein!", apontei o dedo como se ele pudesse me ver e ouvir. Tasquei um beijo, guardei o Rafa entre as páginas da agenda e, *que ódio!*, fui dormir.

Capítulo 3

♥

Procura-se um amor

— Camila, acorda! — Minha mãe me sacudiu na cama, dando um beijinho no meu rosto em seguida. *O famoso "morde e assopra".*

— Me deixa dormir mais um pouco, mãe. Estou de férias! — reclamei e virei de lado.

— Tudo bem. Só queria te avisar que a Dani está ligando sem parar para o seu celular.

Dei um pulo da cama. Olhei o relógio na mesinha de cabeceira e fiquei apreensiva. O que a Dani queria comigo antes das nove da manhã? Alguma coisa *muito séria* havia acontecido.

— Onde está o meu celular? — perguntei, ainda tonta.

— No banheiro, carregando.

Saí correndo, peguei o telefone e fui para a varanda retornar as ligações. Precisava saber qual era a fofoca.

— Dani! O que aconteceu? — perguntei, assim que ouvi o alô.

— Amiga, tenho uma notícia muito ruim pra te dar.

A voz dela não estava boa, nem como tom de brincadeira. Será que eu queria mesmo saber? Olhei para o celular e pensei em desligar correndo. Mas o que adiantaria fugir da verdade?

— Ai meu Deus! O que aconteceu? — perguntei sentindo as pernas tremerem. Usei o muro da varanda como apoio.

— O Rafael ficou com a Patrícia, ontem na festa do Bê — Dani contou bem devagar, mas de maneira direta.

— O quê!?! — gritei. — A Patrícia? Nossa amiga?

— A própria.

— Não acredito que ela fez isso! — Sequei as lágrimas que já me saltavam dos olhos. — Nem você nem a Gabi tentaram impedir? Por que fizeram isso comigo?

— Calma, Mila! Conversei com a Pati depois da festa.

— Depois? Por que não conversou *antes* do beijo? — Respirei fundo.
— E o que aquela sonsa falou?

— Não fala assim, Mila! A Patrícia é nossa amiga. O Rafa estava lindo! Ela bem que tentou resistir, mas ele insistiu muito! Ficou a festa inteira atrás dela. Não teve jeito.

— Que vaca mentirosa! — disparei.

— Mila, presta atenção! Pati não fez isso para te sacanear, até chorou depois. Ela dormiu na minha casa e ficamos conversando. Não parou de se lamentar em momento algum, dizendo que não podia ter feito aquilo, pois sabia como você gostava dele.

— Ah... Coitadinha! Ficar e depois dizer que se arrepende é tão fácil, né?! — Senti mais lágrimas escorrendo pelo meu rosto.

— Amiga, você sabe mais do que ninguém como o Rafael é lindo! A Pati fez de tudo, tudo mesmo para tentar resistir. Mas o Rafa não estava disposto a ouvir um não e ficou insistindo, insistindo... Até que conseguiu dar um beijo nela.

— Espera aí, Dani... Você está do lado dela? — perguntei, completamente ofendida e magoada.

— Não estou de lado nenhum, só estou te contando o que de fato aconteceu. Acho que não foi nada forçado, em momento algum ela ficou se oferecendo. O Rafa foi falar com ela, por iniciativa total dele. Não podemos culpar a Patrícia, né? A amizade tem que vir sempre em primeiro lugar — explicou, tentando me acalmar, mas aquela declaração provocou efeito contrário.

— Mas o que ela fez não é sinal de amizade, de jeito nenhum. Dar um beijo e depois dizer que se arrepende é fácil. Passar o ano inteiro sofrendo de amor como eu sofri e não dar nem um selinho... isso sim é que é complicado. Se a Patrícia fosse realmente minha amiga, se pensasse na nossa amizade antes de qualquer coisa, não teria ficado com ele — soltei tudo de uma vez só e precisei respirar fundo para recuperar o fôlego antes de continuar. — Se eu não tivesse vindo para essa droga de lugar, nada disso teria acontecido — lamentei.

— Sei lá, Mila. Não tem como a gente saber. Se você estivesse lá, poderia ter sido ainda pior. Imagina se o Rafa fosse dar ideia na Pati e não em você? Não queria te contar isso, mas acho melhor dizer toda a verdade. — Dani esperou que eu perguntasse alguma coisa, como não falei nada, continuou. — O Rafa disse para o Bê que já estava de olho na Pati e que gostou muito de ficar com ela.

— O quê?!?!?!?! Ele gosta dela??? — Senti meu rosto queimar e o coração congelar. Queria que tudo aquilo fosse apenas um pesadelo.

— Parece que sim — lamentou com a voz triste.

— Eles vão ficar mais vezes? — eu quis saber, mesmo que a verdade pudesse doer.

— Não sei dizer. O Rafa ficou com o celular dela. Mas não sei o que a Pati vai fazer. Ela está muito mal por saber que você gosta dele. Disse que não sabe nem o que pensar.

— Não acredito! Isso não pode estar acontecendo. Nunca mais volto para aquela escola! — choramanguei com um aperto no peito.

— Para de ser boba, Mila! — Dani tentou me acalmar. — O Rio tá cheio de gatinhos solteiros.

— Boba? Boba?!? Todo mundo sabe que eu sou apaixonada pelo Rafael! A Patrícia sabia disso também. E se eles começarem a ficar direto? E se virar namoro? Vou ter que aturar meu Rafa passando na nossa sala, para encontrar com outra garota? Pior! Para encontrar com a minha amiga? — Eu estava indignada.

— Calma, Mila! A gente não sabe se é isso o que vai acontecer.

— Avisa para a Patrícia que não quero mais saber de amizade com ela. Manda esquecer meus telefones, e-mails, tudo! Nunca mais quero ouvir a voz chata dela falando comigo.

— Calma, amiga. Ficar irritada assim não vai ajudar em nada.

— Vou me acalmar. Mas não deixa de passar esse último recado para a sonsa traidora. Se acontecer mais alguma coisa, me conta tudo, tá?

— Pode deixar — Dani me tranquilizou.

— Estou péssima! — desabafei com a voz triste.

— Não fica! Tenta curtir esses dias aí. Como foi ontem?

— Médio. — Não consegui formular nenhuma outra resposta. Nem mesmo contar para a Dani como a Rua das Pedras é legal, nem como é o bar da piscina. A cabeça estava totalmente confusa.

— Vai ser cada dia melhor! A Juliana é muito chata?

— Não muito! Ainda não conversei direito com ela. Depois te conto tudo. Estou de camisola na varanda e o condomínio está cheio. — Percebi que algumas pessoas já tinham me visto de camisola e chorando fora de casa. *O que devem estar pensando? Que vergonha!* — Depois nos falamos mais, Dani. — Passei a mão no rosto para secar as lágrimas que ainda deslizavam pelas minhas bochechas.

— Ok. Ânimo, hein, amiga.

— Tá bom! Obrigada por me contar. Beijo.

— Beijossssss.

Respirei profundamente mais uma vez antes de entrar.

Tentei passar por todo mundo sem que ninguém reparasse no meu rosto, que com certeza entregaria o meu sofrimento.

— Camila, o café está servido.

— Já estou indo, mãe! — Atravessei a sala a passos rápidos, em direção ao quarto.

Estava com muita vontade de chorar mais. *Droga!* Se essa viagem já era ruim, com aquela notícia havia ficado horrível.

— O que a Dani queria? — minha mãe perguntou, entrando no quarto. Enfiei a cara no armário e fingi procurar uma roupa.

— Falar comigo, ué — respondi com a cabeça ainda dentro do armário.

— Isso eu sei, mas por que ligou tão cedo?

— Não é da sua conta, mãe! Ela queria falar *comigo* — disparei.

Senti o olhar gelado da minha mãe por causa da resposta. Mesmo assim, continuei sem olhar na direção dela e entrei no banheiro.

Com o chuveiro ligado, sentei no chão do boxe para pensar. Precisava fazer alguma coisa para esquecer o Rafael. Aquelas férias tinham que ser boas! Mas como? Tentei analisar os fatos. Realmente a Pati era muito bonita e, de todo o nosso grupo, era a menina que aparentava ser a mais velha. Com aquele cabelão cacheado, sabia ser charmosa e sempre chamava a atenção dos meninos. Tinha olhos negros e pele bronzeada.

Sacudi a cabeça quando a imagem dela com o Rafael tentou se infiltrar na minha mente. Não queria ter aquela visão nem mesmo em pensamento.

— Camila, vem comer! — Minha mãe bateu à porta e insistiu. — Você está tomando banho antes da praia? Que ideia é essa? Já está todo mundo pronto e você ainda não tomou o seu café nem colocou o biquíni. Anda logo, menina!

Sem responder, fechei a torneira e me arrumei. Coloquei minhas coisas na ecobag, escolhi a saída de praia que mais gostava e calcei minhas Havaianas novinhas. Antes de sair, minha mãe voltou a gritar.

— Camila, estou perdendo a paciência! Já mandei você vir comer!

Como não queria mais escutar nenhum grito ou ladainha, me apressei e bebi um copo de leite.

— Espero vocês na varanda — avisei depois de engolir o líquido praticamente de um gole só.

— Você não vai comer nada?

— Não, mãe. Estou sem fome.

Sentei na varanda e liguei meu Ipod. Quando todos estavam prontos, entrei no carro sem dizer uma palavra.

— Algum problema, Camila?

Fingi que não ouvi a pergunta e minha mãe desistiu de continuar a falar. É claro que havia um problema. O amor da minha vida tinha ficado com a minha amiga e, para piorar, tinha gostado.

Queria esquecer o mundo. Estava triste e com raiva ao mesmo tempo. Ainda faltavam 14 dias para voltar para casa. Será que até lá eu conseguiria esquecer o Rafael?

— Que praia linda! — Minha mãe interrompeu os meus pensamentos e me fez enxergar o mar.

A praia era mesmo maravilhosa. A água, de um azul impressionante, quase da cor do céu, que, por sinal, estava sem nenhuma nuvem. A areia branquinha e morna aqueceu meus pés, que estavam frios, provavelmente ainda por causa do telefonema.

Antes mesmo de tirar a saída de praia, deitei na minha canga que arrumei disfarçadamente um pouco mais afastada da barraca, com a desculpa de querer fugir da sombra. Abri minha agenda e anotei:

2 de janeiro

— <u>Acordei num pesadelo</u> —

Queria que tudo não passasse de um pesadelo, mas infelizmente a vida não é feita apenas de sonhos. As coisas ruins também acontecem no mundo real e foi assim que fui acordada neste segundo dia do ano. Dani foi a responsável por me passar a maldita, argh, notícia: A Patrícia (minha ex-amiga) resolveu me dar uma rasteira e na festa de ontem, na casa do Bê, ficou com o Rafael. Claro que não foi bem assim que a Dani me contou, mas foi exatamente isso o que aconteceu.

Agora, estou na praia e não quero mais pensar nesse assunto. Por isso, resolvi criar uma lista de tarefas para que esses dias possam vir a ser divertidos.

Primeira: Esquecer que o Rafael existe e pensar somente no aqui e no agora.

Segunda: Caminhar todos os dias para voltar para casa com um corpão.

Terceira: Paquerar, azarar, ficar, beijar...

— Camila, você não acha que vai ficar com a marca do vestido se continuar no sol?

Meu Deus! Era verdade. Estava tão concentrada na minha agenda que esqueci completamente da vida, do sol e de tirar a saída de praia. Se minha mãe não tivesse falado, não demoraria muito para ganhar uma marca ridícula no corpo.

— Vamos dar um mergulho? — Juliana chamou, logo que fiquei de biquíni.

— Vamos — topei.

Foi muito bom entrar naquele mar gelado depois das notícias que eu havia recebido. Custasse o que custasse, eu iria esquecer o Rafael.

Ficamos quase uma hora direto no mar. Juliana não era chata. Se considerasse com carinho, até poderia dizer que ela era um pouquinho legal. Na verdade, a Ju era boazinha, só precisava de um trato no visual para não ficar tão estranha.

— Vamos pegar um pouco de sol, Ju?

— Não gosto muito de ficar no sol — resmungou.

— Ah... Só um pouquinho! Você está mais branca do que eu. Se pegar um pouco de sol todos os dias, vai ficar com uma cor linda!

— Tá bom! — concordou com um sorriso enorme depois do elogio.

Na barraca, peguei minha agenda na ecobag e escrevi sem ninguém ver:

> Quarta: Cuidar do visual da Juliana. Camisa do Chaves e biquíni GIGANTE, amarelo, de bolinha roxa... NUNCA MAIS!

Ri sozinha, gostando daquela missão.

— Linda essa sua bolsa de praia — elogiou Juliana.

— A moda agora é ecobag, pra tudo. Comprei essa com sol, palmeiras e mar especialmente para o verão. Uso até para ir ao shopping. Verão é verão!

Coloquei a canga do lado da cadeira da Ju e comecei a dar nota para todos os meninos que passavam. No início, ela ficou um pouco tímida, mas foi se soltando aos poucos e também começou a dar as notas dela. Quando vimos, estávamos dando gargalhadas com aquela distração. Percebi que minha mãe ficou satisfeita.

— Meninas, vocês já estão vermelhas como um pimentão. O que acham da gente ir almoçar?

— Pode ser — respondi.

Minha barriga estava roncando. Aquele copo de leite não havia forrado o meu estômago, precisava de comida.

Agora, com as minhas missões, estava me sentindo mais animada e disposta.

Quando voltamos ao condomínio, todos foram dar uma dormidinha. Resolvi assistir televisão.

— Quer dar uma volta?

— Ué, mãe...

— O quê? — perguntou, sem entender o meu espanto.

— Achei que você também iria tirar um cochilo — expliquei.

— Não estou com sono.

— Então... vamos, né? — Dei de ombros.

— Vamos!

Saímos de casa e começamos a andar pelas ruas do condomínio. Na volta, fomos atraídas por um campo de futebol e sentamos na sombra para ver os meninos que estavam jogando e para descansar da caminhada.

No campo havia desde crianças até uns coroas barrigudos. Todos correndo atrás da mesma bola. Enquanto estava distraída olhando o jogo, um dos meninos me chamou a atenção. Pela aparência, parecia ser um pouco mais velho do que eu e era lindo!

Opa, pensei comigo mesma, sem falar nada para a minha mãe. *Meninos bonitos poderiam me ajudar a esquecer o Rafael.*

— Vamos voltar?

— Já, mãe? — perguntei, decepcionada. Minha mãe parecia ter um radar ligado que avisava: *Perigo! Sua filha achou um menino bonito! Perigo! Afaste-se do local o mais rápido possível.*

— Você quer ficar vendo essa pelada a tarde inteira? — questionou.

— Não tem nada para fazer dentro de casa!

— Quero dar uma dormidinha.

Que saco! Logo agora que eu estava gostando de ficar ali, minha mãe inventa de ir embora. Fazer o quê?

Com todos dormindo, peguei minha agenda e sentei no muro da varanda para escrever. Já havia adotado aquele lugar.

2 de janeiro

— continuação —
— Novas possibilidades —
Hoje já foi um dia diferente. Quando acordei, ainda estava apaixonada pelo Rafael. ~~Não vou dizer que não estou mais, é claro que isso seria impossível~~, mas, depois da notícia que recebi da Dani, decidi que não vou mais ficar pensando nele.

É muito ruim acordar e descobrir que o garoto que a gente gosta ficou com uma de nossas melhores "amigas".

Sei que não posso mais continuar apaixonada por ele e preciso aproveitar essas férias para esquecer. Mesmo depois da terrível notícia, até que o dia foi divertido.

Caminhando com a minha mãe pelo condomínio, fui atraída por um campo de futebol. E não é que havia um gatinho por lá? Ele é moreno, tem o cabelo cacheado, não deu para ver a cor dos olhos, pois estávamos sentadas um pouco distante do campo. Qual será o nome dele?

Preciso descobrir!

O que sei é que o menino-gato-sem-nome tem também um corpo lindo! Meu olhar parou naqueles braços e naquelas pernas. Idade? Deve ser mais ou menos como o Rafael, talvez um pouco mais velho. 17? 18? 19? Não importa!

Ah... E a Juliana até que é ~~muito legal~~ legalzinha. Vou dar uma arrumada nela até o final das férias. Principalmente, vou dar um fim naquela camisa! Isso, isso, isso...

— O que você está fazendo aí?

Fechei a minha agenda com força.

— Escrevendo, mãe. Você não ia dormir?

— Ia, mas não consegui. Não estou acostumada a cochilar à tarde. Nunca consigo. Posso ler a sua agenda?

— Rá, rá, rá! Nem chegue perto dela. — Segurei firme a fonte dos meus segredos.

Minha mãe fez um bico, depois sorriu.

— Todo mundo já está acordado. Vamos conhecer a Orla Bardot?

— Vamos.

Entrei em casa para passar um batom e encontrei a Juliana terminando o lanche. Resolvi sondar o que ela estava pensando em vestir. Começaria a colocar em prática a minha quarta tarefa: dar um trato naquele visual tão estragadinho.

— Acho que vou com essa roupa mesmo! — Juliana apontou para o próprio corpo, depois que perguntei como ela iria vestida.

Não! Ai, meu Deus! Não mesmo! Ela estava vestida com aquela bermuda verde-lodo e com uma camiseta vermelha XG com estampa do Angry Birds!!! E eu simplesmente odeio esse joguinho.

Precisava fazer com que ela mudasse de roupa. Mas como faria aquilo?

— Ah... não, Ju! Hoje, você vai diferente.

— Diferente? Mas não usei essa blusa ainda!

— Hum... É que essa camisa fica mais bonita para ser usada durante o dia. — *Na verdade, aquela camisa não deveria ser usada nunca! Arrumaria um jeito de causar um acidente naquele "conjunto". Quem sabe uma água sanitária, de leve? Pensaria melhor naquilo depois. Precisava me concentrar no que era mais urgente: arrancar aquela coisa horrenda do corpo dela. Sai capeta!*

— Acho que vou assim mesmo. Não vamos fazer nada, só tomar um sorvete.

— Mesmo assim. Nós vamos tomar um sorvete na Rua das Pedras! É o point de Búzios. Nunca se sabe quem podemos encontrar por lá! Seu príncipe encantado pode estar passeando por aí. Imagina?!? Você não iria querer conhecer o menino dos seus sonhos vestida assim, com uma camiseta de pré-adolescente nerd, né?!

Juliana olhou para a roupa um pouco envergonhada.

Será que peguei pesado?

— Você acha a blusa tão feia assim?

— Não é que seja feia! Mas não é apropriada para sair. — *Só pra ficar em casa, isso se você morar numa ilha deserta! Só você e o sr. Wilson. Ah, e sem espelhos!* — E você tem pernas tão bonitas, não precisa ficar escondendo nessa bermuda enorme e larga.

— Minhas pernas não são bonitas — reagiu Juliana com o rosto vermelho. — Não me sinto bem usando short.

— Você trouxe algum? Ou um vestido?

— Acho que sim — respondeu, meio confusa.

— Vamos olhar as suas roupas?

— Ah... não! Vou assim mesmo! — resistiu.

— Por favor, Ju!!! — implorei. — Pense no príncipe encantado.

— Eu não trouxe muita coisa — disfarçou, sem graça.

— Vamos lá! Só quero ver!

Juliana abriu o armário e eu quase caí para trás. Estava praticamente vazio. O pouco que havia ali não parecia ser muito inspirador. Mesmo assim, fui olhando peça por peça. Achei um short com detalhes na bainha e spikes nos bolsos!

— Que coisinha linda, Ju. E ainda está com etiqueta. Não acredito!

— Eu avisei que não gosto das minhas pernas — respondeu como se estivesse dispensando a sugestão.

Mas não iria dispensar mesmo!

— Veste! — mandei.

— Não. Não gosto e não cai bem em mim.

— Duvido! Esse short é lindinho demais. Veste! — exigi novamente.

Juliana viu que eu não iria desistir daquela ideia e acabou concordando.

— Só vou experimentar para você ver como fica ridículo — avisou.

— Ok. Vamos ver como vai ficar.

Enquanto ela tirava a bermuda verde-horrível, fui procurar uma blusinha para compor o visual.

— Já posso tirar? — perguntou, depois de abotoar o short.

— Que linda! Linda! Linda! — comemorei batendo palmas.

— Fala sério, Mila! Não tem nada de lindo aqui.

— Fica quieta, Ju! Você só vai se olhar no espelho quando estiver pronta.

O short tinha caído muito bem na Juliana. Era lindo e delicado. Não ficava apertado, era mais pra soltinho — *mas sem ser um balão como aquela bermuda verde-medo!* —, e as pernas dela eram mesmo bonitas! Não havia nenhum motivo para esconder.

Achei uma blusa básica, preta, de manga curtinha, levemente decotada. A cara do verão.

— Coloca!

Dessa vez Juliana evitou resistir, sabia que eu continuaria insistindo e resolveu poupar o nosso tempo.

— Você está demais, Ju! — elogiei, muito satisfeita com a minha produção. — Só mais uma coisinha.

Antes que a Juliana pudesse abrir a boca, fui correndo até o meu quarto e voltei em segundos com a minha bolsinha de maquiagem.

— Isso já é exagero, Mila! Só vamos tomar um sorvete.

— P-r-í-n-c-i-p-e E-n-c-a-n-t-a-d-o! — cantarolei enquanto passava um pouquinho só de blush no rosto dela. Aproveitei e ataquei aqueles olhos com o rímel. Quase nada! Apenas para arrumar os cílios. No dia em que combinássemos mesmo de sair, sem ser apenas para um sorvete, capricharia mais acrescentando um lápis de olho e sombra. — Vou passar esse batom aqui. É rosa, bem fraquinho.

Juliana obedeceu, mantendo a boca firme enquanto eu agia. Pedi para que ela levantasse para que eu pudesse ver se tinha ficado show. Nossos pais já estavam nos gritando.

— Você está linda! — elogiei quando concluí.

— Não estou me sentindo segura. Acho que todo mundo vai olhar para mim e rir. Estou ridícula.

— Você ainda nem se viu no espelho, deixa de ser boba. E se olharem para você, não vai ser pelo motivo que falou. E vão olhar, pois você está gatinha!

Abri a outra porta do armário para que a Juliana pudesse se ver. Ela ficou parada, de frente para o espelho, sem dizer nada.

— E aí? — perguntei, ansiosa.

— O que você fez!?! — devolveu, sem desviar os olhos da própria imagem refletida.

— Continua achando ruim? — perguntei, esperançosa.

— Não. Tá incrível! Como você fez para que o short não me deixasse enorme de gorda?

— Primeiro: você não é gorda. — E não era mesmo, só um pouquinho fora de forma. — Segundo: se um short não ficar legal com determinada blusa, não quer dizer que vai ficar ruim com todas. É só ir testando.

— Mas você não testou, simplesmente soube qual ficaria legal.

— Quando você tem alguma dúvida, o preto tem praticamente 100% de chance de dar certo. Foi o que fiz com você e funcionou.

— Obrigada... amiga! — Juliana abriu um sorriso enorme e me abraçou.

Saímos do quarto e nossos pais elogiaram a transformação da Ju. Tia Tatiana me agradeceu por fazer com que ela usasse o short que ganhou no Natal.

— Tia, você não viu nada. Isso é só o começo. Me aguarde — disse dando uma piscadinha para a Ju.

Até que as férias não estavam tão chatas assim.

Da mesma forma que consegui mudar o que não estava legal na Ju, também conseguiria mudar aquilo que não estava bom dentro de mim. E começaria naquela noite. Mesmo que fosse *apenas* com três bolas de sorvete com cobertura de chocolate ou que fosse com um esbarrão em um possível príncipe encantado.

Alguma coisa iria mudar. Palavra de Mila!

Capítulo 4

♥

Ah, o verão!

Apesar de não termos feito nada na noite anterior além de devorar um sorvete delicioso, acordei animadíssima. Caminhar na Rua das Pedras, conhecer a Orla Bardot, a nova Juliana, o clima do verão... Tudo me inspirava.

Também havia dormido muito bem. Estava mais feliz, mais leve, com vontade de aproveitar o máximo, curtir a vida.

Para evitar notícias indesejadas, deixei meu celular desligado a noite inteira e, quando o avistei em cima da pia, na hora de colocar o biquíni, achei melhor que ele continuasse ali quietinho. Não queria saber de nada, não queria receber nenhuma "novidade" sobre o Rafael, Patrícia, festas...

Queria aproveitar as *minhas* férias de verão!

Juliana também acordou mais animada. Ainda estava um pouco insegura na hora de colocar o biquíni que a fiz comprar na Salinas da Rua das Pedras, depois do sorvete e antes de voltar para casa. Era maravilhoso! Todo estampadinho, com laço mais grosso nas laterais. Muuuito melhor que o anterior, que, por garantia, foi direto para a lata do lixo quando chegamos.

— Ficou lindo o biquíni, Ju! — elogiei.

— Tem certeza?! — perguntou, insegura.

— Claro! Vamos?

Geribá parecia mais lotada do que no dia anterior. Muita gente bonita andando pela areia.

— Vamos ter muito trabalho, hein? — cutuquei Juliana, sem tirar os olhos do mar.

— Como assim? — perguntou, confusa, levantando a sobrancelha.

— Olha quanto gatinho andando! Vamos ter muitas notas para dar.

Juliana riu.

— Que tal um mergulho, Mila?

Sorri e aceitei.

O convite da Ju não havia sido tímido como das outras vezes. Agora, estava *mesmo* me chamando para mergulhar. Não era apenas por educação.

Passamos um bom tempo conversando no mar, e acabou que não reparamos que estávamos nos afastando da areia. Quando percebemos, já era tarde demais.

Juliana estava rindo, mas, ao mesmo tempo, parecia nervosa.

— Ju, você está conseguindo colocar os pés no fundo?

— Não! — Deu uma gargalhada.

Do que ela estava rindo?

Estávamos nos afogando!

Meu Deusssssssssssssssssssss! Não quero morrer na praia mais badalada de Búzios! Não quero morrer tendo beijado apenas sete meninos! Não quero morrer antes de conhecer todos os prazeres da vida, todos os sete pecados capitais. Acho que estou delirando! Ou será que a caminho do céu?

— Faz alguma coisa, Mila! — Juliana pediu enquanto dava mais uma gargalhada.

Opa! Não, ainda não cheguei ao céu! Ainda estou aqui, vivinha da silva! Não vai ter jeito. É a morte ou o mico!

— Socorrooooooooo!!!

Como não sou boba nem nada, escolhi o mico.

Juliana me olhou assustada, mas sem parar de rir. Nós estávamos nos afogando e ela estava achando graça?

— Socorrooooooooooooooooo!!!

Apesar da vergonha, não parei de gritar.

Ninguém estava vendo a gente?

Eu já estava quase chorando e achando que iríamos morrer de verdade quando um surfista apareceu e foi ao nosso encontro.

— Sobe aqui na minha prancha e você — falou olhando para Juliana — segura em mim.

Tentei subir na prancha, mas estava tremendo tanto que não tive forças. Juliana já se encontrava pendurada no pescoço do menino, e ele, vendo que eu não conseguia subir, com o braço livre me ajudou.

— E se a gente não conseguir voltar? — perguntei, chorando e tossindo por causa da água que engoli tentando me agarrar à prancha.

Não estava sendo dramática. Nós realmente estávamos distantes da areia. Tínhamos sido puxadas para mais longe ainda quando nossos pés pararam de tocar o fundo. A sensação de terror era desesperadora.

— Fica tranquila, gatinha! Além de surfista, sou salva-vidas. É só manter a calma, esperar as ondas passarem e nadar. Vou deixar as duas antes da arrebentação.

Tentei me acalmar. Não queria parecer escandalosa, nem neurótica, mas realmente estava com medo. Ele remou forte, aproveitando a calmaria, e quando achou que podíamos ir, nadamos batendo as pernas pra valer.

— Prontinho! Sãs e salvas! — disse o gatinho-salva-vidas-surfista com um enorme sorriso no rosto, assim que deu pé.

— Muito... obri...gada! — agradeci, ofegante e morreeendo de vergonha.

— De nada, gata! Só toma mais cuidado da próxima vez, esse mar é muito traiçoeiro — piscou para mim.

Ok. Já posso desmaiar? Será que ele faria respiração boca a boca?!

— Pode... deixar — respondi, tentando recuperar o fôlego.

Uauuuuuu!!! Apesar de termos quase morrido afogadas, até que não foi tão ruim assim.

O surfista era moreno de praia, saradão, com olhos verdes.

— Que mico, hein, meninas? — disse minha mãe quando chegamos à barraca.

Parei de sonhar com nosso surfista-herói-gatinho para lembrar que realmente aquilo havia sido um King-Kong. Percebemos que algumas pessoas ainda estavam olhando para a gente. Talvez preocupadas, talvez nos achando duas verdadeiras idiotas.

— Putz, Ju! Pior que é verdade. Foi o maior mico, né?

— Mico? Achei que fôssemos morrer — falou ainda com olhos arregalados.

— Achou? Mas você ficou rindo o tempo inteiro.

— É a única coisa que consigo fazer quando estou nervosa.

— Ainda está nervosa?

— Médio. Agora, tô rindo mesmo é do nosso mico!

Mais gargalhadas.

O assunto do nosso quase afogamento rolou durante o dia inteiro. Quando íamos para a água, tínhamos que escutar nossos pais falando "cuidado para não se afogarem, hein?". Viramos motivo de piada. A praia toda deve estar pensando que viemos de Minas Gerais.

Apesar do vexame, aquele dia estava sendo demais. A Ju parecia mais solta, estávamos nos entendendo bem e nos divertindo juntas. Morremos de rir mais uma vez depois que nosso surfista-herói passou na frente da nossa barraca e acenou. Demos um tchau em resposta e logo em seguida... caímos na gargalhada.

Passamos o dia inteiro na praia. Nossos pais pediram peixe frito e almoçamos por lá mesmo. Quando voltamos para o condomínio, o sol já estava quase se pondo.

— Vamos pegar uma piscininha, Mila? — Juliana me surpreendeu com o convite.

— Demorou! — respondi animada com aquela mudança de comportamento.

Juliana parecia estar gostando da amizade que vinha surgindo entre a gente. Mesmo tendo passado o dia inteiro na praia, ainda queria ir para a piscina.

Saímos correndo como duas loucas pelas ruas do condomínio e chegamos dando um pulo de bomba na água. Estava tão quentinha! A piscina ficava no ponto mais alto do terreno e dava para ver o pôr do sol dali. Deslumbrante!

— Você preferia ter ido para casa? — perguntou Juliana um pouco insegura.

— Claro que não, Ju! Tá doida? — Queria mostrar que ela podia se soltar à vontade.

— Sei lá. Pensei que você pudesse estar cansada!

— Eu? Cansada? Fala sério, né? Pode me chamar para fazer o que quiser, sempre! Meu primeiro nome é Camila, meu segundo nome é disposição.

Juliana deu uma gargalhada contagiante.

— Queria aproveitar mais um pouquinho da água — disse ela, sem graça.

— Como assim? — perguntei, confusa.

— Amanhã vou ficar menstruada e não vou poder mais entrar no mar nem na piscina por uns cinco dias. Você vai ter que se afogar sozinha — riu da piada que fez.

Também achei graça, mas fiquei chateada com a informação.

— Ah... Não acredito! Poxa! Estava sendo tão legal lá na praia — lamentei.

— Mas você pode continuar indo com nossos pais.

— Que graça vai ter ir para a praia com eles? Quem vai brincar de dar nota para os gatinhos comigo?

Juliana sorriu.

— Mas o que você vai fazer nesses dias? Não precisa deixar de ir... por minha causa. Está o maior calor para você ser obrigada a ficar trancada dentro de casa — disse ela, preocupada.

— Deixa de ser boba, Ju! Eu venho um pouco para a piscina e depois a gente arruma o que fazer por aqui mesmo.

— Jura? Então tá — concordou e piscou para mim. — Vou dar uma nadadinha. Já vai treinando a ficar sozinha na água — avisou e riu.

— Cuidado com o tubarão, hein?! — brinquei.

— Você não quer nadar? — chamou.

— Não! "É que eu quero evitar a fadiga." — Lembrei da camisa do Chaves e imitei o carteiro do seriado. Juliana deu mais uma gargalhada. — Pode ir. Quero ver o sol se pôr — expliquei.

— Ah... boa.

Enquanto Juliana nadava, fui até a borda e fiquei vendo o céu se transformar em amarelo, depois rosa e finalmente laranja. Quando voltei a olhar para dentro da piscina, reparei que o menino que eu havia achado bonito no jogo de futebol também estava ali. Levei um susto! Desviei rápido o olhar, mas notei que ele me observava.

Hum... E se eu passasse novamente os olhos por ele? Será que iria reparar? Acho que não!

Suspirei, disfarcei e dei mais uma olhadinha.

O craque-gato-sem-nome continuava olhando na minha direção e fez o meu coração pular. Fiquei nervosa, principalmente quando reparei que ele sorria para mim.

— Ju, vamos nessa? — chamei quando Juliana parou de nadar. — Tá começando a ficar frio e infestado de mosquitos. — Queria sair dali, pois estava sem saber como agir com o olhar penetrante daquele gato.

— Vamos. — Ela nem reparou que não estávamos mais sozinhas na piscina.

Como alguém ousava ignorar a presença daquele garoto?

Saímos da água correndo e morrendo de frio. O céu, de repente, já estava escuro e não tínhamos nem mesmo levado uma toalha. Sem olhar para trás, voltamos para casa.

Tomei um banho bem quente e jantei com todo mundo. Conversamos e rimos muito lembrando o dia que tivemos. Quando todos foram assistir novela, peguei minha agenda para escrever e fui para a varanda. Meu primeiro pensamento foi o menino do futebol, que agora também era o menino da piscina.

Será que ele morava em Búzios ou estava apenas passando férias?

Olhei para dentro de casa, reparei que a novela estava terminando. Antes que alguém fosse ver o que eu estava fazendo, escrevi na agenda:

3 de janeiro

— Rápida anotação!! —

O menino-gato-sem-nome-do-futebol realmente é tudo de bom! Agora, ele também é o menino da piscina, já que foi lá que o vi de novo. E, dessa vez, ele também me viu e até sorriu. Fiquei tão nervosa com aquele olhar que decidi fugir.

Ainda não contei nada para a Juliana sobre ele. Nem tenho muita coisa para contar. Só o que já é óbvio! Ele é lindo.

Será que vou descobrir como ele se chama?

> *Além do nome, continuo sem saber como são aqueles olhos. Fiquei tão sem graça quando notei que ele estava me olhando que fui incapaz de reparar em qualquer outra coisa nele...*

— Você também escreve em agenda, Mila? — Juliana quis saber.

— Ã-hã — respondi, um pouco nervosa. Odeio quando sou pega desprevenida. Principalmente quando estou escrevendo os meus segredos.

— Eu também!

— Sério?!

— Adoro escrever! Por que ficou surpresa?

— Porque todas as minhas amigas implicam com a minha mania. Falam que é coisa de criança, que não tenho mais idade para fazer diário.

— Que bobeira! Escrever é uma terapia. Assim as lembranças vão ficar guardadas para sempre.

— Concordo, Ju. Além disso, penso que é uma forma de treinar a minha futura profissão.

— Você já sabe o que vai querer fazer na faculdade?! — perguntou, arregalando os olhos.

— Já. Sempre soube. Vou fazer jornalismo.

— Que legal!

— E você? Já pensou em alguma coisa?

— Não faço a menor ideia. Mas ainda tenho tempo — suspirou. — Mudando de assunto... Você vai escrever mais na agenda agora?

— Acho que não. Já escrevi o que queria.

— Vamos ao barzinho da piscina?

Pensei no craque-gato-sem-nome.

— É pra já! Espera aí que eu vou guardar a minha agenda — respondi, animada e cheia de expectativa.

— Tá.

Juliana havia se arrumado sozinha dessa vez. Repetiu o short — *graças a Deus abandonou a bermuda verde-pânico* — e colocou uma blusinha cor-de-rosa, muito linda! Sem estampas de desenhos infantis, de joguinhos ou de seriados.

Enquanto trocava de blusa, fiquei decidindo se contaria ou não para a Ju sobre o gatinho. Com certeza ela não o conhecia, pois eles nem se cumprimentaram na piscina. Decidi que esperaria o momento oportuno.

— Vamos? — chamei.

No caminho, desejei que o craque-gato-sem-nome também estivesse lá. Se isso acontecesse, contaria para a Ju que ele era a minha primeira nota 10 de Búzios. Logo atrás vinha o surfista-herói, detentor de um 9,5 com louvor!

Cheguei a sentir um frio na barriga quando nos aproximamos da piscina. Olhei em volta, mas ele não estava lá. Como da primeira vez que fomos ao barzinho, dois dias antes, as mesmas pessoas da nossa idade estavam sentadas nas espreguiçadeiras e nas cadeiras de sol, em volta do mesmo cantor.

Mais uma vez não nos misturamos. Sentamos às mesinhas que ficavam um pouco mais afastadas. Juliana ainda não se sentia confortável para fazer novas amizades. Também iria tentar ajudá-la a conquistar mais confiança.

Conversamos sobre escola, amizades e sobre os preparativos para a mudança que estava prestes a acontecer na vida dela. Mudar de turma já não é algo fácil, e eu entenderia se ela estivesse nervosa por ter que mudar de colégio. Para minha surpresa, ela não estava tão desesperada com essa mudança.

Depois de ter deixado a Ju me contar tudo sobre a antiga escola e sobre os amigos dela, contei sobre o Rafael e também sobre a traição da Patrícia.

— Mas ela sabe que você gosta dele? — perguntou, sem acreditar que uma amiga pudesse fazer isso com a outra. Gostei ainda mais dela.

— *Sabia*. A escola toda *sabia* — respondi, enfatizando o tempo verbal.

— Que vacilo! — disse Juliana, arregalando os olhos e sacudindo a cabeça negativamente, inconformada.

— Pois é. Mas tudo bem! Já não tô mais tão chateada. As férias nem começaram direito e já estamos nos divertindo horrores.

É isso que importa — falei, colocando um ponto final naquele assunto.

— É verdade.

Brindamos com o finzinho do nosso suco de laranja e decidimos voltar para casa. Aquele dia, o terceiro das férias, havia sido longo. Juliana já bocejava e eu não queria que se sentisse obrigada a ficar além do que estava com vontade. Fingi que também estava com sono.

Fomos direto para os nossos quartos. Dei um tempo, fui ao banheiro, peguei meu Ipod, minha agenda e, quando vi que não havia mais ninguém acordado, caminhei até a varanda.

Com o fone de ouvido e U2 tocando, fiquei perdida naquele meu mundinho. Pensava e escrevia. De repente, senti que alguém me observava.

Levantei a cabeça e vi o menino do futebol olhando para mim.

Um calafrio me atingiu como um raio. Tremi.

Ele não estava sozinho. Um dos meninos que há pouco estava no barzinho da piscina também o acompanhava. Além deles, outros dois garotos já estavam no carro.

— Leandro! Vamos deixar você aí, véi! — O de cabelo curtinho avisou.

Ah... O nome dele é Leandro!

Enquanto aquilo acontecia, não consegui desviar o olhar. Foi tudo muito rápido. Ele estava falando alguma coisa com o menino do bar e também olhando para mim.

Acorda, Camila! Acorda! Para de olhar! Ele está vendo que você está encarando. Larga de ser cara de pau. Disfarça! Disfarça!

Apesar de tentar ouvir aquela voz na minha cabeça, não consegui obedecer. Estava enfeitiçada por aquele olhar — que ainda não dava para saber de que cor era, por causa da escuridão — e por aquela boca.

Continuando a me encarar, ele sorriu e entrou no carro.

Senti todo o meu corpo ficar arrepiado e só me mexi depois que o carro desapareceu na curva da saída do condomínio.

3 de janeiro

— continuação —
— Que dia!! —

Antes de tudo, preciso deixar registrado que estou conseguindo cumprir todas as missões que me dei. Já estou esquecendo o Rafael (rasguei a foto em mil pedacinhos), dei uma arrumada na Juliana e agora, além de mais bonitinha, ela também está mais feliz com as mudanças no visual. Nada de Chaves nem daqueles passarinhos mal-humorados nas roupas.

Nada da bermuda verde-desespero.

Segundo registro importante: Quase morri hoje.

Como não morri?

Um surfista lindo nos salvou do mar. Parecia cena de filme. Moreno, alto, olhos verdes, sarado, salvando as duas mocinhas indefesas — apelei, né?!

No final, acabou tudo bem. O quase afogamento foi motivo de risadas durante todo o dia.

Foi na volta para o condomínio que aconteceu o que registrei anteriormente em "Rápida anotação" e voltando ao assunto...

O menino do futebol e da piscina é mesmo tudo de bom!

Quando vim para a varanda escrever minhas anotações diárias, dei de cara com ele. Não foi muito bem de cara, já que ele se encontrava a algumas casas de distância, mas estávamos consideravelmente perto.

Um dos amigos o chamou, foi então que aquele rosto — e principalmente aquele corpo — ganhou um nome para mim: Leandro.

Leandro. Leandro. Leandro. Aquele nome continua ecoando, neste momento, dentro da minha cabeça. Ai, ai!

Senti outro calafrio.

Tirei o fone quando acabou "With or without you", fechei minha agenda e entrei em casa. Antes de guardar tudo e ir dormir, abri mais uma vez e escrevi:

Estou amando as minhas férias de verão!

Capítulo 5

♥

De um dia para outro, tudo pode mudar

— Camila, nós vamos para a praia. Você vai? — Minha mãe me acordou perguntando.

— Não. Vou ficar por aqui com a Ju — respondi, tonta de sono.

— Ok. Quando vocês quiserem almoçar, é só preparar um macarrãozinho.

— Tá.

— Não deixa de comer, hein, Camila?! — Minha mãe me deu uma cutucada nas costas para ver se eu estava ouvindo ou se havia voltado a dormir.

— Pode deixar, mãe! Já sei! — resmunguei e virei para o outro lado.

Como não ia mesmo para a praia, decidi continuar dormindo. Ainda não eram nem nove da manhã quando eles saíram. Coloquei o despertador para as dez e, sem fazer muito esforço, apaguei.

Acordei com meu celular tocando e levei um susto. Primeiro, achei que era o despertador. Só depois vi que era uma ligação.

— Alô — atendi, um pouco zonza.

— Mila?

— Quem é?

— Sou eu Dani! Quatro dias longe de mim e já não reconhece mais a minha voz? — perguntou, indignada.

— Claro que reconheço, amiga. — Sentei na cama. — Eu estava dormindo.

— Menina, você sumiu do mapa! Tentei te ligar ontem o dia inteiro e só dava fora de área — falou em tom de preocupação.

— Passei o dia fora, não levei o celular — expliquei.

— Pensei que iria ficar grudada nele para receber notícias.

— Que nada! Já até desencanei — mandei, cheia de orgulho.

— Desencanou? Do Rafael?!? — Dani parecia surpresa.

— Ã-hã — respondi como se aquilo fosse óbvio.

— Fala sério!

— Ah... e segui os seus conselhos. Tô me divertindo aqui! Ontem tive uma crise nervosa e acabei picando a foto dele todinha! Acho que o Rafael foi mais uma das minhas efêmeras paixões platônicas. Agora que estou longe, vejo que ele não era tão especial como eu pensava. Já estou prontinha para outra, quer dizer, para outro!

— Que bom, amiga! Estava tão preocupada com você.

— Não precisa. Tô ótima! De verdade. Nem parece que ainda estou no quarto dia de férias. Já aconteceram tantas coisas.

— Aiiiiiiiiiiiii... Conta! Conta! Conta! — pediu Dani, empolgada.

— É... Vai um resumão, tá?! — suspirei. — A Juliana é ótima, estou adorando ser amiga dela — diminuí o tom de voz e completei.

— E as roupas melhoraram 100%. Dei uma mãozinha.

— Que máximo! Minha amiga é personal stylist!

Demos uma gargalhada.

— Ensinei para a Ju a nossa brincadeira favorita.

— Não acredito! Você está fazendo a nossa brincadeira das notas?!

— Ã-hã.

— Vou ficar com ciúmes, amiga! — brincou.

— Está sendo uma ótima diversão na praia, na rua e até aqui no condomínio.

— Imagino. O que mais? Conta!

— Você quase perdeu a sua amiga!

— Quê? Não entendi. Que amiga? Você?! — Dani perguntou, confusa.

— É!

— Quase perdi como?!

— Quase morri.

— O QUÊ!?! — Dani deu um berro do outro lado da linha que quase estourou meu tímpano! — Como isso aconteceu?

Contei toda a história da praia, do afogamento e do surfista-herói. Primeiro ela ficou assustada, depois morreu de rir e terminou suspirando. — Quer dizer que o salva-vidas era um gato?

— Demais! Quase pedi respiração boca a boca.

Mais gargalhadas.

— Tô vendo que você está aproveitando de verdade e isso me deixa muito feliz.

— Tem mais uma coisa — falei, baixinho.

— Hummmmmmm... Aposto que agora vem a melhor parte. Adivinhei? Você até diminuiu o tom de voz e tudo pra falar. Isso significa que continuo com o posto de melhor amiga e a única que sabe de todos os seus segredos. Conta!

— Tem um menino muito gatinho aqui no condomínio. Já estava de olho nele e ontem percebi que ele estava me azarando.

— Sério?! Ai, meu Deus! Conta mais, amiga! Gatinho tipo quem?

— Ninguém que a gente conheça. Ele é diferente, acho que é mais velho e é todo saradinho!

— Ai, ai, ai! Quero saber de tudo!

— Assim que eu tiver mais novidades, a gente fofoca — avisei.

— Tá! Já que está toda empolgada com as coisas que estão rolando aí, você nem vai querer saber das novas, né?

— Não.

— Não?!? — perguntou, surpresa.

— Não mesmo! Só se for coisa boa! Rafael é passado e não quero mais notícias dele!

— Então, tá! Não vou contar nada e estou gostando de ver que a velha Mila já superou tudo e que está feliz. Quando voltar, me conta o que rolou aí. Vou desligar, o Bê tá me chamando. Aproveita tudo e vai beijar na boca! — Deu uma risada.

— Depois te conto, amiga! Vou desligar também para aproveitar a piscina, o dia está lindo. Beijooooo.

Ainda deitada, pensei na conversa com a Dani. Como tanta coisa podia ter mudado em tão pouco tempo?

Incrível!

— Bom-dia, Ju! — disse, bem animada, entrando na sala, já de biquíni.

— Bom-dia — respondeu ela, toda jururu.

— Vou para a piscina, não quer ir? Você está com uma carinha tão desanimada.

— Vou não! Tô com muita cólica e piora no sol.

— Ah, é? Que pena! — lamentei. — Não vou demorar. Quero só dar um mergulho e pegar mais uma corzinha.

— Te espero.

— Já, já estou de volta! — Preferi não insistir, sei como são essas coisas.

A piscina estava lotada. Deixei minha toalha e minha saída de praia em cima de uma cadeira e mergulhei. Como não conhecia ninguém, fiquei um pouco sem graça de estar sozinha. Encostei meu corpo na borda, levantei o rosto para o sol e fechei os olhos.

— Oi.

Olhei para os lados e não vi ninguém perto de mim. Achei estranho, pois, pela altura da voz, parecia que a pessoa estava bem ao meu lado.

Voltei a encostar a cabeça.

— Oi. — Novamente aquela voz masculina.

Mais uma vez abri os olhos e percorri com calma os rostos na piscina. De repente, meu coração disparou. Na outra ponta, também encostado na borda, estava o tal menino que eu vinha reparando nos dois últimos dias. Leandro sorria para mim. Com a mão, fez um gesto para que eu encostasse a cabeça de novo na parede da piscina.

Obedeci.

— Está me ouvindo?

O som era muito alto. Dava a ideia de que ele estava ao meu lado. Isso acontecia por causa da maneira que a piscina havia sido construída. Alguma coisa naquela borda fazia com que o som ficasse altíssimo para quem estava encostado nela. Mesmo que a pessoa falasse da outra ponta, o som era claro.

— Ã-hã.

Estava com muita vergonha, mas não queria que ele percebesse.

— Qual é o seu nome? — perguntou, distante, mas olhando diretamente para mim.

— Camila.

— Oi, Camila, prazer! O meu é Leandro.

— Eu já... é... vou sair da piscina — inventei.

Que situação! Estávamos nos falando e nos olhando, mas a distância era enorme. Ele parecia ter lido os meus pensamentos, pois no instante seguinte perguntou: — Fica mais um pouco. Posso ir aí falar com você?

— Ã-hã.

Nem tive tempo de pensar no que iria dizer. Leandro cruzou a piscina com poucas braçadas.

E que braçadas!!!

De perto, ele era ainda mais bonito. Finalmente pude ver os olhos dele. Não eram claros como os do Rafael, eram castanhos e combinavam perfeitamente com o tom de pele e com a cor do cabelo.

Lindo de morrer! Olhos de caramelo.

— Tudo bem? — perguntou com um sorriso enorme no rosto.

Antes que eu pudesse responder, ele se aproximou e me deu dois beijinhos.

— Ã-hã — respondi, tonta com aquela aproximação.

Para de falar "Ã-hã", Camila. Puxa conversa, sua mula! Vai deixar o menino escapar? Nossa! Como minha consciência estava alterada naquela manhã. Que agressividade!

— Legal esse efeito da piscina, né? — Leandro voltou a falar, me tirando da discussão com minha voz interior.

— Levei um susto quando ouvi um oi e não vi ninguém por perto — confessei.

— Não queria te assustar.

O sotaque era diferente e a voz era tão charmosa quanto o dono. *Poderia me assustar daquela forma sempre que quisesse.*

— De onde você é? — perguntei, curiosa.

— De Goiânia. E você... — Leandro parecia querer adivinhar. — É carioca, né?

— Ã-hã, desculpa, é... Acertou! — respondi nervosíssima, mas com um sorriso enorme.

— Sou bom em adivinhações.

Eu não sabia mais o que dizer. Estava em pânico.

— E a sua amiga? Nunca te vi sozinha por aqui.

Opa! Ele havia reparado em mim!

Suspirei.

— Está em casa.

— Ah, tá! Entendi. — Leandro riu.

— O quê?

— Sua amiga está com problemas femininos.

Dei uma gargalhada.

— Realmente você é bom nas adivinhações.

— E você é muito simpática.

Hummmm!

Ficamos conversando por um bom tempo. Descobri que ele iria voltar para Goiânia no mesmo dia que eu voltaria para o Rio.

Ah... Que maravilha!

— Camilaaa! — Olhei para a grade da piscina e a Juliana estava lá.

— A comida está pronta. Vem logo! Depois o macarrão vai ficar duro e seco.

— Já tô indo, Ju! — gritei.

Não queria ir para casa naquele momento. Estava gostando de conversar com o Leandro e fiquei um pouco irritada quando a Juliana interrompeu.

— Foi só falar na sua amiga que ela apareceu. Eu não devia ter perguntado por ela — disse e sorriu.

Leandro estava dando em cima de mim?

— Legal conversar com você, mas preciso ir — avisei, já me preparando para subir a escada da piscina.

— Também vou andando. Cansei do sol.

Me sequei, vesti minha saída e caminhamos juntos para casa, a dele ficava um pouco depois da minha. Senti um frio na barriga inexplicável com ele ali do meu lado. Aquele calor, o cheiro de protetor solar, a *vibe*... Essas férias prometem...

Paramos na frente da varanda.

— Você vai voltar para a piscina mais tarde? — perguntou.

— Não sei. Vou ver se a minha amiga vai querer fazer alguma coisa.

— Então, tá! A gente se vê.

Leandro ainda segurou de leve a minha mão enquanto se afastava. Meu coração ficou acelerado.

Além de bonito e simpático, também tinha um sotaque fofo! Se não fosse a interrupção da Juliana, continuaria conversando com ele o resto do dia. Entrei e fui logo fazer meu prato.

— Achou o macarrão ruim? — Ju perguntou depois do almoço.

— Não! Estava uma delícia!

— Mas você não comeu quase nada!

— Eu não estava com muita fome — expliquei, dando um sorriso.

Como poderia comer? Estava com tanto frio na barriga de expectativa que não sentia fome alguma. Achei até que havia comido mais do que podia suportar.

— Melhor ter esperado mais um pouco para fazer o macarrão, né? — lamentou.

— Não, Ju. É o calor! No verão, não sinto muita fome.

— Queria ser assim também, mas sinto fome nas quatro estações.

Não pude deixar de rir. Juliana era engraçada.

— É só você ir diminuindo aos poucos. Assim, não passa fome e acostuma seu corpo com menos quantidade de comida. Se fizer uma dieta radical, além de não aguentar muito tempo, o peso volta rapidinho — falei como se fosse uma especialista no assunto. Mas de tanto que lia sobre dietas e reeducação alimentar, achei que podia dar uma ajudinha.

— Não sei se consigo. — Juliana riu meio sem graça. — Você vai voltar para a piscina?

— Talvez. Quer fazer alguma coisa?

— Não! Nos dois primeiros dias de menstruação fico muito chata e desanimada para sair durante o dia. O calor me deixa mole, fora a cólica e a dor de cabeça.

Ligamos a televisão e sentamos no sofá para assistir. Uma brisa gostosa entrava pela janela e pela porta da sala. Acabei cochilando ali mesmo, de biquíni.

Zzzzzzz

Abri os olhos, assustada.

— Que horas são? — perguntei.

— Acho que já são quase cinco.

— Caramba! Dormi muito.

Juliana riu do meu desespero.

— Cheguei a dormir um pouquinho também, mas você dormiu bem mais.

Eu estava suando. Mesmo de biquíni, fazia um calor infernal. No lugar da brisa, um mormaço parecia ter invadido a sala.

— Acho que vou voltar para a piscina, não quer ir?

— Não. Espero você aqui. Obrigada pelo convite.

— Que isso. De nada.

Peguei minha toalha e fui só de biquíni. Dessa vez a piscina estava vazia, fiquei desapontada porque o Leandro não estava lá, mas também gostei de estar sozinha.

A piscina era enorme e ficava cheia somente na parte da manhã. Deixei a toalha em uma cadeira e mergulhei. Tentando atravessar por baixo d'água, me distraí completamente. Quando já estava cansada, parei para respirar. Levei um susto com o Leandro, que estava me olhando do lado de fora da piscina, todo suado.

— Quanta disposição, hein?

Sorri.

— Estava aqui contando quantas voltas você conseguia dar.

— Você estava aí o tempo todo? — perguntei, sem graça.

— Quando cheguei, você já estava submersa. Não resisti e fiquei parado, analisando seu desempenho.

Sorrindo, ele tomou uma chuveirada e entrou na piscina. Mais uma vez senti um calafrio. O sol já estava começando a ficar mais fraco.

— Achei que ia te ver lá no futebol — disse ele, se aproximando.

— E por que achou isso?

— É que eu te vi por lá, com a sua mãe.

Ele realmente já havia reparado em mim!

— E como sabe que era a minha mãe?

— Porque vocês são muito parecidas.

— Hum...

Aquilo era um elogio ou uma crítica?

Ai, meu Deus! Minha mãe iria querer me matar se pudesse ler meus pensamentos.

— Se você estivesse lá, eu faria um gol pra você — disse ele, com um sorriso.

— Sério? — Senti as minhas mãos ficarem mais geladas.

— Claro! Mas, como você não foi, não tive inspiração e só chutei pra fora.

— Ah... Tadinho!

Leandro deu um sorriso, *lindooo!,* e mudou de assunto.

— Já sei o seu nome, sei que você é carioca, mas não perguntei a sua idade.

E aquilo era mesmo importante?! Pensa rápido, Camila!

— Tenho 16 — menti no impulso.

Leandro parecia ser mais velho. Não queria que desistisse de mim por ser uma pirralha que havia acabado de completar 15 anos.

Será que ele iria pedir para ver meu RG?! Preciso perguntar alguma coisa logo, antes que ele perceba que sou uma fraude.

— E você? Quantos anos tem?

— Tenho 19.

Sabia que ele era mais velho.

Senti que Leandro chegou mais perto de mim. Parei de olhar para ele, estava com vergonha. O vento começou a soprar forte e já não fazia mais tanto calor quanto antes.

— Acho que vou sair da piscina — falei, nervosa.

— Já? — perguntou, decepcionado.

— O sol está indo embora e daqui a pouco vai estar lotado de mosquitos aqui.

— Fica só mais um pouquinho — suplicou e se aproximou ainda mais.

Estávamos muito perto um do outro. Tremendo, torci para que Leandro pensasse que era do frio, não pela proximidade da nossa pele.

— Não dá. Já estou começando a ficar gelada e daqui a pouco vão vir me procurar.

— Vão? — perguntou.

— Com certeza. Sem sol, o que eu estaria fazendo na piscina?

— Estaria conversando com um garoto que te acha linda desde a primeira vez que te viu, olhando ele jogar bola.

Estremeci. Ele chegou *mais* perto.

— E quem seria esse garoto? — provoquei.

— Quer descobrir? — desafiou, com um sorriso torto.

— Não sou boa em adivinhações como você.

— Então, te ajudo.

Leandro chegou o mais perto que pôde de mim, me olhou nos olhos e o silêncio tomou conta do lugar. Tremi ainda mais.

— Você é linda. — Com o polegar, fez um carinho no meu rosto.

Não falei nada, não conseguia me mexer.

Leandro aproximou o rosto dele do meu, continuei imóvel.

Ele vai me beijar? O que eu faço? E se minha mãe chegar? Ela vai fazer um escândalo! Pensa rápido, Camila!

Um turbilhão de pensamentos passava pela minha cabeça.

Não estava mais aguentando todo aquele clima. A sensação era a de que, se as nossas peles se tocassem, uma corrente elétrica passaria pelos nossos corpos. Respirei fundo.

Ele riu. Senti a respiração dele bem perto do meu rosto.

— Precisamos ir embora — falei, cortando todo o clima, sem saber realmente se ele tentaria me beijar.

Putz! Estraguei tudo? Que anta! Que burra!

Leandro não saiu de perto de mim. Ficou me encarando por algum tempo.

Ah... Como eu queria ganhar aquele beijo!

Percebendo que eu estava ficando com mais vergonha, deu um passo para trás e colocou no rosto o sorriso mais lindo de todos.

— Acho melhor a gente correr. Os mosquitos começaram a trabalhar — falou, depois de todo aquele silêncio. Deu um beijo na minha mão e me puxou para a escada da piscina.

O sol já estava se pondo. Sabia que precisava voltar para casa antes que alguém me visse com o Leandro. Minha mãe havia deixado bem claro que não era para ficar com nenhum menino. O que ela iria pensar se me visse ali, sozinha com ele?

Quando fui pegar minha toalha, senti um frio quase insuportável. Leandro também começou a pular para tentar se esquentar.

— Caramba... Que vento frio! — exclamei, batendo o queixo.

— Quer um abraço? — perguntou.

Claro que sim!

Queria muito um abraço. Mesmo morrendo de frio, não pude deixar de reparar em como Leandro era bonito. Bem mais alto do que eu, ele tinha o corpo todo definido.

Como deve ser bom abraçar esse menino!

Me enrolei na toalha e sorri para ele.

— Tá um gelo aqui! Vamos correr? — chamei, para fugir do abraço.

Antes de ter chance de fazer qualquer movimento para ir embora, Leandro me puxou e me abraçou.

— Só para esquentar um pouquinho — explicou.

Ai, ai, ai... Socorro! Em segundos o gelo foi substituído pelo fogo!
Senti a adrenalina inundar o meu corpo.

— Fui! — gritei, ao me soltar do abraço dele.

Saímos correndo.

— Vou entrar logo para tomar um banho quente — avisei, com a boca tremendo.

— Tá. Até breve — riu.

Dei uma olhada antes de entrar em casa, ele continuou correndo.

Será que eu vou experimentar o sabor daquele beijo?!

Capítulo 6

♥

Sonhos de uma noite de verão

Entrei em casa ainda sorrindo, de orelha a orelha, sonhando com o abraço que havia acabado de ganhar. Quando reparei, todos estavam sentados no sofá da sala, olhando para mim. Fechei o sorriso no mesmo instante e fiquei sem graça.

— Camila, você ficou na piscina até essa hora?!? — perguntou minha mãe.

— Ã-hã. Só que agora estou congelando e preciso de um banho quentinho. — Corri para evitar mais perguntas.

Já no banheiro, abri a torneira quente do chuveiro. Deixei a água me aquecer. Não conseguia parar de pensar naquele abraço. Leandro era lindo de verdade. Tanto no jeito de ser quanto na aparência. Fiquei ali, perdida em pensamentos, quando...

— Camila, anda logo! Também queremos tomar banho.

Por que minha mãe tinha que ser sempre tão inconveniente?

— Já estou indo, mãe.

Desliguei o chuveiro na melhor parte do banho, me sequei e saí enrolada na toalha.

— Mila, vamos sair? — Juliana chamou.

— O que você quer fazer, Ju?

— Então, uma amiga me ligou dizendo que está aqui também. Marquei com ela na Rua das Pedras.

— Oba! Vamos sim! — concordei, animada.

Entrei no quarto, coloquei um vestidinho preto e me maquiei. Queria ficar bem gata. Já estava com um superbronzeado depois de todos aqueles dias de sol. Adorava o tom dourado da minha pele queimada de praia.

Será que o Leandro iria aparecer por lá?

— Vamos? — chamei a Ju.

— Vamos! Mas antes queria te pedir um favorzinho.

— Claro! O que é?

— Você pode me maquiar de novo?

A-rá! Eu nem precisava mais sugerir nada! Juliana havia abandonado de vez o jeito antivaidade de ser!

— Claro que posso! Você não imagina como me deixa feliz com esse progresso.

Juliana deu uma gargalhada e sentou na cama esperando as minhas habilidosas mãos para cuidar do rosto dela. Coloquei um blush com efeito bronzeador, passei rímel preto, lápis de olho, uma sombra fraquinha e um batom rosa bem suave.

— Tchã-rã! — Entreguei o espelho nas mãos dela para que pudesse conferir a minha obra-prima.

— Miiilaaa! Posso te dar um abraço? Ficou ótimo! Obrigada. Você pode me ensinar a passar o lápis de olho, direitinho assim?

— Claro! Claro! Claro! É bem fácil. Depois te dou todas as dicas para você ficar ainda mais bonita.

Antes de entrar no carro do pai da Juliana, dei uma olhada na direção da casa do Leandro. Não havia sinal de vida. Cruzei os dedos e torci para encontrar com ele na Rua das Pedras. Aquele era o ponto alto da noite de Búzios. O destino da maioria dos jovens.

— Meninas, que horas vocês querem voltar pra casa? — Tio Robson perguntou assim que chegamos.

Olhei para a Ju, ela me perguntou se uma hora da manhã estava bom. Concordei. Adorei toda aquela liberdade. Eram quase dez horas, teríamos bastante tempo para conversar e passear.

Encontramos com a amiga da Juliana, a Gisela, logo que descemos do carro. Cheia de sorrisos, aparentava ser simpática. Era branquinha, com o cabelo liso e curtinho, tipo Chanel, e olhos castanhos.

— Ju, como você está diferente! — exclamou e veio andando na nossa direção.

Juliana ficou um pouco sem jeito e fez as apresentações. Depois contou sobre as transformações que estava vivendo.

— Camila, adorei a maquiagem que você fez na minha amiga — elogiou. — Juliana, sempre te disse que um pouco de cor faria superbem para a sua aparência. Está linda e perdeu a cara de neném da mamãe! E o cabelo... que xampu maravilhoso você está usando?

— Foi um sacrifício, Gisela, convencer essa mocinha aqui a experimentar umas roupas mais femininas e arrumadinhas para sair à noite. Para usar a maquiagem então... Nem te conto!

— Imagino. Pelo menos você conseguiu. Também tentei em outras ocasiões, mas ela preferia se esconder naquelas roupas largas e no rosto pálido, sem nenhuma pintura.

— Ah! Depois te mostro o xampu. É caro, mas faz milagre!

— Ei, gente! Se vocês não repararam, estou aqui, tá — brincou Juliana. — Não vejo nenhum problema nas minhas roupas.

— *Estas* estão ótimas mesmo. O problema são as outras.

Nós três demos uma gargalhada com o comentário da Gi.

— Vou seguir os conselhos de vocês. Também estou gostando muito mais de mim agora.

— Bom saber — respondi orgulhosa e com um sorriso no rosto.

Andando pela Rua das Pedras, eu me senti ótima com as minhas novas amigas. Gostei da Gi de primeira. Divertida, alto-astral, falante e bem-humorada. Nós nos divertimos passeando por aquela rua toda movimentada.

Adorei a sensação de estar em um lugar repleto de jovens e pessoas bonitas. O clima era delicioso. Tentei ficar mais atenta para ver se encontrava um rosto conhecido. Mas a multidão me deixava desanimada. Era quase como encontrar uma agulha num palheiro.

— Psiuuuuu. — Ouvimos alguém chamando de longe.

— Camila, acho que é com você — avisou Gisela.

Olhei para trás e vi o Leandro parado na calçada ao lado de dois amigos. Acenei com meu coração acelerado. *Aiii! Encontrei a agulha.*

— Ele é lá do condomínio, né? — perguntou Juliana.

Hum... Então ela já havia reparado nele.

— É sim, Ju.

— E por que ele está te chamando? Vocês se conhecem? Era esse menino que estava do seu lado quando te chamei para almoçar, não era?

Confirmei com a cabeça.

— Conversei com o Leandro na piscina.

— Hummmmmmmm... — As duas se olharam e riram.

— O quê? — perguntei com a voz inocente.

— Só conversando? — Gi quis saber.

— Infelizmente — respondi, nem tão inocente assim.

— Ele é um gatinho — elogiou Gisela.

Senti uma pontada de ciúmes.

— Nota 10! — Juliana provocou.

— Também acho — confessei. — Mas minha mãe está paranoica com essa história de ficar. Antes de vir para cá, ela disse que me deixaria de castigo o ano inteiro se soubesse de alguma coisa — lamentei.

— Você conta para a sua mãe? — Juliana perguntou assustada.

— O quê?

— Sobre os meninos com quem você fica?

— Ah... Teve um dia que ela ficou insistindo muito no assunto, acabei contando tudo, mas depois me arrependi.

— Se eu contar para a minha mãe, nem imagino qual seria a reação dela — comentou Gisela. — Você já contou para os seus pais, Ju?

— Não! Nunca! Morro de vergonha. Acho que eles pensam que eu nunca beijei.

Hum... Então a Juliana já tinha dado uns beijinhos por aí.

— Mila, o gatinho está vindo na nossa direção — avisou Gisela.

Congelei. Torci para ninguém ouvir o barulho das batidas aceleradas no meu peito.

— Boa-noite, meninas! Que coincidência te encontrar por aqui, dona Camila! — Leandro era só sorriso.

As meninas foram superssimpáticas. Se apresentaram e riram de tudo que o Leandro falou. Quando ele virou o corpo para chamar os amigos, recebi uma cotovelada em cada braço.

— Ai!!! — reclamei, passando a mão nos lugares que elas bateram.

— Ele é gato demais! — Gisela falou, mexendo apenas os lábios.

— Você precisa ficar com ele! — Juliana gesticulou, imitando um beijo com as duas mãos.

— Nãooooo! — também respondi com os lábios. — Deixa rolar! — Fiz sinal para que elas ficassem de boca fechada.

As duas pareciam empolgadíssimas com aquela possibilidade e ficaram ainda mais animadas quando viram os amigos do Leandro.

— Esses são meus amigos, Tadeu e Cristiano. Camila, Gisela e Juliana — disse, apontando para cada uma enquanto fazia as apresentações.

Tadeu parecia ser muito alegre, extrovertido e também era um gato. Moreno, com olhos verdes e cabelo preto bem curtinho. De corpo, parecia o Leandro, só que um pouco mais baixo. Já o Cristiano era mais calado, tímido e compridão. Era loiro, branquinho e com olhos muito azuis. Parecia um gringo.

— O que vocês vão fazer? — Tadeu foi o primeiro a falar.

— Não sei. Nós pensamos em comer uma pizza — respondeu Gisela.

— Vocês gostam de crepe? Esse aqui da frente é muito bom, e o melhor: é animado, tem DJ tocando a noite toda... — Tadeu apontou para uma mesa vazia.

— Ótimo! Podemos sentar ali! — Gi concordou no mesmo instante.

Pela animação, estava na cara que tinha gostado do Tadeu. Já a Juliana, estava mais tímida.

Pegamos uma mesa no alto do barzinho. Leandro sentou ao meu lado e puxou minha cadeira para perto dele.

E eu não queria viajar! Tudo por causa daquele Rafael. Argh! Não fazia ideia do mundo maravilhoso que estava me esperando.

Pedimos nossos crepes e ficamos conversando. Sempre que podia, Leandro falava alguma coisa no meu ouvido, me deixando arrepiada.

Estava tudo ótimo, o tempo passou voando. Não queria ter que ir embora, não sabia como seria o dia seguinte. Estava muito bom ficar do lado daquele menino tão lindo e tão legal.

E tão gostoso! O que eram aqueles braços?

Por mais que tentasse, não conseguia deixar de reparar no corpo malhado do Leandro. Quem conseguiria? Ele havia colocado uma bermuda branca com uma camiseta azul-marinho que ressaltava sua musculatura.

Será que esse garoto lindo vai querer me beijar?

— Meninas, temos que ir! Já está na hora e o meu pai já deve estar esperando — avisou Juliana.

Nada de beijo.

— Você não quer ficar mais e voltar com a gente? — Leandro perguntou baixinho, com a boca bem perto da minha orelha quando fui me despedir.

Estremeci.

— Não posso, Leandro!

— Por quê?

— Minha mãe vai querer me matar se eu fizer isso.

— Ah... Que pena! Então, tá! — Fez cara de triste.

Nos despedimos, *que ódio!*, e fomos andando apressadas para o ponto de encontro.

Aquilo nunca havia acontecido comigo. Todos os meninos de quem eu gostei ou com quem fiquei eram uma espécie de amor platônico. Mas com o Leandro... estava sendo diferente. Ele *era* diferente. Tínhamos nos conhecido por acaso e alguma coisa estava acontecendo.

Era gostoso sentar ao lado de um menino bonito e interessante. Não era bobo como os garotos com os quais estávamos acostumadas. Até me senti mais adulta vivendo aquela situação.

— Vocês formam um casal muito fofo! Acho que você está dando bobeira. Devia ficar com ele — disse Gisela enquanto caminhávamos na direção do carro do pai da Juliana.

— E a minha mãe, Gi? — Voltei a ser criança.

— Esquece isso! Você não precisa contar nada. E, se por acaso ela descobrir, não acredito que vá brigar com você. Até porque o Leandro é um gatinho muito educado.

— É mesmo — concordei, suspirando.

— E por que não me contou que vocês se conheceram? — Juliana perguntou, chateada.

— Não deu tempo. Ia contar quando a gente descobrisse um lugar para sentar, mas acabou que encontramos com os meninos antes — expliquei.

— Hum... Então vou confessar uma coisa também. Achei o Cris uma gracinha. — Juliana riu sem graça com a confissão que fez. — Meio... é... nerd. Adoooro!

— Opa!!! — Gisela se animou. — E eu adorei o Tadeu.

Começamos a rir sabendo que muitas coisas ainda iriam acontecer nessas férias.

4 de janeiro (na verdade, 5)

— Tudo novo, de novo!! —
Hoje foi um dia muito especial. Conheci o Leandro, conversamos muito. Ele é lindo e carinhoso! Nós nos encontramos na piscina e ainda nos encontramos na Rua das Pedras.

Enquanto estávamos conversando na piscina, tive quase toda a certeza que iríamos nos beijar. Não tinha mais ninguém na água, o sol estava se pondo e ficamos muito próximos. Morri de medo da minha mãe aparecer e acabei estragando o momento.

Antes de voltar, Leandro me puxou e me deu um abraço. Durou segundos, mas foi o melhor abraço que já ganhei em toda a minha vida.

Também conheci a amiga da Ju. O nome dela é Gisela e é muitooooooo legal. Parece até a Dani. Ela gostou de um dos amigos do Leandro, o Tadeu.

Juliana também ficou animada com o Cris, outro amigo do Lê! Não parece história de filme?

Três amigas, três amigos e as férias de verão!

Não seria um bom nome?

— Camila! — chamou minha mãe.

— Oi, mãe! Estou aqui na varanda terminando de escrever na minha agenda e já vou entrar.

— Já são quase duas e meia! Vem dormir.

— Tô indo. Dez minutinhos.

... Não vejo a hora de descobrir o que vai acontecer amanhã. Estou amaaaaando as minhas férias. Espero que tudo continue assim.

Tô enrolando aqui na varanda para ver se o Leandro apar... opa! Deu certo. O carro deles está estacionando na casa. Já posso dormir e sonhar com MEU príncipe encantado. A vida está conspirando a meu favor.

Boa-noite.

Fechei minha agenda, acenei para os meninos, entrei e *tentei* dormir.

Capítulo 7

♥

Brincadeira de criança

Acordei com um falatório dentro de casa.

— Camila, acordou? — Minha mãe me chamou.

— Ã-hã. Que barulheira é essa?

— Normal! Já está todo mundo acordado. Coloca logo o seu biquíni e vamos para a praia.

— Quero não. Vou ficar aqui mesmo. — Virei para o outro lado da cama.

— Ei! Acorda e vai se arrumar — insistiu minha mãe, me sacudindo.

— Vou ficar com a Juliana, mãe. Você é muito chata, cara! Para de me sacudir? — implorei juntando as palmas das mãos.

— Olha o respeito, Camila. Chega de enrolar e vai logo colocar o biquíni. Juliana vai para a praia também.

Ah, não! Queria ficar no condomínio, queria encontrar o Leandro na piscina. O que a Juliana ia fazer na praia? Ela não estava menstruada?

— Anda logo, só falta você. — Ela me puxou para fora da cama. — Vamos conhecer uma praia nova.

Fui me arrumar sem vontade, comi uma banana e entrei no carro.

Aquela praia parecia mais vazia do que Geribá e o mar era ainda mais azul. Juliana não aparentava estar muito animada e ficou na sombra o tempo inteiro. Como não havia ninguém para ficar na água comigo, acabei passando mais tempo pegando sol do que no mar.

— Que saco, né?! — resmunguei baixinho para a Juliana.

— Muito! — concordou, com a cara fechada.

— Você também não queria vir, Ju? — Achei estranho.

— Não. Lembra que te falei que os dois primeiros dias são horríveis?

— Lembro. Então por que você veio?

— Ah... Minha mãe não queria que você ficasse em casa por minha causa e me obrigou.

— Não acredito! Também queria ter ficado no condomínio.

— Sério? — Levantou a sobrancelha.

— Claro! A piscina estaria muito mais, digamos, interessante.

Juliana deu uma gargalhada e completou: — Espertinha!

— Nossos pais não conseguem entender nada, né?! Fui obrigada a vir, pois você também viria, e você foi obrigada a vir para que eu pudesse aproveitar. Sendo que nenhuma das duas gostaria de estar aqui — resmunguei.

— É verdade. Seria mais fácil se perguntassem o que a gente *realmente* está com vontade de fazer. Mas eles sempre querem adivinhar e acabam nos deixando irritadas. — Juliana olhou de cara feia na direção da tia Tatiana.

Caprichei no protetor, puxei a canga para deitar no sol e peguei no sono.

— Mila, vamos caminhar na areia? — Minha mãe me despertou do cochilo poucos minutos depois.

— Hum… Acho que não quero ir não, mãe.

— Vamos sim! Só uma voltinha. João Fernandes é linda!

— Tá bom… chatinha!

Eu já estava mesmo cansada de ficar deitada no sol, então aceitei o convite. Andamos pela beira do mar. Olhei distraída para um dos quiosques e vi Leandro, Tadeu e Cristiano, sentados. Levei um susto e parei de conversar com a minha mãe.

— Ei… Camila! Acorda! Está pensando na morte da bezerra?

— Não, mãe! É que vi uns conhecidos.

— Conhecidos? Quem? Vai lá falar! — mandou, olhando para todos os lados, querendo descobrir quem eu conhecia.

— Não! Esquece! Acho que não são eles. — Apressei o passo.

Não queria que o Leandro me visse. Estava com a minha mãe e, se ele fosse conversar comigo todo sedutor, ela me encheria de perguntas depois.

Quando voltamos da caminhada, passei olhando fixamente para o mar. Deitei mais uma vez na canga e chamei a atenção da Juliana para que ela chegasse mais perto de mim.

— Os meninos estão aqui — sussurrei.

— Sério?

— Ã-hã. Estão em uma barraca ali na frente, ó. — Apontei para o nosso lado esquerdo.

— Você falou com eles?

— Não. Tá doida? Imagina se o Leandro vem todo fofinho conversar comigo? Minha mãe iria ficar desconfiada e acabaria pegando no meu pé. Se isso acontecesse, poderia dar adeus a qualquer chance de dar um beijo naquela boca linda.

Juliana deu uma risada com o final do comentário.

— É verdade.

— Meninas, vamos almoçar? — tia Tatiana chamou.

— Vamos! — Aceitamos na hora, loucas para ir embora.

Depois do almoço, voltamos para o condomínio e dormi assistindo a um filme na tevê.

— Acho que televisão te dá muito sono, hein? — Juliana disse rindo, assim que abri os olhos.

— Tenho certeza — respondi, sonolenta.

Olhei pela janela e o céu já estava escuro. Fui até a varanda para me espreguiçar no ar fresco do início da noite. E também para dar uma olhadinha na casa do Leandro. Todas as luzes estavam acesas.

— Que tal um sorvete? — Juliana chamou.

— Valeu, mas não estou com vontade. Vou ficar aqui! Tô com a maior preguiça.

— Sei bem o nome da sua preguiça. — Olhou na direção da casa dos meninos. — Eles estão lá?

— Acho que sim. Dá pra ver o carro estacionado e todas as luzes estão acesas.

Juliana pareceu um pouco pensativa. Ela também ficou interessada em ver os meninos, já que estava de olho no Cris.

— Também estou com vontade de ficar para ver se encontro, por acaso, um menino loirinho, de olhos azuis — disse, com o rosto todo vermelho. — Mas aquele sorvete cremoso de chocolate com pedaços de chocolate não sai da minha cabeça.

Dei uma gargalhada com o comentário.

— Fica de olho aí e, quando eu voltar, você me conta se viu o Cris. Vamos ver se combinamos de sair de novo com eles?

— Tá! Deixa comigo.

— Camila, vai se arrumar! Só falta você. Estamos indo tomar sorvete — minha mãe chegou na varanda avisando.

— Não vou não, mãe! — respondi com firmeza.

— Como não vai?

— Não estou com vontade.

— Tem certeza?

— Ã-hã.

— E você vai ficar aqui sozinha?

— Qual é o problema? Daqui a pouco vou ali no barzinho da piscina e peço um lanche.

— Você que sabe! Não deixa de ir, não comeu nada no almoço.

— Pode deixar.

Assim que todo mundo saiu para tomar sorvete, peguei minha agenda, meu Ipod e sentei no murinho da varanda. Já havia adotado aquele lugar da casa como se fosse um espaço só meu.

Antes de começar a escrever, olhei mais uma vez para a casa do Leandro. Apesar de todas as luzes estarem acesas, não conseguia ver movimento por lá.

5 de janeiro

— O tempo está voando!! —

Já completaram cinco dias que estamos aqui, faltam apenas dez para que essas férias tão perfeitas cheguem ao fim. Se antes eu não queria vir, agora não quero é ter que pensar em ir embora. Tá demais isso aqui!

Tudo bem que, quando voltar, vou poder reencontrar minhas amigas, sair, ir para as festinhas que planejamos durante tanto tempo... Mas nada vai ser melhor do que Búzios. Aqui posso ir para a praia, piscina, tem a Rua das Pedras, que é maravilhosa, os meus amigos novos e, quem sabe, algo mais.

Falando nos meninos...

Não acredito que o Leandro estava na mesma praia que eu. É muuuita coincidência, cara! Levei um susto quando o vi.

Se fosse a Juliana, no lugar da minha mãe, com certeza teria ido falar com ele (ou não?!).

E o que são esses frios na barriga? Essa angústia? Ai, ai, ai... Isso não é nada bom!

Mentira.

Isso é bom demais!!!

Mudando de assunto...

Agora, todos foram tomar sorvete, mas eu não estava com vontade de ir. Estou sozinha e...

Acabei ficando tão distraída escutando Jota Quest e escrevendo que nem vi o Leandro se aproximar.

— O que tanto você escreve aí? — perguntou, erguendo o pescoço para tentar ler a página aberta.

Levei um susto e fechei a agenda imediatamente.

— É segredo!

— Estava escrevendo sobre mim? — Riu.

Um vento bateu e o perfume do Leandro me deixou enfeitiçada. *Que menino cheiroso! E o sorriso? Ai, ai...*

— Quem sabe?! — provoquei.

— Hum... Aposto que estava — desafiou com o olhar. Como não respondi mais nada, mudou de assunto. — Não quis sair com seus pais?

— Como você sabe que eles saíram?

— Eu estava sentado na varanda olhando para cá, imaginando seus pensamentos. Você chegou a olhar para a minha casa e nem reparou que eu estava ali. Continuou pensativa até todo mundo sair e entrou. Minha curiosidade aumentou ainda mais. Em poucos minutos, você já estava de volta com essa agenda, sua música e no mesmo lugar que sempre senta e que eu sempre te observo — revelou.

Ele não estava falando sério, estava?! Meu corpo esquentou com todas aquelas informações.

— Virou espião agora, é? — impliquei e disfarcei o nervosismo.

— Pensei que não ia te ver de noite, mas reparei que você não tinha saído. Achei que também queria me ver.

— Pretensioso, hein?

Ele abriu mais um sorriso lindo que me deixou com as pernas bambas.

Ainda bem que estou sentada!

— Por que você não quis sair? — perguntou.

— Não estava com vontade de tomar sorvete. Engorda e...

— Só por isso? — Leandro me interrompeu.

— Quem sabe? — instiguei.

Alguma coisa estava rolando entre a gente. Não dava para descrever muito bem o que acontecia quando estávamos perto um do outro. Era como se existisse alguma química muito forte, tornando a atração irresistível.

Suspirei tentando controlar toda aquela sensação.

Desci do muro e pedi para ele esperar um pouco enquanto guardava minha agenda. Não queria correr o risco de ter os meus segredos revelados.

— Vamos dar uma volta? — Leandro convidou assim que voltei para a varanda.

Mesmo nervosa, aceitei o convite. Fechei a porta da casa e deixei a chave embaixo do tapete, conforme o combinado.

Leandro estava lindo, o que não era nenhuma novidade, mas a cada novo encontro parecia que a beleza dele era ainda mais estonteante. O corpão bronzeado ficava perfeito com a camiseta verde-esmeralda. E aquela bermuda preta com os bolsos laterais? Um charme danado! Sou fã de bermuda cargo.

Ah... Como eu gostaria que as minhas amigas vissem aquele gato! E o Rafael? Queria passar com o Leandro na frente dele. Nenhum dos meninos da escola era mais bonito, charmoso, atraente ou mais musculoso. E ele também era mais velho. E não me achava uma pirralha.

Bom... Está certo que menti a idade, mas...

— Vamos sentar aqui? — interrompeu meus pensamentos.

Leandro havia parado em frente ao campo de futebol. Não tinha ninguém jogando, o lugar estava com uma iluminação bem fraca.

Ai... meu... Deus!

— Pode ser — respondi, um pouco tonta com todo aquele clima.

— Preciso te contar uma coisa, Mila. — Olhou na minha direção, direto nos meus olhos, me fazendo tremer.

— O quê?

— Lembra que antes de conversarmos na piscina, no dia anterior, eu estava conversando com um garoto aqui do condomínio, olhando para você?

— Lembro. — Sabia exatamente do que ele estava falando. Foi a primeira vez que encarei aquele olhar penetrante e que senti a adrenalina percorrendo o meu corpo.

— Naquele dia ele foi falar com você?

— Não. — Não entendi o motivo daquela pergunta. — Por que falaria?

— Porque eu pedi.

— Pediu? — Já não estava entendendo mais nada.

— Queria que você soubesse que um goiano havia te achado linda. Ele é carioca, mas mora aqui em Búzios.

Dei uma risada.

— Tá bom!

— Juro que é verdade!

— E por que você faria isso?

— Porque você estava fugindo do meu olhar. Queria ter falado com você quando te vi com a sua amiga na piscina, mas não tive tempo. Além de me ignorar, ainda fez questão de sair rápido da água, logo depois que entrei.

— Não estava fugindo nada. — Precisei me defender. — Era só você chegar e falar comigo, como fez no dia seguinte.

— Pena que o cara foi pro Rio. Queria saber o motivo dele não ter dado o meu recado.

— Deve ser porque entrei em casa logo depois que você saiu.

Os olhos do Leandro pareceram brilhar com aquela informação.

— Ah, é? Quer dizer que você estava lá fora só pra me ver?

Fiquei com vergonha da minha confissão e não respondi.

Burra, burra, burra, burra!

Leandro sorriu, passou o braço pelas minhas costas e me puxou para perto. Senti meu sangue ferver com a proximidade. Tentei manter o controle do meu corpo. Era encantador o perfume dele com aquela brisa gostosa do verão. O silêncio tomava conta do lugar. Conseguíamos ouvir um pequeno burburinho vindo da piscina, provavelmente das pessoas que já se encontravam no barzinho.

— Me conta mais sobre você, Mila — pediu, sem tirar o braço das minhas costas, falando baixinho.

Não conseguia pensar em nada para dizer. Ainda estava enfeitiçada por todo aquele clima.

Ai, não! Ai, sim!!!

Ele começou a fazer massagem no meu pescoço.

Que mãos maravilhosas! Isso é golpe baixo. Como posso pensar desse jeito? Não consigo nem lembrar o meu próprio nome.

— Ei... Fala alguma coisa! — pediu.

— O que você quer saber sobre mim? — perguntei. — Não tenho nada de interessante para contar.

— Acabei de ter uma ideia melhor. Vamos brincar — sugeriu com um sorriso no rosto.

— Brincar? De quê?

— Jogo da verdade. Sabe como é?

— Claro! Mas não sei se quero brincar disso não.

— Uai, por que não? Tem medo da verdade... ou da consequência? — provocou, me desafiando.

— Não tenho medo de nada, uai — zoei o sotaque dele.

— Então... Pronta para a primeira pergunta? — Riu e acabei topando entrar no jogo dele.

— Nunca estive tão pronta. — Devolvi o desafio.

— No primeiro dia que nos vimos, no futebol, o que achou de mim?

Tossi.

Precisava ser tão direto, logo na primeira pergunta?

— Ah... Nem deu para te ver direito. Fiquei tão pouquinho — menti. Naquele dia já tinha crescido o olho nele.

— Não vale mentir no jogo da verdade, hein? — avisou. — Tem certeza de que a sua resposta é verdadeira? — Leandro tirou o braço das minhas costas e virou o corpo, sentando de frente para mim, de pernas cruzadas.

— Mais ou menos — ri, nervosa. — Reparei em você, mas foi rapidinho mesmo. Estava olhando o futebol, te vi jogando e achei bonitinho.

— Tem base?! — Deu uma gargalhada. — Poxa!

— Ah... Lê! Para! Fico com vergonha! — Dei um sorriso tímido e ele passou a mão na minha bochecha.

— Não é para ter vergonha. É só uma brincadeira para que a gente se conheça melhor.

— Então lá vai a minha resposta: Quando te vi, te achei muito bonito, pronto! — Ele sorriu com o elogio. — Satisfeito?

— Gostei! Já tenho minha próxima pergunta, mas agora é sua vez. Pode mandar!

Fiquei pensando o que poderia perguntar.

— E você? O que achou de mim quando me viu?

— Você já sabe a resposta. Queimou uma pergunta de bobeira. Nova regra para a brincadeira: não vale repetir pergunta.

— Não sei a resposta! Para de fugir. Fala a verdade.

— Claro que sabe! E acho que já falei mais de uma vez. Quando te vi, parada aqui, exatamente no lugar que estamos agora, quase levei uma bolada. Você me desconcentrou com todo esse seu charme. Você é linda!

Tossi novamente, para tentar disfarçar o nervosismo. O frio na barriga era intenso, assim como o olhar penetrante do Leandro.

— Preparada para a próxima pergunta?

— Vê se pega leve! — respondi, fazendo o garoto rir.

— Bom, vamos lá! Eu vou fazer uma tranquila agora, tá?! — Fez suspense.

— Tá! Quero só ver o que você chama de tranquila.

— Essa é. Por que você fugiu de mim naquele dia da piscina?

Senti meu corpo enrijecer quando me lembrei daquele momento, com ele tão perto de mim.

— Não fugi — respondi.

— Claro que fugiu. Você quis ir embora rapidinho.

— Ué... Você não lembra que a Juliana foi me buscar para ir almoçar? — disfarcei.

— Você sabe que não estou falando desse momento. Quero saber sobre quando estávamos apenas nós dois e você quis ir embora.

— Hum... Então, vou falar a verdade. Minha mãe é muito chata e, se ela me visse na piscina sozinha com você, do jeito que estávamos, iria reclamar muito comigo.

— De que jeito nós estávamos? — perguntou.

— Ah... Lê! Você sabe. Estávamos muito próximos.

— Próximos como...?

— Quase colados, né?! Com aquela piscina enorme, você estava muito pertinho de mim.

— Pertinho assim? — Chegou o corpo ainda mais perto de mim, nossas pernas se tocaram, fiquei arrepiada.

— É — respondi, sem ar.

— E você não quer que eu me aproxime assim de você? — Conseguia sentir a respiração dele no meu rosto.

Mantive a cabeça firme na direção do campo de futebol. Se olhasse para o lado, nossas bocas ficariam bem próximas e tudo estaria perdido. *Perdido?! Tudo ficaria perfeito!* Leandro segurou na minha mão.

— Ei... Que mão gelada! Está com frio?

Frio era a última coisa que eu estava sentindo. Minhas mãos estavam congeladas era de *nervoso*. Meu corpo inteiro estava com a temperatura descompensada. Leandro mexia comigo de um jeito que era difícil explicar.

— Um pouco — menti. — Agora é a minha vez de perguntar, né?!

— Calma! Ainda estou pensando na sua resposta. — Fez um carinho no meu cabelo. — Quer dizer então que você fugiu de mim apenas porque sua mãe poderia achar ruim te encontrar na piscina junto comigo?

— Isso. E porque os mosquitos estavam começando a atacar — tentei descontrair.

— Tá. Resposta aceita, tirando a parte dos mosquitos — riu mais uma vez. — Pode mandar sua pergunta.

Não sabia o que perguntar. Meu coração batia rápido demais, não me deixando pensar direito.

— Você sentiu alguma coisa quando chegou bem perto de mim?

Ah, não! Cala a boca, Camila! Não acredito que perguntei isso! Preciso cavar um buraco nesse campo de futebol para esconder a minha cara.

Leandro sorriu e me encarou.

— Senti — fez cara de pensativo. — Hum... O que posso perguntar agora?! Preciso pensar um pouco.

— Ei! — reclamei. — Você não respondeu à minha pergunta.

— Claro que respondi. Você precisa ficar bem ligada nesse jogo, para não queimar pergunta de bobeira. Você perguntou — imitando a minha voz e o meu sotaque — "Você sentiu alguma coisa quando chegou bem perrrto de mim?", respondi que sim. Se você tivesse elaborado melhor a sua pergunta, responderia o que você quer saber.

— Ah, Lê... Isso não vale! — Fiz um bico.

— Claro que vale, uai. Jogo é jogo. Posso fazer a minha pergunta?

— Pode — respondi, seca, fingindo estar zangada.

— *O que* você sentiu quando cheguei bem perto de você, na piscina e aqui?

Que raiva! Aquele garoto era muito esperto! Morri de vergonha para fazer aquela pergunta e agora sou eu que vou ter que responder o que, na verdade, queria saber dele.

— Você roubou a minha pergunta! — tentei argumentar.

— Não roubei nada! Para de enrolar e responde.

— Não sei dizer o que senti. Gostei de te conhecer, te acho um garoto muito legal, divertido, gosto de conversar com você.

— A pergunta não foi essa. Quero saber *o que* você sentiu. Sentiu vontade de sair correndo? De ficar mais próxima? De me dar um chute? Ou, quem sabe, de me dar um beijo? — Riu.

— Olha quantas perguntas você está fazendo! Não vale fazer mais de uma pergunta de uma vez só.

— Ai, ai, ai... Que menina complicada! Para de enrolar, Mila! Responde logo — disse o *logo* no meu ouvido e deu um beijinho na minha bochecha.

Tentei respirar fundo sem tremer. Como iria dizer para o Leandro o que eu sentia quando ele se aproximava?

— Não dá para explicar esse tipo de coisa. O que posso dizer é que é bom. — Dei um sorriso tímido. — É uma sensação boa.

— Hum... Explica isso um pouquinho melhor? — pediu novamente, segurando a minha mão.

Meu rosto estava quase fervendo.

— Sinto vergonha, mas, ao mesmo tempo, gosto dessa aproximação. Você me deixa sem graça, mas também faz com que me sinta bem. Não sei explicar! Aceita essa resposta, por favor?

Leandro deu uma gargalhada.

— Pedindo assim, com todo esse jeitinho meigo... Aceito! Digamos que esse braço arrepiado fez a sua resposta ser aprovada. Algumas imagens valem mais que mil palavras. — Deu um beijo na minha mão. — Sua vez de perguntar.

Enquanto recuperava o fôlego e pensava na minha próxima pergunta, ouvi vozes conhecidas, bem distantes. Olhei na direção da rua, vi que meus pais estavam entrando em casa.

— Lê, preciso ir! — Puxei a minha mão das mãos dele e fiquei de pé.

— Calma, Mila! O que aconteceu? — perguntou sem entender.

— Meus pais acabaram de voltar. Minha mãe me mata se me encontrar aqui, sozinha com você.

E eu já queria brigar com a minha mãe por pensamento mesmo, estragar aquele momento tão gostoso, ao lado daquele deus grego.

— Não estamos fazendo nada de errado. Não tem motivo algum para a sua mãe brigar com você. Relaxa, gatinha!

Leandro tinha razão. Até aquele momento *ainda* não havia acontecido nada. Eu não precisava ficar tão desesperada por causa da minha mãe. O problema era que, se ela me visse sozinha com ele, jamais acreditaria naquilo. Teria a certeza de que estávamos fazendo bobagem.

Bobagem na cabeça dela, né?! Porque, na minha, a única coisa errada naquela história era não ter dado nem um mísero beijinho na boca daquele gato!

— Sei que não estamos fazendo nada, mas você não conhece a minha mãe! Quando cisma com alguma coisa, ninguém tira da cabeça dela. É melhor evitar do que ter que aguentar ela no meu pé o restante das minhas férias.

— Tá bom. — Leandro deu de ombros.

— Então... que tal lanchar comigo no bar da piscina? — convidei e ele voltou a sorrir.

— Fechado.

Andamos lado a lado até o balcão da lanchonete. Escolhemos nossos sanduíches e sentamos perto da piscina.

— Eu sempre quis sentar aqui, perto do cantor e do pessoal da nossa idade — falei, depois de terminar a primeira mordida no misto, que, por sinal, estava uma delícia.

— E nunca tinha sentado?

— Não. A Juliana é muito tímida e não queria de jeito nenhum se enturmar. Nem mesmo a música a gente conseguia ouvir do lugar em que sentava.

— Tadinha! Matei a sua vontade?

— Uma delas. — Sorri e olhei de rabo de olho para o Leandro.

— Hum... E quais são as outras?

— Não estamos mais brincando de jogo da verdade. Amanhã a gente brinca novamente e você vai poder descobrir — provoquei.

Não queria que o Leandro desistisse de mim. Estava amando aquele clima, aquelas sensações. Depois de ter levantado rápido e interrompido a brincadeira por causa da minha mãe, ele poderia acabar me achando infantil. Para que não perdesse a vontade de se aproximar ainda mais de mim, resolvi provocar. Parecia ter funcionado. Bingo!

— Combinadíssimo! Vou anotar essa pergunta. Amanhã você não vai fugir de mim.

Mas não vou mesmo!

Capítulo 8

♥

Um amor de verão

6 de janeiro

— <u>O jogo da verdade e as verdades!!</u> —
Socorro! Socorro!! Socorro!!!

Alguém pode ficar rolando na cama a noite inteira sem conseguir pregar os olhos? Pode. Foi exatamente assim que fiquei durante toda essa noite. Não consegui dormir, relaxar ou cochilar. Nada!

O motivo?

Bom... O motivo para essa noite em claro tem um nome: Leandro. Aquele goiano lindo, que está me tirando o fôlego e me fazendo sentir coisas que eu nunca havia sentido antes. Não é paixão nem amor. É uma atração irresistível. Inexplicável.

Ah... Aquela boca! Aqueles olhos! Aquele sorriso!

Não consigo pensar em mais nada. Estou ansiosa para que a noite chegue logo, para brincar de jogo da verdade mais uma vez.

Pena que a manhã está apenas começando! O dia será longo... quem sabe... infinito.

Até daqui a pouco!

Não aguentava mais rolar de um lado para outro na cama e por isso fui procurar uma distração. Enquanto todo mundo ainda dormia, peguei o laptop do meu pai para ver as novidades durante a minha ausência. Minhas amigas eram viciadas em redes sociais e eu tinha certeza de que encontraria fotos e atualizações de perfis com todos os acontecimentos daquele início de férias.

Assim que o computador ligou, pensei melhor se queria mesmo saber de todas as novidades.

Anda logo, Camila! Está com medo de quê? De ver alguma coisa sobre o Rafael?! Esse menino não representa mais nada para você!

Tentei acreditar na voz da minha consciência, mas não estava muito certa sobre aquilo. Será que não poderia acabar tendo alguma recaída?

Ah… Azar! Se você ficar balançada, existe um gatinho muito melhor para te esquentar mais tarde!

Abri a internet.

Chequei meu e-mail, os blogs que mais gostava e só depois de algum tempo entrei no Face. Dei uma olhada nas atualizações mais recentes e não vi nada de interessante. O balãozinho vermelho indicava que havia 13 recados novos me esperando. Cliquei em cada um deles.

Danizinha: *Amiga, estou morrendo de saudade!*

Patrícia: *Mila, quero conversar com você! Quando estiver on-line, me chama!*

Regina: *Meninas, acho que a Camila aprendeu que a internet não é a coisa mais importante da vida. Ela está aproveitando as férias e nem lembra que o laptop do pai existe. Vou dizer que vocês estão mandando beijos. Agora, saiam da internet e vão aproveitar as férias também. Beijos da tia Regina!*

Ai meu Deus! Pra que fui inventar de ajudar a minha mãe a criar uma conta no Face?!

Danizinha: *Oi, tia! Quer dizer que a Mila está aproveitando tudo aí, né?! Também estamos curtindo as nossas férias, mas sempre passamos por aqui para saber as novidades. Beijos pra você!*

Regina: *Está aproveitando sim, Dani! E sua mãe como está? Viajou? Diz que mandei um beijo para ela também.*

Danizinha: *Minha mãe também te mandou um beijo, tia! Ela e meu pai estão em casa. Não quiseram viajar. Ficaram com medo de pegar engarrafamento.*

Regina: *É verdade, essa época do ano é fogo! Beijos, querida! Filha, viu só como aprendi a usar isso aqui direitinho? Estou interagindo com suas amigas na rede. Sou bem moderninha, se mete…*

Danizinha: *HAIUHAIUHAIUHAIUAHIUAHIUAHIUAHIUAHIUAHAIU*

Patrícia: *hahahahahhahahahahahahhaha!!! Só você, tia!*

Gabi Moura: *hihihihihi... Saudades, Mila! Sua mãe é uma figura!*

Danizinha: *A tia está arrasando na internet! É mais atualizada que a filha.*

Patrícia: *hahahahhahahahahhaha!!!*

Gabi Moura: *E até agora nada da Mila por aqui... tia Regina bombando na internet!*

Fiquei parada olhando aqueles recados sem acreditar no que lia. Além de ter conta no Face, minha mãe resolveu me desmoralizar na minha própria página! *Se mete?!?*

As mães das minhas amigas não tinham conta em nenhuma rede social. Quando minha mãe pediu para que a ajudasse a criar um perfil, fiquei receosa. De tanta insistência, acabei ajudando. Agora, sou obrigada a conviver com isso! Tá se achando!

Quando você acordar, mãe...

Respirei fundo e digitei.

Mila Garcia: *Mereço isso, né meninas?! Ai, ai! Então... Não tinha entrado no computador ainda. Estou aproveitando a praia, a piscina e a noite de Búzios. Por isso, não peguei o laptop do meu pai antes. Acordei cedo e vim ver o que vocês andavam aprontando. Também estou com saudades!! Logo, logo vou estar de volta! Aproveitem aí! Beijossssssssss*

Depois de escrever a mensagem, fui olhar as fotos na página de cada uma delas. Senti um frio na espinha quando vi a foto do Rafael no álbum "praia", na página da Dani.

Cliquei para ampliar todas as fotos.

Apesar do Rafael sempre ter sido amigo do Bernardo, namorado da Dani, ele nunca havia saído com a gente. Mas, é claro que, foi só eu viajar, para que tudo isso mudasse. Lá estava o Rafa nas fotos — *lindooo* — de short preto, com aquele cabelo loiro, aqueles olhos verdes...

Posso chorar?

Não. Não posso!

Olha esses bracinhos!! O Leandro é muito mais gato. Muito mais musculoso. E, sem dúvida alguma, muito mais legal.

Esquece esse menino, Mila! Você já está em outra!

Fechei correndo a página. Não queria mais olhar aquilo. Rafael era coisa do passado. Nunca havia me dado atenção. Não merecia que eu desse qualquer importância a ele.

— Bom-dia, filha! O que você já está fazendo acordada e com esse laptop no colo?

— Estava olhando meus recados. Por falar nisso, mãe... Quem mandou você ficar escrevendo besteira no meu perfil?

— Perfil? Que perfil? Você está doida, menina?!

Aff!

— Perfil do Face, mãe! — apontei para o laptop.

— Ah... entendi! Não escrevi besteira nenhuma! Só me esqueci de te dizer que as suas amigas tinham escrito para você.

— E, além de esquecer, resolveu conversar com elas, né?! Posso pedir para você não fazer mais isso? Não tem nada a ver! As mães das minhas amigas não têm perfis nas redes sociais. O combinado era que te ajudaria desde que você conversasse apenas com as *suas* amigas que também se acham "moderninhas" — fiz aspas com os dedos. — Não quero você bisbilhotando os meus recados, muito menos interagindo com as minhas amigas.

— Credo! Acordou azeda, hein?! Suas amigas gostam de mim e não falei nada para que você ficasse tão mal-humorada assim. — Fez voz de magoada. — Mas, tudo bem, não vou mais olhar a sua página. Vou esquecer que ela existe.

— Isso mesmo! Se fizer isso de novo, cancelo a sua conta.

Minha mãe arregalou os olhos.

— Se você fizer isso, cancelo a sua mesada. — Acho que magoei minha mãe. — E bom-dia pra você também. — Saiu da sala e voltou para o quarto.

Antes que tentassem me convencer a ir para a praia, resolvi ser mais rápida. Como a Juliana ainda não podia entrar no mar, era muito melhor ficar no condomínio e ir para a piscina.

Muito melhor!

Quem não arrisca... não petisca! Eu arrisco!!!

— Ei, Camila! Por que essa pressa toda para tomar o café da manhã? — minha mãe perguntou quando me viu sentada, já de biquíni, tomando um copo de leite e comendo um queijo quente.

— Quero aproveitar esse sol — respondi, despreocupada.

— Mas o pessoal ainda está acordando. Vamos demorar um pouquinho para sair.

— Não vou com vocês para a praia. Quero ficar aqui na piscina — expliquei.

— Camila, não começa! — disse minha mãe, reclamando.

— Não começa você, mãe! A Juliana ainda está menstruada e é horrível para ela ter que ir para a praia só para que eu vá também. Assim, nenhuma de nós consegue se divertir.

— Hum... — Minha mãe me olhou desconfiada. — Ok.

Antes que ela falasse mais alguma coisa, coloquei o último pedaço do sanduíche na boca e me despedi.

— Estou indo para a piscina.

— Cuidado com o sol, hein?! Não deixa de almoçar!

— Pode deixar! Beijo!!!! — exclamei, passando pela porta.

Enquanto estava andando para a piscina, resolvi olhar para trás, na direção da casa do Leandro. Levei um susto. Ele estava parado, com o cabelo despenteado e um short verde, de time de futebol, que devia usar para dormir. Segurava uma caneca na mão, o braço apoiado no muro da varanda, olhando na minha direção.

Lindo!

Tropecei e por muito pouco não dei de cara com o chão.

Leandro riu e acenou. Retribuí com um sorriso amarelo e ele perguntou fazendo gesto de mergulhar. — Vai para a piscina?

Fiz que sim com a cabeça e ele disse que me encontraria lá.

Caminhei mais animada.

O dia estava lindo, solzão, céu totalmente limpo. Perfeição total! Arrumei a minha toalha numa espreguiçadeira e deitei. A piscina se encontrava completamente vazia. Ainda era muito cedo e a maioria das pessoas dormia. Fechei os olhos. Depois de passar a noite inteira sem dormir, acabei pegando no sono ali mesmo com todo aquele silêncio e a brisa que soprava.

— Quer virar um tomatinho? — Leandro disse bem pertinho de mim, me fazendo pular de susto.

— Caramba! Peguei no sono — confessei, um pouco desnorteada. Olhei em volta e outras pessoas já estavam ali. Devo ter dormido um bocado.

— Não queria te assustar. — Fez um carinho na minha cabeça. — Como você pode estar com sono se acabou de acordar?

— Não dormi muito bem esta noite. — Na verdade, tinha passado a noite em claro.

— Por quê?

— Não sei. Acho que foi o calor — disfarcei.

Leandro riu.

— Hum... Sei!

— O quê? — perguntei, sem graça.

— Nada! Mergulhinho? — propôs. — Ou, se você preferir continuar dormindo, pego um guarda-sol para você.

Que gracinha!

— Obrigada, caprichei no protetor. Só preciso dar um mergulho mesmo para despertar.

Leandro segurou a minha mão para me ajudar a levantar. Depois, quando já estava de pé, me puxou e me deu um abraço.

— Bom-dia, flor do dia! — desejou bem perto da minha orelha, me provocando arrepios. O corpo dele estava quentinho e não tive vontade de soltar.

Sorri e entrei na piscina para esfriar os ânimos.

A água estava deliciosa. Refrescante para aquele dia quente. Mergulhei e me senti renovada. O sono já havia desaparecido, mesmo só com um cochilo. Encostei-me à borda da piscina enquanto Leandro dava uma nadada. Esqueci o mundo.

— Oi, gatinha!

Abri os olhos esperando encontrar o Leandro ao meu lado, mas não o vi. Corri os olhos pela piscina e o encontrei do outro lado, brincando mais uma vez com aquele efeito maluco da borda.

— Está olhando com essa cara de bobalhona para quem?

Levei um susto quando escutei a voz da minha mãe atrás de mim.

Ah... Não! O que ela estava fazendo ali?

— O que você está fazendo aqui, mãe?! — perguntei, irritada.

Minha mãe olhava na direção do Leandro, provavelmente deduzindo que era ele o motivo da minha "cara de bobalhona".

— Vim deixar a chave de casa para você. A Juliana vai dar um pulinho na Rua das Pedras para comprar roupas com a Gisela e as duas vão vir para cá te encontrar na hora do almoço. Os pais dela estão voltando para o Rio e ela pediu para ficar aqui com a gente o restante dos dias.

— Legal! — Gostei da novidade. A casa ficaria mais animada. — Deixa a chave em cima da minha toalha.

Minha mãe não se moveu e continuou encarando o Leandro.

— Mãe! — chamei a atenção dela. — O que você está olhando?

— Ai, ai, ai... Sinto cheiro de encrenca.

Não disse que ela tem um radar que avisa quando algum menino me interessa?

— Deixa de ser boba, mãe! Para de olhar na direção do garoto. O que ele vai pensar?

— "Para de olhar na direção do garoto" — imitou a minha voz. — Quando você está indo, minha filha... Eu já estou voltando! Não adianta disfarçar. Até parece que você não sabe o nome dele.

— Não vou entrar na sua neurose, mãe! — tentei disfarçar.

— Juízo, hein, menina? — Andou até a minha espreguiçadeira, largando a chave em cima da toalha.

Antes de ir embora, deu mais uma encarada no Leandro e depois me lançou um olhar desconfiado. Sacudiu a cabeça, com a boca formando um meio sorriso e se despediu.

Do que ela estava achando graça?

Não me mexi até que a minha mãe desaparecesse nas ruas do condomínio. Fiquei intrigada com aquele sorriso. Acreditava que ela poderia fazer qualquer coisa se desconfiasse que algum menino estava se aproximando de mim, menos que sorrisse.

— Por que você está com essa carinha? — Leandro perguntou, ainda do outro lado da piscina.

— Aquela é a minha mãe.

— Sei disso. Lembro dela. Acho que já disse que vocês são muito parecidas. — Esperou uma resposta, mas, como não falei nada, continuou. — Não precisa ficar preocupada. Sua mãe gostou de mim.

Dei uma gargalhada.

Leandro atravessou a piscina, me fazendo perder o fôlego com aquelas braçadas perfeitas. Quando parou ao meu lado, me encarou.

— Não acredita em mim?

— Oi?! — perguntei, perdida, sem saber do que ele estava falando.

— Terra. Chamando. Camila! — fez uma voz engraçada, como se fosse um robô.

— Ah... tá! Lembrei! — Tentei me concentrar, sem me perder naqueles braços e naquele sorriso. — Por que você acha que a minha mãe gostou de você, seu convencido?

— E você ainda pergunta?! Ela me avaliou e depois deu um sorrisinho maroto. Quer aprovação melhor que essa?

Pensei a respeito. Leandro até que tinha certa razão. Minha mãe realmente parecia ter gostado dele. Ou poderia ter pensado bem e concluído que aquele menino lindo, mais velho e musculoso talvez não tivesse o menor interesse em mim. Por esse motivo, não ficou nem um pouco preocupada.

— Mas... você precisa da aprovação dela para quê? — perguntei, curiosa.

— Já começamos a brincar de jogo da verdade?

— Ué... Não podemos?

— Não! Quero deixar para brincar mais tarde. Aqui na piscina não tem graça. É necessário um clima mais romântico. — Piscou e me chamou para pegar sol.

Deitamos nas espreguiçadeiras e ficamos conversando sobre o Rio de Janeiro e Goiânia. Demonstrei muito interesse em tudo o que ele tinha para me contar. Aquele sotaque era tão lindo que me deixava perdida na voz dele.

Até aquele momento, nunca tinha ficado tanto tempo conversando sobre tantas coisas com um menino em quem estava interessada. Todos os garotos pelos quais havia sido apaixonada eram infantis, bobos. Ou perdiam tempo implicando com a gente ou nem nos davam atenção.

Com o Leandro, a situação era completamente diferente. Tudo o que eu estava vivendo naquelas férias era novo para mim.

E como é bom ter toda a atenção desse gato!

— Ei, Camilinha!

Ooohhh! Que lindo! Ele me chamou de Camilinha!

Leandro passou a mão na frente dos meus olhos. Percebi que havia ficado hipnotizada com o sotaque e com a atenção dele comigo.

— Desculpa. Por um instante minha cabeça deu uma voltinha por aí — brinquei.

— Percebi. Ficou sem se mexer, com o olhar perdido. Qual era o seu pensamento?

— Já começamos a brincar de jogo da verdade? — Vingancinha feminina básica!

— É guerra, é? — Caímos na gargalhada.

Lembrei que em poucas horas a Juliana estaria de volta com a Gi, para almoçarmos. Provavelmente elas também iriam querer encontrar os meninos mais tarde.

— Só não sei se vamos conseguir brincar hoje.

— Por quê?! — perguntou, desapontado.

— Minha mãe passou aqui para me avisar que a Juliana estava indo encontrar a Gisela na Rua das Pedras e que depois as duas viriam para cá. Provavelmente vamos marcar de fazer alguma coisa à noite.

— Diz que você já tem compromisso.

— Difícil, né?! — lamentei.

Apesar do enorme interesse que sentia pelo Leandro, não poderia deixar de sair com as minhas novas amigas.

— Então, por que não combinamos de sair juntos? Todo mundo — sugeriu.

— Acho ótimo! — Opaaa! As meninas vão amar.

— O Tadeu se amarrou na Gisela. O Cristiano, apesar de não falar muito, ficou interessado na Juliana e aí, saindo todo mundo junto, podemos arrumar um tempinho para a nossa brincadeira — sorriu.

Gostei da ideia e sabia que elas também iriam delirar com as boas-novas. De repente senti falta de conversar com a Juliana. Mesmo com tão pouco tempo de amizade, fiquei com uma vontade enorme de contar para ela e também para a Gi sobre o dia anterior.

Não havia rolado nada de fato, mas o clima, o jogo, a aproximação... Tinha certeza de que elas iriam gostar das novidades.

Pela proposta do Leandro e pelo nosso grau de envolvimento até aquele momento, tudo levava a crer que ele também estava bastante interessado em mim. Mas por que ainda não havia tentado me beijar?

Ou havia?

Poderia fazer aquela pergunta a ele no jogo da verdade. Queria saber se no dia que conversamos pela primeira vez, quando estávamos sozinhos na piscina, se ele havia se aproximado pensando em me beijar ou se estava apenas me testando.

Mas como poderia perguntar aquilo sem ser muito oferecida?

— Ei, mocinha! Você vai para o mundo da lua com uma facilidade incrível, hein?!

Dei uma gargalhada com aquele comentário.

— "Eu vivo sempre no mundo da luaaa..." — cantarolei e sorri.

— Você conhece Balão Mágico?

— Balão? Não, nunca andei de balão.

— Balão Mágico é uma banda que fez muito sucesso nos anos 80.

— Sério? Não conhecia. Minha mãe canta sempre que minha mente resolve dar um passeio intergaláctico!

— Olha ali! Suas amigas chegaram.

Segui o olhar do Leandro e encontrei as meninas paradas, acenando para mim. Pedi para que elas me esperassem.

— Vou sair da piscina e ficar um pouco com elas. Vamos combinar mesmo alguma coisa mais tarde? Será que os seus amigos vão topar?

— Com certeza! Mas vê se dessa vez vocês vão com a gente de carro para não precisarem voltar cedo.

— Hum... Não sei se a minha mãe vai deixar.

— Claro que vai! Nós somos responsáveis. Posso falar com ela. Já disse que... Qual é o nome da sua mãe?

— Regina.

— Já disse que a dona Regina gostou de mim!

Era impossível não rir ao lado do Leandro.

— Ok. Vamos ver. Vou contar para as meninas sobre os nossos planos. Voltamos a nos falar mais tarde, tá?

— Lógico! Vou ficar mais um pouco na piscina. Tadeu e Cristiano já devem estar voltando da praia.

— Tá! Vou andando. — Joguei um beijo.

— "Vou morrer de saudades, não, não vá embora" — brincou, me deixando derretida. — Eu também adoro cantar.

Capítulo 9

♥

Verdade ou consequência

Andando devagar, fui ao encontro das meninas, que continuavam paradas no portão da piscina. Antes de seguirmos na direção de casa, olhamos para o Leandro e acenamos. Sorrindo, ele mandou beijos.

— Mila, não é por nada não... Mas o Leandro de sunga é ainda mais bonito do que de roupa.

Senti uma pontada de ciúme com o comentário da Gisela. Tentei disfarçar dando uma risada. Para o meu alívio, ela completou: — Estou louca para ver como o Tadeu fica de sunga. Minha Nossa Senhora! Não consigo nem imaginar aquele gato com as pernas e o abdômen sarado de fora, todo bronzeado. Acho que vou ter um treco quando olhar para ele nessa situação.

Juliana apenas riu, sem comentários. Nem precisava. Pelo silêncio e olhar distante, tinha a certeza de que ela estava pensando a mesma coisa sobre o Cristiano.

— Meninas, tenho tanta coisa pra contar!

As duas arregalaram os olhos, curiosas. Não quis falar nada enquanto andávamos pelas ruas do condomínio. Adorava instigar. Falei apenas sobre os planos para mais tarde. Gisela e Juliana ficaram animadíssimas com a possibilidade de curtir mais uma noite na companhia dos meninos, que, além de muito lindos, também eram gente finíssima.

— Ju, você pode ir com a blusinha nova que compramos hoje — sugeriu Gisela, empolgada, já pensando nas roupas que iríamos vestir. — Vai ficar mais linda ainda se usar a blusa junto com aquele shortinho jeans um pouco mais curto.

— Será? — Juliana perguntou, insegura. — Não me sinto muito bem de short. Vocês sabem disso.

— Não! Essa era a Juliana antiga. A nova Ju é mais descolada e sabe que tem pernas lindas. Certo?

— Tá bom! — Juliana respondeu, confiante e parecendo mais feliz. — Mudando de assunto... — Olhou na minha direção. — Mila, conta logo as novidades, estou explodindo de curiosidade.

Entramos e Gisela sentou no sofá. Também ficou me olhando.

— Ai meninas, não sei o que está acontecendo comigo. O Leandro me deixa balançada de um jeito estranho. É até difícil explicar — suspirei. — Todas as minhas amigas sempre falam que me apaixono com uma velocidade incrível. Pisco o olho e estou apaixonada por algum gatinho na escola, no metrô, no shopping, no clube. Fico apaixonada por um menino durante muito tempo, mas basta eu dar um beijo que o encanto termina. No instante seguinte, outro garoto já ocupa aquele lugar no meu coração, bem rápido.

— Mila, você não precisa se preocupar com isso. Acho que na nossa idade é mais do que normal. Também sou assim. Conheci o Tadeu naquele dia e estou pensando nele direto, foi até por isso que deixei os meus pais voltarem para o Rio e preferi ficar mais alguns dias por aqui.

— Mas não é bem isso! Sobre essas paixonites, já estou acostumada também. O problema é que o Leandro está me deixando de um jeito que nunca fiquei antes.

— Você está gostando dele... de verdade? — Juliana perguntou. — Vocês já ficaram?

— Ainda não ficamos e nem sei se isso vai chegar a acontecer. Leandro não pediu para ficar comigo nenhuma vez.

— Sério? — Gisela ficou desapontada. — Por que ele iria querer sair com você, se não está interessado?

— Pode gostar de mim como amiga. Sei lá!

Ficamos em silêncio, cada uma com seus pensamentos, quando:

— Que cena hilária! — Leandro colocou a cabeça na janela. — O que as três estão fazendo aí mudas e paradas?

Gaguejamos tentando dar alguma explicação e caímos na gargalhada.

— Quem mandou você bisbilhotar aqui dentro? — perguntei, secando os olhos, que estavam molhados de tanto rir.

— Passei para perguntar se já combinaram sobre mais tarde. Quando vi as três em silêncio, não aguentei. Que cena! Fofocando, aposto!

— Que nada. Apenas, digamos, refletindo. Você nos surpreendeu em um momento de reflexão — respondi.

— Hum... Que coisa profunda! — Apoiou os braços na janela, como se fosse continuar ali por mais algum tempo. — E sobre o que refletiam?

— Como você é curioso, garoto! — Gisela disse, dando uma piscadinha para mim. — Estávamos conversando sobre como as pessoas são misteriosas.

— Misteriosas? — perguntou, intrigado.

— É! Sempre achamos que entendemos tudo, que sabemos o que determinada pessoa quer, mas nem sempre isso é verdade. Existem pessoas que acabam nos confundindo.

— Explica melhor essa teoria — pediu, com um sorriso no rosto olhando na minha direção.

Estava completamente atônita. Queria fazer a Gisela parar de falar, mas como? Com certeza, se ela continuasse com aquele assunto, e, pela empolgação, tinha toda a pinta de que seguiria em frente, o Leandro iria entender perfeitamente sobre o que ela estava falando.

Preciso de um buraco para enfiar a minha cara, agora!

— Bom, se você olha uma menina interessante — Gisela começou a explicar — e se ela sorri para você, puxa assunto, é muito agradável e legal, o que você vai pensar?

— Que vou ter ótimas férias de verão! — Leandro continuou a olhar na minha direção.

— Eu não disse em que ocasião você conheceu essa menina, estou apenas imaginando uma situação. — Leandro concordou com a cabeça, Gisela continuou. — Então, se o papo for bacana, se rolar um clima, uma química, não acha que o certo seria acontecer alguma coisa entre vocês?

— Claro!

Ai meu Deus! Não queria escutar qual seria a próxima coisa que a Gisela falaria.

— Era nesse tipo de situação que pensávamos quando você nos pegou de surpresa. Estávamos tentando entender, porque nem tudo é tão simples assim. Existem pessoas que são muito misteriosas.

— Vou me juntar ao grupo. Quem sabe entendo melhor as mulheres! Na noite passada, demorei pra caramba a dormir, sentado na varanda, pensando em uma situação bem parecida com a descrita por você.

— É? — Gisela ficou surpresa, olhou de rabo de olho para mim. Continuei imóvel, sem demonstrar nenhum sentimento.

Ohm! Ele também ficou sem dormir, pensando em mim!

Ou será que em outra garota?

Óbvio que não! É claro que estava pensando em mim.

— Pois é... Nem sempre as pessoas são fáceis de entender. Mas não há nada que um jogo da verdade, por exemplo, não possa revelar. Concorda, Gi?

— Concordo! Adoro essas brincadeiras. — Gisela começou a rir. — Vamos brincar?

— Melhor esperar o Tadeu e o Cris, para ficar mais animado, né? — Leandro sugeriu, piscando para mim. — Podemos ficar por aqui no condomínio e saímos para a Rua das Pedras amanhã. Topam?

As meninas concordaram de primeira. Não me mexi. Até mesmo com ele distante de mim e com as minhas amigas por perto, sentia toda aquela tensão com sua presença. Não era uma tensão ruim. Longe disso. Mas era uma coisa tão forte, tão real, que parecia ser possível segurar com as mãos.

— Ei... Camilinha! Terra. Chamando. Camila!

— Oi, Lê. Eu estava tão distante...

— Vou me acostumar, pode deixar. Tudo bem pra você? Vamos ficar por aqui e amanhã saímos?

— Ã-hã. Pode ser.

— Fechado então — Leandro disse e se despediu. — Vou avisar para os meninos. "A noite vai ser boa, de tudo vai rolar..." — cantarolou sorrindo maliciosamente. — Preparem-se para as perguntas, pois o jogo da verdade só é legal se as perguntas forem bem elaboradas. E não vale mentir nem se esquivar, ouviu dona Camila?

Gisela abriu um sorriso enorme.

— Pode deixar. Camila não vai escapar de nenhuma pergunta. Nem você, espertinho! Preparem-se. Hoje, a noite vai ser longa e divertida! Adoroooo!

Depois que o Leandro saiu da janela e foi para casa, Gisela começou a dançar no meio da sala. Juliana me olhou e começamos a rir com toda aquela empolgação.

— Mila, você filosofou tanto antes do Leandro aparecer que até cheguei a acreditar que alguma coisa poderia mesmo estar errada. Mas, por tudo o que ele falou, a única coisa errada nessa história toda é você. Menina, o que cê tá esperando para beijar aquele gatinho? Está mais do que na cara que ele te quer! E que indireta foi essa sobre o jogo da verdade? Ele já havia comentado alguma coisa?

— Nós brincamos ontem. Ia contar pra vocês antes do Lê aparecer na janela. Não terminei de contar tudo, tenho muitas e muitas...

— Oba! — Elas me interromperam e se animaram, e nós fomos para a cozinha, longe da janela, preparar o almoço e conversar, sem medo de que mais alguém pudesse aparecer para escutar nossa conversa.

Com o almoço pronto, macarrão e ovo mexido, Gisela e Juliana já estavam cientes de praticamente tudo o que havia acontecido. Contei em detalhes desde o primeiro momento em que vi o Leandro no futebol, até a parte em que fiquei sem dormir, depois de brincar de jogo da verdade.

As meninas entenderam o que eu estava sentindo. Não era a mesma coisa que havia sentido pelo Rafael. Não mesmo. O Rafa era lindo e por aquele motivo eu havia ficado "apaixonada". Mas nem por um momento, durante todo aquele ano, tive mais do que cinco minutos de conversa com ele.

A única vez que chegamos realmente a falar alguma coisa foi quando o Rafael me perguntou se eu sabia o número do celular do Bernardo, pois a bateria dele havia acabado. Eu sou a melhor amiga da namorada do Bê, por isso foi me pedir esse favor. Aquela havia sido a nossa única conversa em 12 meses de paixão (*da minha parte, é claro!*).

Já com o Leandro, tudo estava acontecendo diferente demais. Primeiro, gostei dele por ser um menino lindo. Aquilo era o que sempre acontecia.

E nem adianta alguém falar que quem vê cara não vê coração porque isso é uma baita de uma mentira. Não conheço ninguém que tenha se apaixonado por um feioso de primeira, só porque o coração dele era lindo! É claro que qualquer um está sujeito a se apaixonar por alguém desprovido de beleza, mas isso não vai acontecer à primeira vista. Nem aqui nem na China.

Pensando bem... na China isso é possível.

O que aconteceu de diferente foi que, com a aproximação do Leandro, com as conversas, as brincadeiras... acabei me envolvendo mais do que estou acostumada. Aquilo estava me deixando um pouco assustada. Não sabia bem o que fazer nem como agir. Mas, depois de contar tudo para as meninas, resolvi que seguiria os conselhos da Gi. Deixaria rolar, *let it be,* palavras dela.

Também seguindo o conselho da Juliana, resolvi dormir um pouco para compensar a noite em claro. Já que brincaríamos mais tarde, não queria que o sono atrapalhasse a minha diversão.

O cansaço era tão grande que deitei e apaguei.

— Camila? — Escutei alguém me chamando e abri os olhos.

Fiquei um pouco perdida, entre sonhos e realidade. Não sabia ao certo quanto tempo havia dormido, mas, ao olhar pela janela, vi que o céu já estava todo cor-de-rosa.

— Que horas são?!

— Hora de levantar da cama e se arrumar. — Gisela entrou no quarto, acendendo as luzes. — A brincadeira vai rolar sem ninguém ficar com sono, né? Deu para descansar bastante!

Espreguicei deliciosamente, tentando afastar a lombeira do corpo e me preparei para levantar.

Depois de tomar um banho *daqueles*, demorado, coloquei uma camisetinha amarela — que ficava linda com o corpo bronzeado — e um short jeans escuro. Passei o meu perfume favorito — *que escondo a sete chaves e não digo para ninguém o nome, pois não quero que me copiem* — e um batom.

Gisela e Juliana já estavam arrumadas, gatas, me esperando. Fizeram até brigadeiro!

— Como vamos fazer? Ficamos aqui aguardando os meninos ou vamos para o bar da piscina? — perguntei.

— Nem um nem outro — respondeu Juliana.

— Os meninos passaram aqui, avisaram que estavam indo até a lanchonete buscar refri e comidinhas. Pediram para que encontrássemos com eles lá no campo de futebol — explicou Gisela.

— E os nossos pais? — Fiquei preocupada com o que eles pensariam. Com certeza a minha mãe iria perguntar o motivo de não brincarmos na área da piscina, já que era um lugar mais iluminado e cheio de gente.

— Relaxa, Mila! — disse Juliana.

— Hoje a casa é nossa! — anunciou Gisela, empolgadérrima.

Olhei para as duas sem entender nada.

— Enquanto você dormia, nossos pais passaram em casa, se arrumaram e avisaram que vão voltar apenas amanhã à tarde — informou Juliana. — E mandaram a gente ter juízo.

Percebendo a minha cara de confusa, Juliana explicou que uns amigos dos pais dela tinham convidado todos para um festival de jazz em Rio das Ostras. Como a cidade era um pouco longe de Búzios, nossos pais preferiram dormir na casa desses amigos. Assim, não precisariam pegar a estrada de madrugada para voltar para casa e poderiam beber vinho sem preocupação.

— Resumindo: podemos passar a noite inteira brincando de jogo da verdade! Não temos hora para voltar!!! — Gisela comemorou.

Senti um friozinho na barriga.

— Pô, minha mãe nem me deu satisfação...

— Ela disse que estava chateada com você. Por causa de um negócio no Face, sei lá — avisou Juliana.

A brisa do lado de fora da casa soprava fraca e quente. O clima era delicioso! Olhei para o céu, que já estava todo escuro, e vi muitas, muitas estrelas.

Alguém estava prestes a viver uma cena digna de cinema?

Sim! Euzinha.

Quando chegamos ao campo de futebol, os meninos já estavam sentados. Diferente da noite anterior, em vez de ocuparem a arquibancada como eu havia feito com o Leandro, eles estavam no meio do campo. Lá, a iluminação era ainda mais fraca, pois os refletores não foram ligados.

— Boa-noite, meninas! — Tadeu disse com um sorriso enorme no rosto. — Preparadas para contar muitas verdades?

— Preparadíssimas — respondeu Gisela, confiante.

Se existia alguma dúvida sobre o interesse deles, essa dúvida acabou quando observamos o "esquema" que tinham armado para a arrumação dos lugares. Eles colocaram pedaços de papelão e folhas de jornal, com a desculpa de ser uma forma de "forrar" a grama, para que não sujássemos nossas roupas.

Entre o Tadeu e o Cristiano, estava uma folha de jornal. Entre o Cristiano e o Leandro, um papelão. E entre o Leandro e o Tadeu, mais outro. Ou seja, cada uma de nós precisaria escolher o lugar "certo" para sentar.

Ainda em pé, Leandro segurou na minha mão e me guiou para o lugar que ficava entre ele e o Tadeu. Juliana e Gisela também sentaram em seus respectivos lugares. A Ju parecia estar em pânico, com o olho mais arregalado que o Kiko.

— Como vamos definir quem vai começar? — Tadeu perguntou.

Ficou decidido que rodaríamos um chinelo, e a pessoa que iria fazer a primeira pergunta seria aquela para quem o chinelo apontasse. Enquanto Tadeu colocava o chinelo no meio da roda, em cima de um papelão, Leandro distribuiu alguns pacotes de biscoito. Cada "casal" ficou com um. Bem no centro, o brigadeiro.

— Vamos lá! — Tadeu levantou o prato, avisou e rodou. — Não vale repetir pergunta, hein? — disse, antes que o chinelo parasse.

Aquela seria a única vez que rodaríamos o chinelo. Depois disso, a pessoa escolhida para responder faria a pergunta seguinte para quem quisesse. E assim por diante.

— Putz! — Juliana reclamou quando viu a sandália parando na direção dela. Suspirou. — Mila, o que você mais gostou até agora nessas férias?

— Ah... Que pergunta molezinha! — Tadeu implicou.

— Fazer amigos tão legais como vocês! — respondi, depois de pensar por um momento.

— Ohmmmmmm!!! Que fofa! — Gisela elogiou. — Mas essa resposta está muito vaga. Vamos combinar que a pessoa que fizer a pergunta precisa aprovar a resposta para a brincadeira continuar.

— Gostei disso, gatinha! — Tadeu concordou com a Gi. — Você aprova essa resposta, Juliana?

— Ã-hã. Acho que a Mila foi sincera — respondeu, com as bochechas vermelhas.

Os meninos implicaram, vaiando a resposta.

— Escapou, hein, Mila?! Mas, já que a Juliana decidiu ser boazinha, é a sua vez de perguntar! — Tadeu estava empolgado.

Pensei um pouco.

— Você já ficou interessado em alguém nessas férias? — perguntei ao Tadeu. Gisela piscou para mim sem que ninguém percebesse.

— Fiquei. — Sorriu.

— Opa! Não aprovo essa resposta — reclamei.

— Uai... Por quê?! Respondi exatamente o que você perguntou.

Tadeu tinha razão. Não quis ser tão direta logo na primeira pergunta e acabei queimando uma de bobeira. Precisava caprichar mais da próxima vez. Não havia como argumentar e aceitei.

— Vamos lá! Agora é a minha vez! — disse ele, animado. — Camila, você ficaria com o Leandro?

Ah, não! Aquilo não era justo. Como iria responder àquela pergunta? Tadeu precisava ser tão direto? Todos estavam me olhando, não consegui dizer nada. Senti meu rosto queimar de vergonha.

Muitas coisas passavam pela minha cabeça. Ele não havia perguntado se estava apaixonada, interessada, louca pelo Leandro. A pergunta era simples. Apenas se eu ficaria ou não com o amigo dele. Fácil. Não iria me entregar totalmente respondendo aquilo.

— Fi... ficaria. — respondi, gaguejando e evitando olhar para o Leandro.

Todos sorriram.

— Gostei de ver! — Tadeu comemorou. — Pode mandar a sua.

Antes de fazer a minha pergunta, parei para pensar um pouco e para acalmar o coração, que estava aceleradédédérrimo.

— Quem é a pessoa com quem você ficaria, Tadeu?

— A Gisela — disparou, sem nem mesmo parar para pensar. — E você, Juliana? Ficaria com o Cristiano?

Juliana tossiu. O rosto dela ficou tão, mas tão vermelho, que parecia prestes a explodir. Sem conseguir abrir a boca para dar uma resposta, apenas disse que sim com a cabeça. Cristiano sorriu, mas também ficou bastante envergonhado com nossos olhares. Pareciam dois pimentões vermelhos e suados. Os meninos aplaudiram e deram risadas.

— Leandro... — Juliana começou, ainda com a voz trêmula — você está interessado na Camila?

— Claro! Isso não é segredo pra ninguém — respondeu rindo, sem vergonha alguma.

O jogo continuou e todos tiveram que responder aquilo que já era bem óbvio. Depois de confirmar o interesse dos "casais", as perguntas ficaram mais leves e divertidas. "Qual foi o seu maior mico?", "Com quantas pessoas você ficou até hoje", "O que você mais admira em alguém?", "Já namorou sério?".

Muitas risadas e muitas situações embaraçosas. A noite estava bem divertida, alegre. Saber que nossos pais não chegariam deixou tudo ainda mais leve e agradável. Não precisávamos nos preocupar com nada. As horas passavam e ninguém percebia.

— Gi, vamos até a lanchonete da piscina comigo para comprar mais salgadinho? — Tadeu chamou e todos olharam para a Gisela.

Sem pensar muito, Gi levantou e acompanhou o Tadeu. Quando eu ia fazer um comentário sobre o que iria acontecer com os dois, Leandro ficou de pé e pediu que o seguisse, pois queria falar comigo em particular.

Estremeci.

Juliana me olhou apavorada. Estava completamente sem graça por ter que ficar sozinha, no meio do campo de futebol, com o Cristiano. Quase me implorou com o olhar para que eu não levantasse. Não obedeci. Queria que ela ficasse com o Cris, por isso esqueci a minha vergonha e segurei a mão do Leandro para levantar.

Já de pé, ele continuou segurando a minha.

Que mãos maravilhosas! Grandes, firmes, macias! Não solto nunca mais!

Subimos a arquibancada e sentamos no último degrau, afastados do campo de visão da Juliana e do Cris, que acabaram de costas para a gente, no mesmo lugar em que conversamos na noite anterior.

Ficamos em silêncio por alguns minutos. Leandro segurou o meu rosto e me encarou. Senti minha respiração descompensada. Sem conseguir mais aguentar aquele clima, olhei para o céu. Estava muito, muito, muito estrelado. Ainda não conseguia acreditar que aquilo tudo estava mesmo acontecendo comigo.

— Vamos brincar mais? — Leandro puxou assunto. — Não fiz todas as perguntas que estava com vontade de fazer.

Senti mais uma vez aquele friozinho na barriga.

— Você quer saber ainda mais coisas? — perguntei. — Já até falei além do que deveria.

— Gostei de tudo o que você respondeu, mas quero saber mais.

Olhei para ele desconfiada, mas acabei aceitando.

— Me conta alguma coisa sobre você que eu ainda não saiba.

— Nossa! Que difícil essa! — Pensei muito, antes de responder. Senti vontade de rir quando decidi qual resposta iria dar. — Já menti para você.

— Mentiu? O que você me contou de mentira? — perguntou, surpreso.

— Minha idade. — Resolvi que aquela era a melhor hora para contar a verdade.

Será que ele iria desistir de mim quando descobrisse que eu era uma pirralha?

— Quantos anos você tem?

— Quinze.

— Minha menininha. — Riu e me abraçou. *Fofo, fofo, fofo!* — Sou quatro anos mais velho, será que sua mãe vai me odiar por isso?

— Bobo! Você não disse que ela te aprovou?

— Antes de saber que estou louco para beijar a filha dela. — Fui ao céu e voltei com aquela informação. É claro que eu já sabia que o Leandro estava interessado em mim, mas ouvir aquilo da boca dele me deixou nervosa.

Ele também olhou para o céu.

— Conhece alguma estrela, Mila? — perguntou, mudando de assunto.

Por quê?!? Queria continuar falando sobre aquilo! Quando vou poder beijar aquela boca linda?

— Só conheço as Três Marias.

— Todo mundo conhece, né? Conhece alguma outra?

— Não!

— Vou te mostrar um grupo delas e, toda vez que você olhar para para o céu, vai se lembrar de mim e dessas férias.

Ohmmm!!! Não disse que ele é um fofo?

Olhei para o céu com muita atenção.

— Olha ali, naquela direção. — Acompanhei o dedo dele. — Está vendo?

— Ã-hã.

— Tem quatro estrelas brilhantes e uma menorzinha do lado, formando o desenho de uma cruz. Achou?

— Achei! — exclamei, satisfeita, assim que encontrei a "cruz".

— Elas formam o Cruzeiro do Sul. — Voltou a me olhar. — Agora, sempre que você olhar para essas estrelas, vai se lembrar deste dia e deste momento.

Quando olhei para o Leandro, ele estava mais próximo de mim. Segurou a minha mão e se aproximou ainda mais. Comecei a sentir a respiração dele bem perto do meu rosto. Com a outra mão, fez um carinho na minha boca. Foi se aproximando mais e mais, até que não resisti. Fechei os olhos e deixei rolar.

Que beijo!

Não acreditava que estávamos nos beijando. Leandro tinha um beijo muuuito gostoso. Era suave, carinhoso. Sem dúvida, o melhor que eu já havia experimentado. Apesar de lento, era intenso.

Delicioso.

Não queria mais parar de beijar. Esperava que o Leandro também estivesse gostando da minha boca. Não era difícil acompanhar aquele beijo. Bem diferente dos outros sete meninos com quem eu havia ficado antes, com beijos apressados, egoístas, atrapalhados. Leandro era experiente, sabia exatamente o que estava fazendo e estava me deixando sem ar, sem fôlego, sem chão, mas com...

Mmmmmmmm...

Depois de muitos minutos, sei lá quantos, paramos de nos beijar.

— Além de linda, ainda tem esse beijo gostoso? Cuidado, hein? Vou ficar apaixonado desse jeito. — Me abraçou e apontou mais uma vez para cima. — Fica olhando para o céu. Logo, logo vai ver um monte de estrelas cadentes.

— Sério? — perguntei, ainda um pouco tonta com todo aquele acontecimento.

— Sério! Fiquei aqui outro dia conversando com o Tadeu e o Cris e nós vimos várias, mas tem que olhar com atenção.

— Que lindo! Acho que nunca vi uma estrela cadente. Quero ver!

— Você vai ver.

Estava me sentindo como num filme da Sessão da Tarde. Depois de dar o melhor beijo da minha vida, estava sentada ao lado daquele menino lindo, com o braço dele — *e que braço!* — envolvendo a minha cintura, olhando para o céu. Não demorou muito e eu vi a primeira estrela cadente.

— Eu vi! — dei um grito.

— O quê?

— Uma estrela cadente! — disse, empolgada.

— Fez um pedido?

— Não! Tinha que fazer?

— Quando você faz um pedido, a estrela realiza. Fica olhando e faz o pedido para a próxima.

— Tá.

Leandro riu da minha concentração olhando para o céu, ficou fazendo carinho no meu braço. Assim que vi a segunda estrela cadente, fechei os olhos e fiz o meu pedido.

— O que você pediu? — perguntou, curioso.

— Não posso contar.

— Por quê?

— Porque, se contar, o pedido não vai se realizar.

Ele me beijou.

— Pronto.

— O quê? — perguntei sem entender.

— Seu pedido acabou de ser realizado!

— Você é convencido demais! Quem te disse que o meu pedido tem a ver com você?

— Poxa.

Dei um beijo na bochecha dele.

— Mas quem disse que não?

Leandro me encarou mais uma vez, antes de me dar um novo beijo.

Nossa-Mãe-do-Céu!!!

Cada vez que os lábios dele encontravam os meus, sentia o meu corpo inteiro reagir. Era como se uma corrente elétrica estivesse passando por mim.

— Chega dói de gostosa essa boquinha! — elogiou, no seu goianês fofo.

Olhamos para o meio do campo de futebol e não vimos ninguém. Cristiano e Juliana já não estavam mais lá. Também não havia sinal algum da Gisela e do Tadeu. Resolvemos ir procurar os nossos amigos.

Quando chegamos ao bar da piscina, encontramos os quatro conversando nas cadeiras de sol, comendo brigadeiro de colher. Fomos nos juntar a eles. Assim que me viram, as meninas abriram um sorriso de orelha a orelha.

Ninguém parecia estar com vontade de ir embora. Mas, quando o céu começou a clarear, não teve jeito. Precisávamos dormir para aproveitar o dia que já estava raiando.

Capítulo 10

♥

Quase um sonho

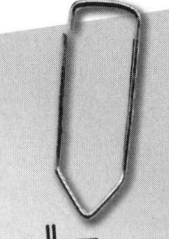

7 de janeiro (mas como se fossem 6)

— O jogo da verdade e as verdades verdadeiras!! —
Continuação...
7 da manhã. Desabafo!!!
Esse não deveria ser o primeiro comentário que faço nessa folha solta. O dia de hoje não podia jamais estar aqui, preso apenas por um simples clipe colorido. Mas... tenho tanto a falar, quer dizer, escrever...
O que vou relatar agora merecia estar na página principal da agenda. Ocupando o melhor espaço.
Droga!
_____ fim do desabafo _____
Como as meninas conseguem dormir depois de um dia perfeito como o de hoje? Estou sozinha, deitada na cama, com o sol já brilhando do lado de fora.
Sim! Essa é a minha segunda noite em claro.
Não! Não fiquei mais uma vez rolando de um lado para outro. Na verdade, acabei de voltar para casa.
Como a minha mãe deixou?
Ela não estava aqui! Nossos pais foram para a casa dos amigos dos pais da Juliana, em Rio das Ostras. Dormiram lá e só voltam hoje de tarde.
Que dia!
Ainda não estou acreditando em tudo o que aconteceu.
Logo pela manhã, já pude desfrutar da companhia do Lê na piscina do condomínio. Conversamos muito. Ele é legal pra caramba. Nem se compara com todos os bocós da escola. Pena que mora tão longe!

— Preciso pesquisar no Google a distância de Goiânia para o Rio de Janeiro —

Depois de dormir a tarde inteira, a melhor parte do dia começou.

O jogo da verdade virou uma brincadeira de seis pessoas: Leandro, Cristiano, Tadeu, Juliana, Gisela e eu. As primeiras perguntas foram as mais tensas! Todo mundo foi obrigado a dizer em quem estava interessado — como se isso fosse ainda algo secreto! Mas dizer na cara da pessoa é pressão demais!!!!

A brincadeira continuou com perguntas mais leves. Só que, depois de todas aquelas "verdades", o Tadeu estava ansioso demais para ficar com a Gi e interrompeu o jogo, dizendo que iria com ela até a cantina da piscina.

Até parece que a gente acreditou!

Como o Cris e a Ju eram os mais tímidos, Leandro achou melhor me convidar para conversar em outro lugar. Fomos novamente para a arquibancada.

E o que aconteceu?!

FIQUEI COM ELE!!!!!!

Foi bom demais! Leandro beija muuuuuuuito bem. Nenhum dos meninos com quem fiquei até agora beijaram (ou beijou?) tão gostoso. O beijo dele é suave, intenso, molhado! Não é aquela coisa mecânica ou estabanada que eu havia experimentado até agora.

Difícil até de explicar.

Espero que amanhã (que já é hoje!), o Lê continue sendo legal comigo.

Será que vamos ficar de novo?!

Vi estrela cadente e fiz um pedido. Vamos ver se funciona.

Tomara que sim!!!

Não acredito que as meninas estão conseguindo dormir. Tô louca para contar a elas todos os detalhes e também para saber de tudo!

Não conversamos nada depois que entramos em casa. Elas acharam melhor guardar as fofocas para depois que acordássemos, para não ficarmos o dia inteiro caindo de sono.

Preciso me acalmar e dormir. Coração acelerado.

Espero sonhar com ele.

Até a próxima página!

Capítulo 11

♥

Depois daquele beijo

— Bom-dia! — Sorri para as meninas.

Elas estavam terminando o almoço.

— Boa-tarde, Mila! Seu príncipe passou por aqui, perguntou se a donzela já havia acordado — brincou Gisela.

— Sério? — Cocei os olhos.

— Ã-hã. Nós estávamos começando a preparar a gororoba e ele apareceu na janela.

— E o que vocês disseram? O que ele queria?

— Ué, falamos que você ainda estava sonhando com ele.

Juliana riu da minha cara de desespero com a resposta da Gisela.

— Os meninos queriam que a gente fosse com eles para a praia — Juliana explicou. — Mas, como acordamos muito tarde, achamos melhor não ir, pois daqui a pouco os nossos pais já estarão chegando.

— E também porque precisamos fofocar sobre os acontecimentos de ontem, né?! Estávamos aqui nos segurando para não falar nada até você acordar.

— Oba! Obrigada, Gi! Quero saber de tudo.

Passamos a tarde inteira conversando e rindo muito. Juliana contou que ela e o Cristiano acabaram sem saber o que conversar quando se viram sozinhos. Ela ficou desesperada com o silêncio constrangedor e tentou puxar assunto. Por sorte, o Cris percebeu como a Ju estava tímida e resolveu agir.

— Ai, ai... Foi tão bom! — confessou. — O Cristiano é lindo! E o beijo dele é maravilhoso.

Depois de também só escutar elogios sobre o Tadeu, chegamos à conclusão de que os meninos, além de lindos, eram show de bola e craques na arte de beijar.

Obrigada, Deus! Você enviou para o lugar certo esses três presentes divinos. São exatamente os nossos números.

— E hoje? O que vamos fazer mais tarde? — perguntei.

— Os meninos sugeriram que a gente deixe para ir para a Rua das Pedras amanhã, pois vai ter um showzinho lá naquele lugar do crepe — Gisela explicou. — Podemos ficar no bar da piscina, conversando.

Meu pensamento voou enquanto Juliana e Gisela continuavam a conversar.

Se o Leandro já havia perguntado por mim mais cedo e se eles já tinham comentado sobre o que iríamos fazer mais tarde, aquilo indicava que provavelmente ficaríamos mais uma vez, certo? Ei!!! Responde aí alguém!

Senti um negócio estranho no corpo. Estranho mas delicioso.

Não via a hora de viver aquele beijo mais uma vez.

Escutamos o barulho de um carro na frente da casa. Gisela correu para a janela e anunciou que nossos pais tinham chegado. Mudamos de assunto rapidamente e começamos a falar sobre esmaltes.

Animados, nossos pais fizeram questão de contar tudo sobre a noite anterior. Eles tinham adorado o festival e estavam empolgados com o passeio que programaram para a gente.

— Amanhã, vamos passear de lancha — anunciou minha mãe.

Gostamos da ideia.

— E o que vocês vão fazer hoje, meninas?

— Nada de mais — respondi. — Combinamos de passar a tarde no barzinho da piscina. Sentar lá e fazer um lanche.

— Hum... Vamos com vocês também — minha mãe avisou, abrindo um sorriso.

Não! Não!! Não!!!

Gisela e Juliana me olharam nervosas.

— Vamos lá escolher nossos biquínis para amanhã? — chamei.

Entramos no quarto da Ju e fechamos a porta.

— E agora?!? — Gisela perguntou, estressada, franzindo a testa.

— Vamos nessa! A gente senta lá e fica torcendo para que os meninos cheguem logo, antes da minha mãe. Precisamos aproveitar pelo menos mais um pouquinho, né?!

Decidimos agilizar ao máximo e sair voando de casa. Nossos pais avisaram que iriam descansar as pernas um pouco e que nos encontrariam mais tarde. UFA!

— Ei, meninas!

Demos um pulo quando ouvimos a voz do Tadeu atrás da gente. Os meninos estavam sentados na varanda da casa deles, jogando baralho. Tadeu tinha corrido para nos alcançar. Cris vinha logo atrás.

— Aonde vão com tanta pressa?

— Estamos indo para a lanchonete. Nossos pais chegaram e vão pra lá mais tarde. Pensamos em ir antes, para ficar conversando sem a presença deles. — Esperei que entendessem o recado.

— Vocês querem ir sozinhas? Ou podemos ir com vocês? — perguntou Cristiano.

— Dããã. É claro que podem ir com a gente — respondeu Gisela, fazendo um sinal de "se liga, garoto!".

Queria ser mais despojada e agir com tanta espontaneidade quanto ela. Mas, quando o assunto envolve algum garoto que me interessa, costumo travar. Com o Leandro, parecia estar mais travada do que nunca: sem saber como me comportar ou mesmo agir. Nem acenei para ele quando o vi sentado na varanda, sozinho.

Tadeu pediu para que esperássemos, deu um estalinho na Gi e foi falar com o Lê. Em poucos minutos, os três já estavam caminhando na nossa direção.

Senti as minhas mãos ficarem geladas.

— Está tudo bem? — Leandro perguntou, baixinho, quando se aproximou de mim.

— Ã-hã.

— Estou te achando distante, um pouco fria. Não me deu nem um sorriso até agora.

— Meus pais chegaram — expliquei.

— Mas eles não estão aqui. Relaxa.

Era difícil relaxar quando pensava na possibilidade da minha mãe aparecer e me ver com o Leandro.

No caminho, ele segurou a minha mão. Adorei aquela sensação! Era muito gostosa, mas não podia me expor daquele jeito.

— Nem a sua mão posso segurar? — Leandro perguntou quando me soltei.

— Não é isso, Lê. O problema é a minha mãe.

— Por que você está tão preocupada? Acha que ela não vai gostar de mim?

— Nada a ver! Não é isso — tentei explicar. Não queria que o Leandro ficasse chateado ou me interpretasse de maneira equivocada. — É porque minha mãe é meio chata e antes de vir para cá disse que não queria que eu ficasse com nenhum garoto.

— Queria tanto passear de mãos dadas... — Pegou a minha mão e deu um beijo, mas logo soltou. — Tenho certeza que ainda vou fazer isso nessas férias, sua mãe vai gostar de mim.

O Leandro estava dizendo que queria conhecer a minha mãe?

— Vamos ver!

— Você duvida? Minha sogra vai se amarrar em mim!

Dei uma gargalhada.

— Sua sogra?

— Claro! Ela não é a sua mãe?

Leandro era mesmo um fofo!

— O que vocês querem lanchar? — Tadeu perguntou quando sentamos nas cadeiras de sol da piscina. Estavam arrumando o som para mais um showzinho de voz e violão. — Nós vamos fazer os pedidos e vocês tomam conta das cadeiras.

Realmente o condomínio estava mais cheio do que nos dias anteriores. Novas pessoas chegando e, com o calor, ninguém aguentava ficar em casa. O barzinho da piscina só fazia encher.

Enquanto os meninos pediam nossos lanches, Gisela quis saber o motivo de não termos beijado o Leandro e o Cris. Além do estalinho na frente de casa, quando chegamos à piscina, ela e o Tadeu protagonizaram um beijo digno de capítulo final de novela.

— Você é doida, Gi? Como vou beijar o Leandro com a minha mãe por perto? — Ergui a sobrancelha.

— Mila, você e a Ju precisam tomar cuidado com esse medo todo. Os meninos são demais! Mas não podemos esquecer que são mais velhos, são mais experientes e podem acabar se cansando se vocês ficarem com medinho o tempo todo. Eles não são mais crianças para namorar escondido. Vocês não querem perder esses gatinhos por uma bobeira qualquer, né?

Não respondi. Senti uma sensação de vazio no estômago. E não era fome! Gisela tinha razão, mas era fácil dizer tudo aquilo, já que os pais dela não estavam ali. Para mim e para a Juliana, era muito mais difícil.

Como não respondemos nada, ela nos alertou mais uma vez.

— Pensem nisso para não ficarem arrependidas depois. Essas podem ser as melhores férias de verão das nossas vidas. Só depende da gente!

— O que é que só depende de vocês? — Tadeu perguntou dando mais um beijo na Gisela, entregando nossos lanches em seguida.

— Passar no ENEM! — disfarçou ela. — E os sucos?

— O Leandro e o Cris estão trazendo.

Fiquei pensativa. O que eu poderia fazer para não estragar tudo aquilo? Não queria perder a chance de viver aquela experiência.

— Lanchinho para a menina mais bonita do condomínio. — Sorri com o comentário.

Me ajeitei na cadeira e peguei o suco de laranja das mãos do Leandro. Juliana também ajudou o Cristiano e, como retribuição pela gentileza, ela deu um beijo nele. Um beijo demorado.

Ah, não! Quando foi que o mundo virou de cabeça para baixo... e eu não percebi?

Há poucos dias, Juliana usava uma camisa com o Chaves saindo do barril e uma bermuda verde-nojo. E agora, além de usar roupas descoladas, ainda beija o Cris no meio do condomínio?! E EU? Por que eu estava como uma bobalhona, que não fazia nada? Nem mesmo a mão daquele gatinho tive coragem de segurar!

O que está acontecendo comigo? Seria a vingança dos passarinhos raivosos, que nunca mais saíram do fundo do armário? Eles me enfeitiçaram e fizeram com que eu me transformasse na antiga Juliana?! Por que estou agindo dessa maneira? Será que nos próximos dias vou começar a me vestir com bermudas até as canelas e a camisa do Chapolin Colorado?

Ação, Camila! Você precisa agir! Essa não é você! Encontre agora, no fundo dessa mente, a Mila decidida que você sempre foi.

Suspirei.

Depois daquela conversa com a minha consciência, estava convencida a voltar a ser Lara Croft. Olhei para o Leandro, pronta para jogar um charme fatal. *Claro! Ele não resistiria e aproximaria aquela boca maravilhosa para me dar mais um daqueles beijos.* Parei no instante em que percebi que o Leandro não estava olhando para mim.

Acompanhei o olhar dele e vi meus pais, com os pais da Juliana, se aproximando. A tensão tomou conta do ar.

— Olá! — Leandro foi o primeiro a falar quando viu que todo mundo estava em silêncio.

— Oi, mãezinha! — consegui mexer a boca.

— Está bom esse lanche, filha?

— Vou descobrir agora.

Nossos pais puxaram as cadeiras para perto da gente. Começaram a conversar com os meninos e não demorou muito para que o clima voltasse a ficar descontraído. Leandro me olhou de rabo de olho, com um sorriso no rosto.

— Vou te dar um beijo aqui — avisou, apenas mexendo os lábios, enquanto o Tadeu falava e ria sem parar, contando uma das suas histórias.

Fiquei roxa. A chegada repentina dos meus pais fez com que toda a confiança que a minha consciência conseguiu me passar minutos antes escorresse pelo ralo.

Lara Croft, adeus. Bem-vinda Galinha Pintadinha.

Respirei fundo e tentei me acalmar.

— Mila, relaxa! Não precisa ficar nervosa. Sua mãe é muito gente boa. — Leandro falou no meu ouvido e segurou a minha mão por baixo da mesa, sem que ninguém visse, e fez um carinho.

Até mesmo o Cristiano começava a se soltar. Nossos pais estavam gostando da conversa e pareciam ter aprovado os nossos novos "amigos". O papo fluía, estava ótimo, e o tempo passou voando!

Leandro puxou a atenção para ele e começou a contar sobre as coisas que faz em Goiânia. Não tinha como não se encantar com aquele sotaque e com o jeito engraçado e espontâneo de contar seus *causos*.

— Você é muito fofo, Leandro — elogiou minha mãe.

— Obrigado, tia. — Ele olhou para mim e piscou.

— Crianças, nós vamos entrar. Vocês vão continuar por aqui? — perguntou tia Tatiana.

— Vamos ficar mais um pouco — Juliana avisou. — Dormimos maravilhosamente bem. — Que sorriso maroto era aquele? Que transformação!!!

— Mas não demorem muito, para não ficarem cansadas amanhã no passeio — lembrou minha mãe. — Cuida dela aí, hein Leandro?! — pediu, piscando para ele.

— Pode deixar, tia! Vou cuidar dela como uma princesa merece.

Noooossa! Me arrepiei toda.

— E vocês... — tio Robson apontou para o Tadeu e o Cris — juízo... se têm amor à vida!

Todo mundo começou a rir. Tentamos disfarçar o tempo inteiro, mas, pelo comentário, eles haviam sacado tudo.

Será?

Eu não tinha levado bronca e em nenhum momento meus pais haviam me olhado de cara feia. Poderiam estar apenas blefando.

Ou não.

Enquanto eu me perdia em pensamentos, Leandro me puxou e me deu um beijo de tirar o fôlego. E eu não me afastei.

Opa! Acho que estou voltando ao normal. Isso, Camila! Dá mais um beijinho por garantia!

Quando começou a se afastar, pedi mais um beijo. Leandro riu e atendeu ao meu pedido.

— Viu? Você ficou nervosa porque é boba! Sua mãe é o maior barato. Aposto que ela não iria reclamar se soubesse sobre a gente — disse, fazendo um carinho no meu cabelo. — Vem cá, me diz uma coisa: seu pai é mudo?

— Ele é tímido demais — falei, rindo. — Culpa da minha mãe!

Cristiano e Juliana, Tadeu e Gisela se afastaram. Cada casal foi para um lado da piscina com suas cadeiras.

— Ela foi legal porque acha que você é só um amigo — expliquei.

— E não sou? — perguntou, franzindo a testa.

— É — falei, toda sem jeito. Ele realmente era só um amigo que havia acabado de me beijar. Só que um beijo não mudava nada. Leandro continuava sendo apenas um amigo.

Ele riu e fez um carinho no meu rosto quando percebeu que eu continuava sem graça.

— Ei! Mas um amigo que está gostando bastante da amiga. — Puxou-me para perto dele e me beijou. — Adorei te conhecer — disse, com os lábios encostados na minha boca.

— Também gostei muito.

— Você está com as bochechas vermelhas. — Riu. — Não precisa ficar com vergonha!

Percebendo que eu ainda estava nervosa, Leandro resolveu me distrair.

— Vamos ver se você aprendeu direitinho?

Olhei para ele sem entender.

— Me mostra o Cruzeiro do Sul? — pediu.

Sorri.

Deitei numa espreguiçadeira, olhei para o céu e procurei aquelas estrelas que formavam a "cruz". Quando achei, apontei empolgada.

— Muito bem! Acertou de primeira. Não corro mais o risco de ser esquecido. — Encarou-me.

Nossos sorrisos foram diminuindo e a vontade de beijar aumentou. Leandro puxou a minha cadeira e me beijou com intensidade. Aquele beijo era de tirar o fôlego!

D-e-l-i-c-i-o-s-o!!!!!!

Poderia passar o dia inteiro beijando aquela boca, sem cansar! Depois de colar os nossos lábios mais uma vez, Leandro me abraçou e ficamos conversando, olhando as estrelas.

Ai, ai! O que poderia ser mais perfeito?

— Mila, nós já vamos! Já está tarde e, como temos passeio de lancha amanhã, é melhor irmos logo para casa. Se demorarmos muito, alguém vai acabar vindo buscar a gente — Juliana falou, abraçada com o Cristiano.

— Tem razão. Eu também já estou indo — avisei, sem me mexer.

Juliana riu e foi andando. Observei os dois enquanto paravam para falar com a Gisela. Ambos os casais acenaram para a gente e foram andando na direção de casa.

Continuei sem me mexer. Não queria sair dali. Aqueles braços envolvendo meu corpo, as estrelas, a brisa que soprava... Tudo estava tão perfeito. Queria que tudo isso durasse para sempre. Leandro se mexeu, me olhou com carinho, me provocando mais um arrepio.

— Acho melhor te levar em casa, só para sua mãe não ficar chateada.

— Você é muito obediente — reclamei.

— Eu?

— É! Minha mãe pediu para você cuidar de mim e você está fazendo isso direitinho.

— Claro! Não quero que você fique de castigo amanhã. Esqueceu que ainda é uma menininha? Já está tarde para ficar na rua.

Olhei para ele com cara de irritada.

— Está arrependido?

— De quê? — perguntou, arqueando uma sobrancelha.

— De ficar com uma "menininha"?

— Tem base? Quer dizer, claro que não.

— Sei.

— Adoro você. Mesmo assim, continua sendo uma menininha — implicou, com um sorriso no rosto.

— Chato! Tiozão Sukita!!! — brinquei.

— Você fica mais linda ainda com essa cara de brava, sabia? — Beijou a minha boca e deu uma mordidinha no meu lábio. — Vamos indo? — Segurou a minha mão e me puxou para levantar.

Fomos andando abraçados até a metade do caminho. Paramos a uma distância segura de casa, para dar o último beijo da noite.

— Está entregue. Sã e salva! — Paramos na frente da varanda. As meninas já haviam se despedido do Tadeu e do Cris e já tinham entrado. — Anda! Entra em casa! Vou ficar aqui, esperando o barulho da chave para saber que posso ir embora tendo devolvido a princesa a seu castelo — e arqueou o corpo em reverência.

— Deixa de ser bobo!

— Estou falando sério. "Missão dada é missão cumprida." Quero que a sua mãe saiba que pode confiar em mim para cuidar da princesinha dela.

Dei uma gargalhada.

Joguei um beijo para ele, entrei em casa, e antes de fechar a porta, pedi, com um sussurro:

— Sonha comigo?

7 de janeiro (últimos minutos do dia)

— O day after —
Hoje, quando acordei — já perto da hora do almoço —, estava sem saber o que aconteceria. Ainda conseguia sentir o cheiro do perfume do Leandro no meu rosto, pescoço, braços... na minha alma.

Aquele beijo não saía da minha cabeça.

Não tinha certeza se ficaríamos mais uma vez. Nunca tinha "repetido figurinha" na vida! Tudo bem que também não sou muito experiente. O que são sete meninos?! Nada! Mas de toda a minha humilde listinha dos sete, nunca havia repetido ninguém!

É verdade. Parando para pensar, isso é uma coisa muito triste.

Contando com o Leandro, dei apenas oito dias de beijo em toda a minha existência. Isso chega a ser um absurdo!

Lembrando que um ano possui 365 dias, oito é um número do tamanho de uma formiga nesse período de 12 meses. Se eu tenho 15 anos (15 x 12 = 180)... Ou seja, já vivi 180 meses e só beijei oito dias! Não quero nem multiplicar quanto são 180 meses em dias, para não entrar em depressão.

Meu Deus! Por que nunca pensei nisso antes? Por que não argumentei isso com a minha mãe quando ela veio me dizer que sete meninos era um exagero?!

Estou envergonhada!

Opa! Na verdade, essa minha conta está errada. Fiquei tão desesperada com todos esses números que esqueci o motivo de começar a escrever sobre isso. Na verdade, beijei oito meninos, mas já dei nove dias de beijos.

Hum... É isso aí! Menos mal!

Repeti uma figurinha! E repetiria mais um milhão de vezes. Pode apostar! Um álbum só com o Lê, imagina?

— Fim do surto —

Isso que dá querer escrever na agenda o que vem na cabeça. Tenho certeza que um dia ainda vou rir muito de todas essas minhas maluquices! Enfim...

Sim! Fiquei com o Leandro hoje de novo e foi lindo! Não tinha certeza se isso iria mesmo acontecer.

Mas deu tudo certo! Leandro, com toda aquela experiência, não precisou "pedir para ficar comigo" — como os meninos da escola fazem ("quer ficar comigo?", ou, ainda pior, "meu amigo perguntou se você ficaria com ele").

Leandro não precisou de nada disso. O que ele fez? Praticamente nada! O clima de romance já estava no ar e o primeiro beijo simplesmente aconteceu. O segundo também! Quando nos encontramos e depois que a minha mãe foi embora, ele me beijou. Simples assim!

Isso aí! Minha mãe conheceu e conversou com o Leandro. Sem saber de nada, é claro! Ela gostou do Lê. Só não sei se ela vai continuar gostando depois que souber que já nos beijamos.

O dia foi perfeito! Tudo está sendo perfeito! Estou amando essas férias!

Ah, o Lê. Ah, Búzios. AH, O VERÃO!

Boa-noite!

Capítulo 12

♥

Beijos de verão ou um verão de beijos?

♥

Acordei cantarolando: "É a vida... É bonita e é bonitaaaaaaaa!"

— Que felicidade toda é essa? — Minha mãe estranhou.

— Que felicidade, mãe? — Disfarcei.

— Acordou toda sorridente, cantando e tudo!

— Se acordo séria, você tem algum comentário. Se acordo cantando, você também fala alguma coisa. Quer que eu acorde como?

— Não estou reclamando, só fiz um comentário.

— Estou animada para o passeio de lancha. É isso! Minhas amigas vão morrer quando souberem — inventei.

— Ah, bom. Vai ser um passeio bem legal mesmo. — Minha mãe acreditou que a minha felicidade era por causa de uma lancha! — Também estou animada. Vai se arrumar logo!

Pulei da cama e entrei no banheiro para colocar o biquíni. Fiquei pronta em menos de vinte minutos, peguei uma maçã e fui para a varanda esperar todo mundo. Olhei para a casa do Leandro, eles também estavam saindo. Antes de entrar no carro, deu uma olhada na minha direção e me mandou um beijo. Sorri e acenei.

— Que cara é essa, Mila?

Levei um susto.

— Que cara, mãe?

Minha mãe olhou na mesma direção e o Leandro acenou para ela de dentro do carro. Ela respondeu e me olhou rindo.

— Já entendi tudo.

— Não sei o que você entendeu. — Franzi a testa como se não fizesse a mínima ideia do que ela estava falando.

— O motivo para aquela carinha de apaixonada e para a cantoria.

— Não viaja, mãe.

Ela riu.

— Não vou falar mais nada. — Fez sinal de que estava colando a boca. — Ele é mesmo uma gracinha! — Disparou, segundos depois.

— Quem é uma gracinha? — A mãe da Juliana quis saber.

De rabo de olho, vi o carro dos meninos desaparecer na curva de saída do condomínio.

— O Leandro. — Minha mãe revelou. — Você não achou aquele menino um fofo?

— Todos eles são uma gracinha! Educados, divertidos, simpáticos! — elogiou tia Tatiana. — Hum... — Piscou para mim. — Tem alguém aí interessada especialmente no Leandro?

Senti minhas bochechas esquentarem.

— Minha mãe que está delirando, tia. Não tem nada a ver! Eles só ficaram nossos amigos, né, Juliana?

Pega de surpresa com a pergunta, Juliana até engasgou antes de responder. Gisela fez uma cara de quem estava prendendo o riso.

— É... É verdade sim! Só amigos! — respondeu gaguejando.

Todo mundo riu.

O clima era de descontração. Estávamos animadas com o passeio e com tudo o que estávamos vivendo. Nossos pais estavam bem relaxados e pareciam ter dito a verdade quando elogiaram os meninos. Gisela acreditava que nossas mães não iriam causar nenhum tipo de problema, caso descobrissem que já havia rolado até beijo na boca. Afinal, "os meninos são simpáticos, divertidos e educados"! Não foi isso que a tia Tatiana falou?

O dia estava maravilhoso. Nenhuma nuvem no céu. O calor convidava para um dia inteiro de praia e mar gelado. O paraíso é aqui!

Levamos quase uma hora para chegar a Arraial do Cabo e começar o passeio. Mas valeu a pena aquela demora! Foi incrível! As praias de Arraial são paradisíacas.

Enquanto a lancha ia saltando as ondas com velocidade, deitamos na proa e ficamos pegando sol. Conversamos e rimos muito.

Mergulhamos em todas as praias em que paramos. Juliana ficava molhando a cabeça e o corpo com uma garrafa plástica. Lamentamos por ela ainda não querer entrar no mar com a gente.

Eu já estava muito bronzeada, mas não conseguia sair do sol. Desejei que Leandro pudesse estar ali comigo e o imaginei diversas vezes ao meu lado. Tinha certeza de que em todos os nossos momentos de silêncio as meninas pensavam a mesma coisa sobre o Cris e o Tadeu.

Almoçamos em um restaurante flutuante na praia do Forno, especializado em frutos do mar! Foi fantástico!!! Depois, continuamos o passeio até as seis. O sol começava a se pôr. Voltamos para casa cochilando no carro.

— Vai descansar, Camila? — minha mãe perguntou assim que saí do banho.

— De jeito nenhum.

— Vamos dar uma volta? Preciso comprar uma canga nova. Esqueci a minha na lancha. É rapidinho. Quero pegar o comércio aberto.

— Você não vai dormir?

— Se eu tirar um cochilo agora, mais tarde não vou ter sono. Já está na hora de jantar.

— Então, tá! Vamos. Eu te ajudo a escolher.

Demos uma passada rápida numa lojinha e na volta caminhamos pelo condomínio até chegarmos ao campo de futebol.

— Ali, ó, seu gatinho jogando — minha mãe apontou na direção do Leandro.

— Para com isso, mãe!

Naquele instante, ele percebeu a nossa presença e nos lançou um olhar simpático. Perdi o ar com aquele sorriso.

— Ele gosta de você!

— Não viaja! — respondi, sem graça.

— Mas é claro que não estou viajando. Eu sei bem o que estou falando. Olha lá a carinha dele.

Leandro continuava com um sorriso de orelha a orelha, parado no meio do campo de futebol. Não pude deixar de rir também.

Ah... Aquele garoto!

— Oi, meninas! — Veio correndo na nossa direção, deixando o jogo de lado.

— Nossa! Adorei ser chamada de "menina"!!! — minha mãe exclamou.

— Falei a verdade. Nem parece que é mãe dessa outra menininha. — Fez um carinho na minha bochecha. — Eu acreditaria se dissessem que eram irmãs.

Minha mãe escancarou um sorriso.

— Já acabou o futebol? — perguntei.

— Não, mas já cansei de jogar. Vão fazer alguma coisa hoje?

Que papo era aquele? Já estava tudo combinado! Iríamos para a Rua das Pedras, encontrar com eles. Leandro estava desistindo?

— Não sei — respondi.

— Vamos todos para a Rua das Pedras! Vai ter um showzinho lá no Chez Michou, a creperia. O Tadeu disse que é bem animado. Vocês podem ir e voltar de carro com a gente.

Leandro era muito esperto. Jogou aquele assunto só para pedir para a minha mãe deixar a gente ir de carro com eles! Boa, garoto!

— Posso, mãe? — perguntei, cheia de esperança.

— Pode. Vê com as meninas se elas também se animam. — Não estava acreditando que ela havia concordado com tanta facilidade. — O crepe deles é uma delícia! Tem lá no Rio — comentou.

— Tá. — A empolgação tomava conta de mim. Aquilo não seria nenhum problema. Tinha certeza de que elas iriam querer sair. Afinal, já estava tudo certo.

— Tia, você reparou que tomei conta dela direitinho? — Leandro perguntou todo orgulhoso, com os olhos brilhando. — Deixei a Camila na porta de casa e só saí de lá depois que escutei o barulho da chave.

— Pior que é verdade! — confirmei.

— É por isso que eu vou deixar você sair com ela — avisou. — Gostei de você, Leandro. Sua mãe tem sorte, pois você é um menino doce e muito bem-educado — derreteu-se.

— Eu disse para a Camila que você tinha gostado de mim, mas ela não acreditou.

Eu fiz uma careta.

— Que isso, Camila! — Minha mãe me encarou com os olhos arregalados.

— Pois é! — Leandro riu.

— Camila é assim mesmo! Também não acreditou quando eu disse que você estava de olho nela!

Não! Não! Não! E não! Minha mãe não podia ter falado aquilo! Não mesmo! O que o Leandro ia pensar? Onde eu estava com a cabeça quando concordei em sair para dar uma voltinha com ela?! Pior! Por que não cortei o papo pela raiz?!?

Aquela era a primeira vez que eu via o Leandro ficar envergonhado.

— MÃE! — gritei.

— O quê? — perguntou, de maneira inocente.

— Para de falar besteira! — Fuzilei minha mãe com o olhar.

— Sua mãe não está falando besteira nenhuma — Leandro saiu em defesa. — Você sabe que é verdade.

Ooooooooooiiiiiiiiiiiiii?!

Olhei para o Leandro sem acreditar no que havia acabado de escutar. Minha mãe deu uma gargalhada e os dois riram da minha cara.

— Desisto de vocês! Querem me deixar sem graça?! Estão achando isso legal?! — Senti as minhas bochechas pegarem fogo.

— Muito — Leandro respondeu e me deu um abraço. — Vamos nessa? — O garoto me puxou, envolvendo a minha cintura. — Você precisa combinar com as meninas. Não vamos sair daqui muito tarde.

— Tá — respondi, sem nem saber direito o que estava dizendo.

Será que estou sonhando? Acho que vou me beliscar. Isso tudo é surreal demais para estar, de fato, acontecendo. Ai! Doeu! Não estou sonhando.

Leandro continuou andando abraçado comigo. *Ai. Meu. Deus! Com a MINHA MÃE do ladooo!!!* O mais estranho era que ela não estava reclamando daquela situação. Será que falaria alguma coisa quando estivéssemos sozinhas? Enquanto os dois batiam altos papos, minha cabeça não parava de tentar entender o que estava acontecendo.

— Toma conta delas direitinho mais tarde, hein?! Camila, me liga assim que você chegar ao restaurante.

— Pode deixar, tia Regina. Eu mesmo ligo.

Minha mãe se despediu dando dois beijinhos no Lê e entrou em casa. Leandro me segurou.

— Você é maluco? — perguntei, ainda nervosa.

— Relaxa, Camilinha! Sua mãe é o maior barato e foi ela que começou dizendo que eu gostava de você. Qual é o problema se ela souber?

— *Se* ela souber? Agora não tem mais "se"! — Coloquei a mão na cabeça. — Depois do abraço e do que você falou, ela não tem mais nenhuma dúvida. Pode apostar!

— E qual é o problema?

— Ela vai me encher o saco.

— Não vai nada! Para de ser boba, Mila.

— Claro que vai!

— Claro que não! Quando ela disse que não queria que você ficasse com alguém aqui, é porque não tinha me conhecido ainda. — Me pegou pela cintura, agora com as duas mãos, e me puxou para perto dele.

— Acho que eu já disse que você é muito convencido! — resmunguei, relaxando um pouco.

— E você é muito má.

— Má?

— Muito! Até agora não me deu nem um beijinho.

Ai, ai, ai!

— E nem vou dar. Você acha que vou te beijar aqui na frente da casa?

— Se você não vai... Eu vou!

Sem me dar tempo para pensar, Leandro me puxou e me deu um daqueles beijos cinematográficos. Quando me soltou, eu ainda estava sem ação.

Ele, definitivamente, era maluco. E eu, definitivamente, estava ficando loucamente apaixonada. E agora?!

— Vou pra casa me arrumar. Precisamos sair cedo para pegar uma mesa boa. Vai logo falar com as meninas. Depois das dez, lota.

Quando conseguir me mexer, ok?!

Minhas pernas estavam bambas.

— Você é doidinho! — consegui dizer.

— Só se for por você. — Leandro mordiscou meu pescoço e foi andando para casa.

Continuei parada. Não sentia força nas pernas para andar. Estava tremendo da cabeça aos pés.

— Camila, o que você está fazendo aí no meio da rua, sozinha? — Juliana perguntou quando apareceu na varanda e me viu.

— Pensando — respondi, começando a me movimentar.

— Até imagino os seus pensamentos. Sua mãe acabou de contar pra geral o que aconteceu no futebol — avisou Gisela.

— Não acredito! — Olhei para elas, espantada.

— É verdade — confirmou Juliana. — Leandro é mesmo uma figura, hein?! Piradinho.

— Nem me fala... — suspirei. — Ele mandou a gente começar a se arrumar, voando!

Elas concordaram.

Somente naquele momento a minha cabeça voltou a funcionar normalmente. Estava me sentindo mole, como se estivesse levitando, com a realidade bem longe... Precisava me concentrar para não ficar com cara de boba na frente da minha mãe.

Escolhemos nossas roupas e a Juliana foi a primeira a entrar no banheiro para tomar banho.

— Gi, acho que vou aproveitar que vocês duas ainda vão tomar banho para descansar um pouquinho. Quando você acabar o seu, me chama aqui — pedi.

— Beleza. Só um chuveiro para três gatas é dose!

Deitei na cama, tentei ficar de olhos fechados, mas, com o coração a mil, não consegui relaxar. Então, aproveitei que todos estavam na sala e resolvi escrever.

8 de janeiro

— Doidinho por mim!! —

Acabei de ouvir o Leandro dizer isso para mim e estou sentindo um nó no estômago. Tudo bem que ele deve ter dito apenas por dizer, mas essa frase fica ecoando na minha cabeça e não me deixa pensar em mais nada.

"Você é doidinho!"

"Só se for por você!"

Ai, ai. Ui, ui.

Quando lembro que não queria viajar... Imagina!! Estaria perdendo tudo isso! Devo essa a minha mãe. Te adoro, chatinha.

Se eu não tivesse vindo para cá, estaria em casa, com as mesmas pessoas de sempre e apaixonada por um garoto que não me dá a mínima.

E não é só por causa do Leandro que as férias estão sendo boas — claro que isso deixa tudo ainda mais perfeito!

Poder ficar na praia o dia inteiro, passear de lancha, fazer uma nova amizade com a Juliana, conhecer a Gi, ver o céu mais estrelado do mundo... Parece um sonho. E não é!

— Camila? — Juliana chamou, batendo à porta do quarto.

— Oi. Pode abrir! — gritei.

— Leandro passou aqui e pediu pra gente não demorar.

— Ele passou aqui? — Arregalei os olhos.

— Não só passou como entrou, falou com todo mundo e deu esse recado — disse, com um sorriso maroto.

AI-MEU-DEUS!!!!!!!!

— Tá — suspirei.

— A Gi mandou avisar que já está secando o cabelo. Dá para fechar a agenda?

— Agora!

Guardei a agenda em um lugar seguro, bem no fundo da minha mala. Levei a roupa para o banheiro e tomei uma chuveirada rápida.

Quando terminei de me maquiar, avaliei o resultado no espelho e fiquei satisfeita. Estava com um vestido preto, justo, que ficava lindo em mim. Calcei uma rasteirinha e peguei a bolsa para encontrar as meninas. Elas já estavam na varanda.

— Camila, leva o celular!

— Não precisa, mãe. Eu uso o das meninas.

— Precisa sim! É uma ordem.

Começou a chatice! Ei, mãe! Você é bipolar?

Olhando para a minha mãe, cheguei à conclusão de que, se algum dia ela conseguisse ler os meus pensamentos, eu estaria de castigo pelo resto da vida.

Liguei meu celular, que agora passava mais tempo desligado do que ligado, e o coloquei dentro da bolsa. Leandro já estava vindo na nossa direção.

— Vim buscar as madames! — anunciou.

Demos uma gargalhada. A casa deles era bem próxima da nossa.

— *Merci!* — devolvi, para manter o clima.

Olhamos para trás e vimos que minha mãe e a tia Tatiana estavam na varanda. Acenamos e Leandro colocou o braço no meu ombro. Tentei me soltar, mas ele apertou firme.

— Nossa… Como ela está cheirosa…

Nossa digo eu.

— Obrigada. Mas será que você pode me soltar até a gente ficar livre dos olhos da minha mãe? — pedi, entre os dentes.

Todos riram.

— Sua mãe já desconfia que estamos juntos, não precisa ficar com vergonha.

— Desconfia? Já tem certeza, é claro. Mas não pode provar.

— Sua mãe não é nenhuma boba. Ela não nasceu ontem e já sacou tudo desde o dia que vocês me viram pela primeira vez no futebol.

Ei! Eu não tinha comentado com o Leandro sobre o radar da minha mãe, tinha?

Vendo que eu estava confusa, Leandro explicou.

— Mãe é mãe. Elas sempre sabem de tudo!

Apesar de apoiarem o Leandro para me abraçar na frente das nossas mães, Juliana e Gisela não fizeram o mesmo com o Tadeu e o Cris.

Espertinhas!

Falei com os meninos e o Tadeu nos apresentou aos pais dele.

— Dá-lhe Leandrão?! Muito linda a sua namorada! — disse o Tadeu pai. Já que éramos o único casal fora do armário, os comentários sobraram para mim.

Fiquei com as bochechas pegando fogo.

Namorada?!

— Também acho. Já viu como ela ficou ainda mais linda assim, vermelhinha? — Agora foi a mãe.

Risadas e mais risadas.

Na-mo-ra-da?!

Não éramos namorados de verdade. Impossível um namoro resistir a uma distância tão absurda. Goiânia ficava longe demais do Rio de Janeiro, mas ouvir aquela palavra era... principalmente para mim, que nunca havia nem ficado mais de uma vez com o mesmo garoto... estranhíssimo.

— Vamos? — As meninas interromperam os meus devaneios.

Nunca — *eu disse nunca!* — havia andado de carro com algum menino com quem estava ficando. Claro, nenhum deles tinha carteira de motorista, pois todos eram menores de idade. *Eca!!!*

Eu estava no banco da frente! Lero, lero! No banco da frente com o meu gatinho todo musculoso e lindo e bronzeado e bom de bola e gente fina e... motorista, ou melhor, piloto!

Cantarolei em pensamento, enquanto olhava de rabo de olho para o Leandro. Ele estava demais! Com uma blusa vermelha e aquela bermuda cargo preta de bolsos do lado. E o perfume? Jamais iria esquecer aquele cheirinho gostoso.

Olhei pelo retrovisor, dois casais fofos, mas esmagados. Assim que saímos do condomínio, Gisela não perdeu tempo e sentou no colo do Tadeu, alegando que era pela falta de espaço.

Ãh-hã, sei! Falta de espaço, né?!

Quando avistamos a Rua das Pedras, Leandro sugeriu que os dois casais fossem pegando mesa no restaurante, enquanto ele procurava uma vaga.

Senti um calafrio daqueles quando ficamos apenas nós dois.

— Rubro-negro, é? — comentei, só para quebrar o gelo.

— Gostou?

— Amei!

Rodamos por uns vinte minutos, vaga perto do point... sabe como é, né? A Rua das Pedras já estava lotada e, como não passava carro nesse trecho, as ruas paralelas ficavam cheias de pessoas tentando estacionar. Quando desligou o motor, Leandro não saiu imediatamente. Em vez disso, me puxou para dar um beijo. O Beijo! *Mmmmmmm!!!* *Qué qué isso, minha gente!*

Com as duas mãos nas minhas costas, enquanto continuava a me beijar, Leandro subiu uma delas até a minha nuca e puxou com carinho meu cabelo.

Ai, ai, ai!

Parecia impossível, mas o beijo ficou ainda mais gostoso e intenso! *Que calor! Preciso de ar! AGORA!!!!!*

— Vamos? — interrompi o clima de maneira inesperada.

— Fiz alguma coisa que você não gostou? — Leandro perguntou, preocupado.

— Não, claro que não — respondi, nervosa. — Só acho que eles vão ficar preocupados com a gente. Já passou muito tempo.

Não convencido, Leandro segurou a minha mão e me encarou.

— Você ficou chateada com alguma coisa? Pode falar.

— Claro que não fiquei chateada. Não foi nada. É só que...

Ele esperou que eu completasse a frase.

Mas o que eu iria dizer?!

— Me desculpa, Lê! Você não fez nada. Mas sei lá... Não estou muito acostumada com isso. É tudo muito novo pra mim.

O que eu estava dizendo?! Cala a boca, Camila! Ele vai achar que você nunca beijou ninguém antes.

— Não que eu nunca tenha ficado com outros garotos! É claro que já fiquei.

Também não precisa dizer isso com tanto entusiasmo! Ai, meu Deus! Olha como ele está me olhando! Leandro não vai querer mais nada comigo.

— Mas com você está sendo bem diferente de tudo o que já vivi — contornei. — Você é mais maduro, mais experiente... Já até dirige!

Leandro riu.

Idiota! Idiota! Cala essa matraca, Camila!

— E ficar com você assim, aqui dentro do carro, sozinha, com a sua mão na minha nuca e com um beijo tão avassalador que...

Silêncio.

Silêncio total.

Alô! Tem alguém dentro dessa cabeça?! Avassalador!?! O que acabei de falar?

— ... que me assustou!

Pronto. Estava tudo acabado! Arruinado. Aniquilado. Arrasado. Avacalhado. Avassa...

Leandro riu mais uma vez, um sorriso doce.

Do que ele estava rindo?! Só podia ser da minha cara, né?

— Você é muito especial, Mila! Estou adorando ficar com você, de verdade, você me faz feliz. — Deu um estalinho na minha testa. — Não precisa ficar assustada. Não estamos fazendo nada de errado. Nem vamos fazer! Jamais faria algo para magoar uma menina nota dez como você. Pode ficar tranquila. E não se esqueça de que prometi para a sua mãe que iria tomar conta da princesinha dela. Não precisa ficar preocupada que não vou ultrapassar nenhum limite. Então, nada de fugir da próxima vez que o clima esquentar um pouco mais, tá?!

Sério! Preciso de um buraco, urgente! Preciso de um buraco para enfiar a minha cabeça e nunca mais colocar para fora da terra.

— Nem com vergonha! Isso só demonstra que você é uma menina ainda mais especial. Cheia de valores, divertida, linda! Ah, se eu morasse no Rio de Janeiro! Não deixaria você fugir de mim.

Camila! Camila! Fala alguma coisa, sua avestruz!

— Obrigada pelos elogios e desculpa, Lê!

— Não tem nada que se desculpar. — Leandro me beijou mais uma vez. — Agora, é melhor mesmo a gente ir andando. Vamos botar a culpa na falta de vagas. — E piscou charmosamente.

Andamos de mãos dadas até a creperia. Que demais sentir nossos dedos entrelaçados!

— Olha eles ali. — Leandro apontou na direção de uma mesa, ao lado do palco.

Quando chegamos perto, ninguém comentou nada sobre a nossa demora. Estavam tão entretidos com uma polêmica que nem devem ter reparado no tempo que passou.

— Vamos escolher nossos crepes? — Tadeu sugeriu.

Chamamos o garçom e fizemos o pedido. A cada minuto o restaurante ficava ainda mais cheio. Até que lotou. O ambiente era muito agradável. Não queria acordar daquele sonho. Se pudesse, viveria em Búzios para sempre.

Logo que os crepes chegaram, a banda subiu ao palco. O papo na nossa mesa continuava animado. Tadeu era o mais palhaço e, sempre que contava uma das suas histórias, fazia todo mundo rir.

— Nossa. Meu crepe estava show! — elogiei, assim que dei a última garfada.

— Sobremesa? — Leandro perguntou.

— Não! Quer me engordar, é?!

— Engordar? Você pode comer o que quiser. Tem o corpo que toda menina pediu a Deus, não precisa se preocupar com a balança — elogiou.

— Já falei a mesma coisa — disse Juliana. — Nem adianta tentar convencê-la, não vai te escutar.

Na verdade, não estava com medo de engordar. Mas comer um crepe doce estava fora de questão. Ainda sentia um nó no estômago toda vez que me lembrava daquele beijo.

— Vamos rachar um de doce de leite com chantilly? — sugeriu Gisela a todos.

— Cansei de assistir a esse vocalista cantando a maioria das músicas olhando para você — Leandro disse no meu ouvido. — Vamos dar uma volta?

Ri com aquele comentário. Também havia reparado que o vocalista estava olhando demais para a nossa mesa, mas jamais imaginei que o Leandro estivesse com ciúmes.

— E o pessoal?

— Uai... A gente volta para encontrar com eles daqui a pouco. Você não quer sobremesa mesmo.

Pensei antes de responder, e ele foi logo emendando:

— Quero ver o mar contigo. A noite está tão bonita!

Não resisti ao convite. Andamos até um píer e sentamos de frente para o mar.

— E quero ver se você já sabe identificar sozinha o Cruzeiro do Sul — desafiou.

Olhei para as estrelas e demorei um pouco para encontrar, mas, assim que vi, apontei.

— Muito bem! Nota dez. Você é muito boa aluna!

— Obrigada — respondi, rindo. Acho que ele se esqueceu, mas tenho quase certeza que já provei a ele que sei encontrar sozinha.

Leandro passou o braço pela minha cintura, fez um carinho no meu umbigo e me deu um beijo demorado. Senti meu corpo estremecer.

— Nem acredito que consegui te conquistar, sabia? Você é muito linda! Ser seu namorado deve dar um trabalhão!

— Por que você está dizendo isso?

— Ah, com uma menina bonita e legal assim, tem muito urubu de olho. Não viu o cara lá da banda encarando você, mesmo comigo do lado?

— Para! Ele faz isso com todas.

— Não vem com essa, Camila! — Riu. — E esse seu sotaque?! Sinto ainda mais vontade de te beijar quando te escuto.

— Também adoro ouvir o seu jeitinho de dizer as coisas — elogiei.

— *Também* não sou de se jogar fora, né? — disse ele, com um sorriso no rosto.

— Claro que não! Você é um gatinho... e cheiroso demais! — Cheguei bem perto dele e encostei o nariz naquele pescoço perfumado.

Leandro segurou a minha mão e apontou para o braço dele, que havia ficado arrepiado.

— É impressionante! Desde que te vi, senti algo diferente. Você parece que é capaz de me dar choque. O beijo é mágico, quando a gente se toca rola uma coisa forte. O que é que você tem de diferente, hein, carioca?!

Ri da pergunta, mas ao mesmo tempo senti um frio na espinha. Ele tinha razão. Alguma coisa muito intensa acontecia quando estávamos juntos.

Intenso, diferente e maravilhoso. MÁGICO é a palavra exata.

Capítulo 13

♥

O celular

♥

Enquanto continuávamos abraçados, curtindo o céu e o vaivém das ondas, meu celular começou a tocar. Levei um susto quando ouvi o barulho. Imaginei que era a minha mãe perguntando sobre a hora que iríamos voltar. Nem olhei para a tela.

— Ainda está muito cedo, hein? — falei, antes de qualquer coisa.

— Tá maluca, Camila? Cedo pra quê?

Tirei o celular do ouvido e olhei o identificador de chamadas. Não era a minha mãe, era a Dani. Dei uma gargalhada.

— Desculpa Dani, pensei que era a minha mãe — expliquei, tentando controlar o riso.

— Onde cê tá, garota? — perguntou, curiosa.

Quando reparei que o Leandro estava me olhando, disse mexendo apenas os lábios "é a minha amiga".

— Na Rua das Pedras — respondi, segundos depois.

— E sua mãe não está aí!?!

— Não.

— Você está sozinha na Rua das Pedras com a Juliana? — Dani parecia surpresa.

— Sim. Com ela e com mais alguns amigos.

— Amigos? Amigos dela?

Aquela conversa estava ficando bem esquisita. Sei que a minha mãe é complicada e quase não me deixa sair sozinha. Mas também não era para a Dani ficar tão espantada, né?!

— Não. A Ju, a Gi e três amigos que fizemos no condomínio.

— Hummm. Já está cheia de amiguinhos novos? Tô começando a ficar com bastante ciúme disso tudo. — Dani riu. — Quer dizer que a tia Regina está te deixando soltinha em Búzios, é?! Quantas mudanças!

— Pois é, amiga! — respondi, rindo.

— Que legal! Bom saber que você está aproveitando! Agora, mudando de assunto, preciso te contar uma novidade.

— Qual?

— A Pati está muito arrependida, disse que já tentou falar contigo pelo Skype, mas que você nem respondeu.

— Ah, amiga! Não respondi a nenhuma de vocês, pois quase não fico na internet. Dei aquela resposta geral explicando exatamente isso. Fala para a Pati que ela não precisa ficar preocupada com nada.

— Mas ela vai querer conversar com você e te pedir desculpas.

— Ela não precisa fazer isso. Não tenho nenhum problema com ela.

— Amiga, a Pati não vai mais ficar com o Rafa. Nem chegou a ficar de novo depois da festa na casa do Bê. Caminho livre!

— Não tem caminho livre nenhum, Dani! Isso não me interessa mais.

— Como não? Tá louca? Presta atenção e fica quieta.

Estava com vontade de desligar. Não queria ficar conversando com a Dani, queria aproveitar aquele momento com o Leandro. Enquanto estava com o celular pendurado na orelha, ele me olhava e analisava as minhas expressões.

— Fala, Dani.

— Depois de tudo o que aconteceu na festa, fiquei mais amiga do Rafael.

— Ãh.

— Ele também passou a andar mais com a gente.

Claro! Estava interessado na minha amiga!

— Ãh.

— Estamos saindo juntos praticamente todos os dias.

— Ãh.

Será que a Dani não podia ser mais direta? Será que ela não percebia que eu não estava interessada em saber nada daquilo?

— Então! Em um desses dias, acabamos saindo apenas nós três. Eu, o Bê e o Rafa. Nesse dia, conversamos pra caramba. Ele é muito gente boa, Mila!

Tá. E daí?

— Ãh.

— Aí, como vi que o Rafael era legal, achei melhor abrir o jogo. Contei que você havia ficado muito chateada quando soube sobre ele e a Pati. Na hora, ele não entendeu o motivo de você ter se chateado. Expliquei que você era amarradona nele e...

O QUÊ?!

— Não acredito que você fez isso, Dani! — interrompi imediatamente.

— Calma… Ainda não acabei de falar.

Leandro me puxou para perto dele e ficou fazendo carinho na minha mão e no meu cabelo.

— Fala logo, então! — pedi, nervosa.

— O Rafael disse que nunca havia percebido que você gostava dele.

Rá, rá! Não percebia! Quem é que não percebia?! TODO MUNDO percebia!

— E você acreditou? — perguntei, irritada, tentando não dar muitas pistas para que o Leandro não descobrisse sobre o que estávamos falando.

— Acreditei, amiga! Ele jurou que nunca sacou nada. Ele disse que não imaginava que ficávamos perto da sala deles por causa dele. O Rafa achava que a gente só ficava lá por causa do Bê.

— Ah… tá! Azar o dele então. A fila andou!

— Que fila, garota? Agora que o Rafa está sabendo de tudo… quem sabe vocês não se entendem?

— Dani, não tenho nada para entender. Nada! Isso já ficou para trás. Não era importante.

— Amiga, espera aí que o Rafa quer falar com você.

Quem quer falar comigo?!? Quem quer falar?! Quem? Q…

— O quê? Alô! Dani!!! — gritei. — Não quero falar…

— Faaala. — Uma voz masculina surgiu na linha. Senti um calafrio na espinha.

— Oi — respondi.

Não acredito! Simplesmente não posso acreditar. O Rafael. O menino pelo qual fui apaixonada durante o ano inteiro e que me dirigiu a palavra apenas uma vez estava falando comigo AGORA, pelo celular.

— Oi, Camila.

E ainda disse o meu nome?!?! Claro que disse o meu nome! O que esperava que ele falasse se estava no celular comigo?

— Oi — respondi, friamente.

— Tudo bem?

— Tudo.

Não! Não estava nada bem. Meu coração batia feito o bumbo do tambor. Camila, não surta! Olha para a sua frente neste segundo.

Olhei, obedecendo à voz da minha consciência, e voltei para a realidade. Leandro estava ali. Lindo, cheiroso, atencioso e cheio de carinho pra dar.

Desliga esse celular agora! Esse garoto não merece nem um pingo da sua atenção.

— Então, podemos conversar? — pediu, com a voz doce.

— Rafael, você pode chamar a Dani de novo? Estou ocupada e não posso ficar falando no celular.

— Você ainda está bravinha comigo, né? — perguntou, como se estivesse falando com uma criança.

Queria bater o telefone na cara daquele idiota! Quem ele pensava que era? Fiquei um ano correndo atrás dele, ele nunca me deu confiança, ficou com uma amiga minha e agora, que eu estava muito bem acompanhada, ele aparece do outro lado da linha querendo estragar tudo?

— Não estou chateada, só não tenho nada para falar com você e estou ocupada demais para perder tempo no telefone. Avisa para a Dani que falo com ela depois.

— Não fica chateada, linda. Não sabia que você era amarradona na minha. *Sorry.*

Não! Não posso ficar ouvindo isso.

— *Sorry* digo eu. Tchau!

Desliguei o telefone, transtornada. Que ódio!! Esperei séculos por um momento como aquele. Acho que nem nos meus sonhos poderia ter imaginado o Rafael me ligando para dizer que gostava de mim. Ele havia dito isso? Não. Ele falou que eu gostava dele, mas que ele não sabia. Sei lá.

Não sabia... Não sabia! Quem não sabia?

Quando parei de bufar e de pensar no telefonema, percebi que o Leandro estava me encarando.

— O que te deixou tão nervosa?

— Nada — respondi, seca.

— Me conta!

— Não.

— Você ainda está nervosa. Quem é Dani e Rafael?

— Não quero falar sobre isso — avisei.

— Se você não falar, vou ficar chateado.

— Por quê?

— Porque vou ficar imaginando um monte de motivos que levaram você a não me contar o que aconteceu.

Para que o Leandro não ficasse pensando besteira, acabei resumindo tudo em dez minutos. Desde a minha paixão platônica pelo Rafael, até o dia em que briguei com a minha mãe porque não queria viajar e também sobre a primeira notícia de que o Rafa havia ficado com a Patrícia.

— Então, você ainda gosta dele?

— Não. Nem um tiquinho. Hoje eu estaria morta de arrependimento se tivesse deixado de viajar. Se eu tivesse feito isso, não teria conhecido você.

— Mas poderia ter namorado o cara dos seus sonhos.

— Pesadelos — corrigi, com firmeza. — *Pensava* que gostava, mas não gosto.

— Será?

— Claro que não! O que estou vivendo aqui, com você, nunca havia acontecido comigo. Adorei ter te conhecido. Gosto muuuito de você.

— Mesmo? — Leandro abriu um sorriso.

— Mesmo.

— De verdade?

— De verdade.

— Ainda bem que sua mãe te obrigou a vir. — E me beijou.

Meu celular voltou a tocar, interrompendo o nosso beijo.

— Deixa que eu atendo — pediu Leandro.

Gostei da ideia e entreguei o celular, colocando no viva voz.

— Alô.

— Oi. É do celular da Camila? — Dani perguntou, confusa.

— É sim. Quem quer falar?

— É a Dani. E você, quem é?

— Sou o namorado dela.

Senti um daqueles meus calafrios.

"Namorado."

Era a segunda vez que ouvia aquilo em uma única noite. Como era bom!

Peguei o celular e falei com a Dani.

— Oi, amiga! Podemos conversar amanhã?

— Claro! Desculpa, Mila! Não sabia que você estava acompanhada e que estava te atrapalhando! Quero saber sobre tudo isso direitinho, hein?! — avisou, empolgada. — Não acredito que você está aí com um gatinho e não me contou nada!

— Depois a gente conversa — respondi, envergonhada.

Leandro estava rindo.

— Que emoção! — Dani continuou. — Namorado?!?! Eu não vou aguentar de curiosidade, amiga! Resume aí rapidinho!

— Depois!

— Ele ainda está aí perto?

— Ãh-hã.

Não só perto, como ouvindo tudo pelo viva voz! Cala a boca, Dani!!

— Não deixa de me ligar quando puder falar, hein?! Quero saber de tudo, nos mínimos detalhes!

— Pode deixar. Beijos, amiga!

— Beijoooooooo.

Leandro me abraçou.

— Ela ficou um pouco assustada quando eu disse que era seu namorado.

— É!

— Por quê?

— Porque nunca tive um namorado.

Humilhação pouca é bobagem, não é mesmo, Camila?! Para que foi abrir essa boquinha de baleia para falar isso?

— Você nunca namorou? — Ele me olhou surpreso.

— Nunca — admiti.

— Se eu morasse no Rio, com certeza seria seu namorado e me casaria com você. Já que não moro, posso ser o seu namorado de verão.

— Namorado de verão?

— Não posso? — Leandro ficou pensativo. — Será que, se eu te levasse embora comigo para Goiânia, sua mãe ficaria muito triste?

— Você quer me levar?

— Quero. Vou te sequestrar e te carregar para a minha casa. Minha mãe iria adorar te conhecer e ter você como nora.

Ohm!!! Ele não é um fofo?!

8 de janeiro

— Continuação —
Pequenas anotações para o futuro!
O dia foi incrível. Todo mundo já sabe sobre o Leandro, até mesmo a Dani e provavelmente até o Rafael.

Não acredito que falei com o Rafa pelo telefone. Fiquei balançada? Não. Mas sei lá... Estranho demais! Aff!!!!

Namorado de verão.

É isso o que tenho agora. Não sei muito bem o que significa, mas estou gostando. O Lê é um doce comigo.

Preciso ligar para a Dani e contar tudo o que está acontecendo. Ela vai adorar as novidades. Amanhã farei isso.

— Anotação importante para nunca esquecer —
O beijo do Leandro, dentro do carro, com a mão na minha nuca, foi quente! Muito quente! Quentíssimo!

Ah... um amor de verão!!!

Capítulo 14

♥

Fotografia

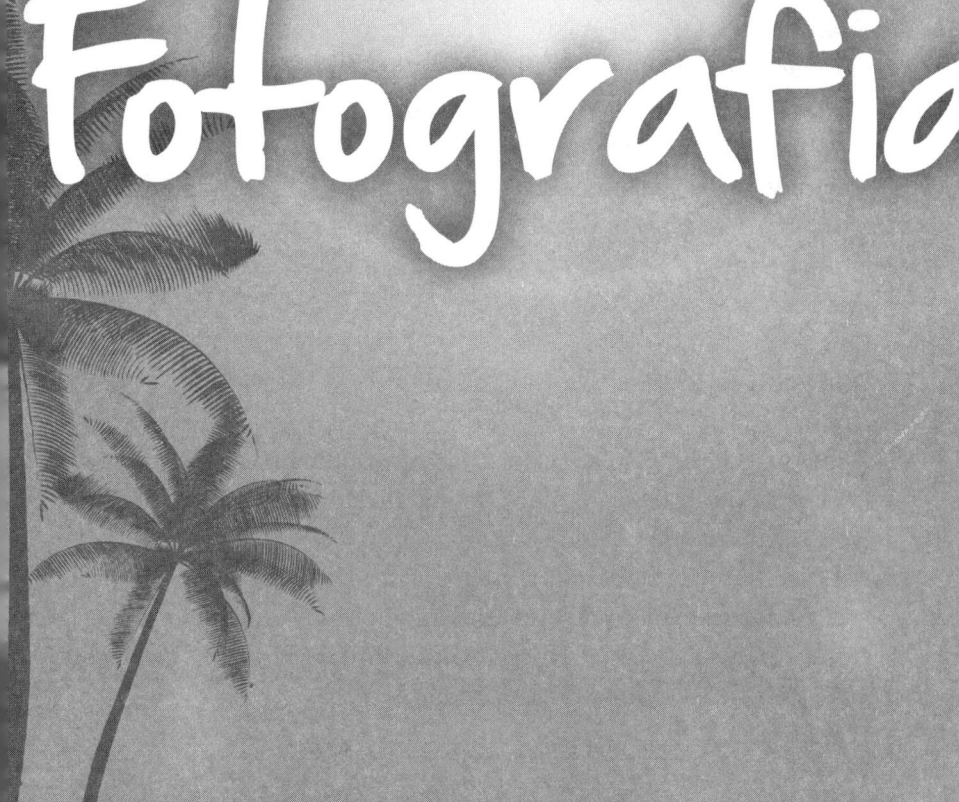

Acordei com a luz do sol invadindo o quarto. Olhei para os lados, procurando a minha mãe, mas ela não estava em parte alguma.

Droga! Será que ela não podia ter fechado essa cortina?! Estou de férias! Mereço mais algumas horas de descanso. Sai sol! Não te quero... agora.

Mas o sol não me obedeceu. Nem a claridade diminuiu. Afinal, a cortina continuava aberta.

Com *aqueeela* preguiça, levantei. Fui até a cozinha, caminhei para a sala, olhei o banheiro e... nada. Não tinha ninguém em casa. Ninguém.

Eles estavam querendo brincar de pique-esconde!!! Do que eu estava falando, hein?! Era mais provável que todos estivessem na praia ou na piscina.

O sono não me deixava pensar direito. Voltei para o quarto e fechei a cortina. Iria dormir só mais um pouquinho.

Bem pouquinho mesmo, eu juro!

Meu celular começou a tocar.

Droga! Tchau, sono. Foi muito bom estar com você.

— Oi — atendi.

— Camila?

— Eu.

— Que voz é essa?

— Quem é?!

— Que isso, Camila! Sou eu, Dani! Não reconhece mais a minha voz?

— Desculpa, amiga! Ainda não acordei direito. Espera um segundo que vou lavar o rosto para despertar.

Deixei o celular em cima da cama e corri para o banheiro. Joguei uma água gelada na cabeça e voltei correndo para o quarto.

— Nossa, Dani! Desculpa! Nunca senti tanto sono assim. Deve ser por causa das últimas noites maldormidas.

— Hummm!!!

— É sério, amiga! Essa noite, além de voltar para casa de madrugada, ainda custei a dormir.

— Por quê?!

— Ah, são tantas coisas novas que estou vivendo aqui que, quando deito para dormir, minha cabeça não consegue parar de trabalhar e fico repassando tudo o que já aconteceu.

— Sei bem como é isso! — Dani compreendeu. — Quero ser informada de tudo, amiga! Que história é essa de namorado?

Contei com calma, tim-tim por tim-tim, e ela adorou a novidade.

— Menina, agora o Rafael é que vai ficar atrás de você. Ele ficou bolado de saber que você não quis falar com ele porque estava com outro garoto — contou.

— Não estou nem aí pra ele. Não deu valor quando eu queria, agora não quero mais.

— O que você vai fazer quando voltar para o Rio e o Leandro para Goiânia?

Odiava pensar que aquilo iria mesmo acontecer.

— Não sei. Não quero nem pensar nisso agora. Está sendo tão bom ficar aqui com ele. Você não imagina como é perfeito!

— Ele é bonito?

— Bonito é o Rafa! O Lê é um deus grego. Gato demais! — Quase dei um gritinho.

— Fala sério.

— Não tem nem comparação, amiga! O Rafael é uma criança perto dele. Leandro é mais velho e lindo de morrer! — elogiei, mais para causar inveja mesmo. — Dani, você não tem noção! Ele tem os braços mais divinos do mundo. É forte, musculoso.

— Que mais?

— Mais? É muito gostoso de abraçar, educado, alto-astral... Além de todas essas qualidades, o Lê ainda tem o sorriso mais fofo que você pode imaginar.

— Nossa! Tô curiosa! Quero ver fotos! Coloca logo no Instagram!

Como pude me esquecer de tirar uma foto com o Leandro?! Como pude me esquecer de adicionar o Lê no Face?

— Amiga, não tirei nenhuma foto até agora, acredita?! — lamentei. — Estou sem a minha máquina aqui e acabei me esquecendo desse detalhe.

— Detalhe?!? E a Juliana? Ela não tem máquina fotográfica?

— Deve ter! Mas estamos tão empolgadas com as nossas férias que esquecemos. Dei bobeira. Mas hoje vou levar o celular comigo e vou tirar muitas fotos.

— Tira mesmo! Posta no Face logo! Quero conhecer esse príncipe encantado.

— Assim que der...

— Faz isso hoje? Estou muito curiosa.

— Você vai achar o Lê lindo.

— Aiiiiii... Quero muito ver! Assim que você encontrar com ele, tira uma foto e posta imediatamente — ordenou. — Estou com saudades, Mila. Fiquei com medo de você ter ficado chateada comigo ontem ou de me trocar por suas amigas novas.

— Deixa de ser boba, Dani! Só não queria falar com o Rafael. Não tem mais nada a ver. Aquilo foi uma paixão infantil.

— Bom, vamos fazer o seguinte? Não vou dizer nada para ele sobre você. Aproveita tudo o que está vivendo aí e esquece o resto. Não vou dispensar o Rafa, pois a gente não sabe como as coisas vão estar quando você voltar. O Leandro mora longe.

— Esquece, Dani.

— Vou fazer isso pelo seu bem. Pode ser que você precise de um gatinho quando voltar, para não sofrer de saudades. E você gostou do Rafa durante tanto tempo... Deixa as coisas rolarem. Não precisa pensar nisso agora.

— Mas...

— "Mas" nada, Mila! Esquece que te falei isso. Pensa só no que está vivendo aí.

— Obrigada. — Sabia que a Dani só estava pensando em me ajudar. — Te amo, amiga!

— Também. E manda o Leandro cuidar direitinho de você.

— Pode deixar. Ele já está fazendo isso. E muito bem. Bem até demais.

— Que lindos! Aproveita! E não esquece a foto, hein?! Agora!

— Deixa comigo! Beijooooo.

— Beijo.

Guardei meu celular e escutei vozes na sala. Reconheci a voz do Leandro.

O que ele está fazendo aqui?!

Parei na frente do espelho.

Leandro não pode estar aqui! Quem foi a maluca que deixou ele entrar? Não pode me ver com esse cabelo bagunçado, com essa cara de sono e pior, ainda não tive tempo de escovar os dentes! Como vou chegar perto dele com esse bafo de bode?

Olhei a minha camisola.

O que ele iria pensar se me visse repleta de carneirinhos?

Socorro! Socooorro!

Precisava sair correndo. Como?!

Separei as minhas roupas, a escova de cabelo, toalha, escova de dentes e me preparei. Abri a porta bem devagarzinho e olhei para o banheiro. A distância era pequena, mas, se andasse devagar, eles iriam me ver. Contei mentalmente: um, dois, três e... dei uma de Usain Bolt e bati a porta.

— Mila?! — Juliana gritou.

Consegui! Consegui! Consegui! Já posso até pensar em virar atleta. Fui tão rápida que ninguém me viu. Ah-rá! Sou demais! Demais!

— Já vou!

— Os meninos estão aqui!

Sei disso, Juliana, mas você não acha que está me avisando tarde demais, não?

— Já estou indo.

Tentei ser bem rápida. Banho. Cabelo. Roupa. Dentes. Ok.

Agora sim! Bem melhor.

— Bom-dia, meninos! — disse, saindo do banheiro.

— Oi, mocinha! — Leandro me puxou e me deu um beijo. — O que a senhorita estava aprontando no quarto?

— Nada. Quando vi que vocês estavam aqui, entrei correndo no banheiro. Estava de camisola e despenteada. Não queria que você me visse assim.

— E antes?

— Falando no celular.

— Hum... Com o namoradinho, é?

Todo mundo me olhou.

— Que namoradinho o quê?! — falei, dando um estalinho nele.

— O Leandro é muito ciumento, viu Camila?

— Já percebi, Tadeu!

Leandro fechou a cara.

— Estou brincando com você, Lê! Estava falando no celular com a Dani, minha amiga. Ela queria saber sobre a história do namorado.

— E o que você falou?

— Contei sobre você.

Todo mundo na sala estava prestando atenção na nossa conversa.

— E o que ela falou?

— Mandou você tomar conta de mim direitinho e pediu para a gente tirar fotos, para ela poder te ver.

— Caramba! É verdade! A gente ainda não tirou nenhuma foto — lembrou Juliana.

— Eu trouxe máquina! — Gi levantou para pegar na mala. — Não acredito que me esqueci disso!

— Também podíamos ter tirado com o celular, né gente? — Tadeu lembrou.

— O meu estava desligado o tempo todo! Nem me lembrei dele — justifiquei.

— É porque você não queria foto comigo, Mila! Ficou com vergonha de mim.

— Para de ser bobo, *meu* Lêlezinho.

— "Se isso não é amor, o que mais pode ser..." — Tadeu cantarolou a música e todos nós demos muitas risadas.

— E os nossos pais?! — De repente me lembrei deles e perguntei para a Juliana.

— Praia.

— Hum... Quando acordei, andei pela casa toda e não tinha ninguém aqui.

— Tadinha! Vocês não deixaram nem um bilhetinho?! — Leandro perguntou para as meninas.

— Esquecemos. Nossos pais foram para a praia e nós fomos para a piscina, Mila. Vamos voltar para lá agora? — Juliana chamou.

Levamos a máquina da Gisela e tiramos muitas e muitas fotos. O dia estava muito lindo. Muito sol, muito calor! MUITO TUDO!!! Queria registrar todos os momentos para ter guardado para sempre. Aproveitei o meu celular e tirei algumas também.

Enquanto todos estavam conversando, resolvi tirar uma foto da piscina. Afinal, foi naquele lugar que falei com o Leandro pela primeira vez. Poderia dizer que foi lá o início da nossa história. Depois, também queria tirar uma do campo de futebol e da arquibancada.

Almoçamos juntos no bar da piscina. Foi muito legal! Enquanto estávamos conversando, me afastei um pouco tentando guardar aquela cena na minha memória. Juliana de mãos dadas com o Cris, rindo o tempo todo. Cristiano falante, Tadeu engraçado, Gisela apaixonada, Leandro demonstrando ser o garoto mais especial que eu poderia conhecer. Não iria esquecer nunca daquele momento.

Puxei o rosto do Lê e dei um beijo nele na frente de todos.

Tão bonitinho!!!

— Sabe o que ela é, gente? — Leandro perguntou. — Minha menininha! Vocês acreditam que ela mentiu a idade na primeira vez que conversamos, com medo de que eu não a quisesse só porque é pirralhinha?

Todo mundo riu.

— Assume que isso é verdade, Mila!

— É verdade — assumi.

— Não acredito que você fez isso — disse Juliana, morrendo de rir.

— Ju, como eu já achava o Leandro lindo, fiquei com medo de dizer que tinha 15 anos e ele desistir de mim.

— E você disse que tinha quantos anos? — Gisela quis saber.

— Dezesseis.

— Nossa! Quanta diferença! — Tadeu zoou.

Continuamos conversando a tarde inteira. Inventamos várias brincadeiras na piscina. E quanto mais tarde ia ficando, menos pessoas continuavam na água. No final do dia, a piscina era só nossa. Tiramos mais fotos. As mais bonitas, pois tinham como pano de fundo o pôr do sol.

— Galera, acho melhor a gente ir para casa tomar banho. Já, já os mosquitos irão começar a atacar — avisou Cristiano.

— É verdade. E também está começando a ficar frio — Tadeu comentou, abraçando a Gi.

Concordamos com o Tadeu e o com o Cris. Saímos correndo para poder tomar um banho quente. Enquanto as meninas tomavam banho primeiro, peguei a máquina da Gi, o laptop do meu pai e passei as fotos.

Fiquei olhando para elas e comecei a sentir saudades. Já estava sofrendo por antecipação.

Abri o Instagram e escolhi a melhor para postar. Depois, colocaria mais. Resolvi postar uma em que estavam todos os casais, na frente do pôr do sol. Era uma das fotos mais bonitas.

Desliguei o laptop e peguei a minha agenda.

9 de janeiro

— Bem na foto —

Parece que estou vivendo um sonho. Não quero acordar! O que estou vivendo é algo indescritível. Estou me sentindo como se fizesse parte de um filme, no estilo daquelas comédias românticas que a gente só vê no cinema. Amigas e amigos novos, um amor de verão e um lugar de sonho! O que mais posso querer?

— Vai logo tomar seu banho, Camila! — Juliana chamou.

— Menina, está pra nascer alguém que goste tanto de escrever em agenda como você — comentou Gisela, rindo.

— Adoro mesmo!

— Mas depois você continua a escrever. Vai logo tomar seu banho — mandou Juliana.

Obedeci. Tinha acabado de entrar no banheiro quando ouvi as vozes dos meninos. Fiquei prestando atenção.

— Ela só foi tomar banho agora?

— Sua namorada é muito enrolada, Leandro! Ela adora escrever na agenda e acaba se esquecendo da vida quando faz isso.

— O que tanto ela escreve, Juliana? — perguntou, curioso.

— Não faço a menor ideia.

— E em que lugar ela guarda essa agenda?

— Também não sei.

Entrei no chuveiro rindo e tomei um banho rápido. Antes de sair, passei o perfume que o Leandro tanto elogiava.

— Ei! — Leandro me chamou. — Só vou sair daqui depois de ler a sua agenda.

— Amanhã a gente fala sobre isso.

— Ã-ã, quero ler hoje.

Todo mundo ficou olhando, esperando a minha resposta.

— Então, não vamos sair daqui.

— Cheia de segredos lá?

— Não, mas escrevo muita coisa e não vai dar tempo de você ler tudo agora.

— Não vou me esquecer disso amanhã. Estou muito curioso para conhecer seus pensamentos.

— Tá. Pode me cobrar.

Ele me abraçou assim que passamos pela porta e fomos andando daquela forma até a piscina.

O show de voz e violão estava muito animado naquela noite, e nós dançamos e cantamos o tempo inteiro. Foi muito engraçado! Mais fotos foram tiradas. Lembranças que durariam para sempre. E beijos, muitos beijos que jamais seriam esquecidos.

9 de janeiro

— Continuação —
— Bem na foto —
A noite foi tão perfeita quanto o dia. Estou com medo, pois acho que estou apaixonada. E agora?!

Capítulo 15

♥

Sem segredos

Depois daquele dia perfeito, acabei sonhando com o Leandro a noite toda. O início foi ótimo, mas o final... Acordei morrendo de vontade de encontrar o meu Lê. Tomei o café da manhã e avisei aos meus pais que não iria para a praia. Torci para que o Leandro também não fosse. Estava com vontade de ficar sozinha com ele.

— Por que você não vai, Mila? Todo mundo vai. A gente combinou com os meninos lá na Ferradura — Gisela tentou me convencer.

— Não estou com vontade, Gi. Sei lá! Acordei meio desanimada. Sonhei com o Leandro a noite inteira. Falta pouco para o sonho acabar. Preciso me preparar, estou muito envolvida. Quero ficar por aqui mesmo — desabafei.

— Mas justamente por faltar pouco tempo é que você precisa aproveitar mais — Juliana ponderou. — O Leandro vai ficar chateado se você não for.

— Se ele perguntar alguma coisa, diz que eu estou indisposta.

Elas me olharam, sem entender.

— Tem certeza? Está chateada com alguma coisa? — Juliana perguntou, preocupada.

— De maneira nenhuma. Só não estou com vontade de ficar na praia com todo mundo. Acordei pensativa. Precisei me despedir dele no sonho e não foi legal.

— Estou percebendo — comentou Gisela, franzindo a testa. — Não fica triste assim. Vamos aproveitar muuuito esses últimos dias.

— Vou melhorar. Só preciso colocar umas ideias no lugar. Eu comigo mesma. Mais tarde, vou estar melhor.

— Vamos, meninas? Filha, tem certeza que você quer ficar aqui, sozinha?

— Absoluta!

Ninguém me perguntou mais nada, mas todos saíram intrigados, querendo saber o motivo real para eu estar tão desanimada.

O pior é que nem eu sabia ao certo. Só tinha certeza de que não estava com vontade de ficar na praia, conversando com todo mundo. Queria ficar quietinha ou só com o Leandro. Não tinha gostado de sonhar com despedidas. No meu sonho daquela noite, encontrava com o Leandro pela última vez. Foi um sonho muito bom, mas ao mesmo tempo um pesadelo. Os beijos, os carinhos, foram maravilhosos. Mas a despedida me doeu tanto no mundo dos sonhos quanto me afetou na realidade.

Fui para a varanda dar tchau para o pessoal. Olhei para a casa do Leandro e o carro deles já não estava mais lá. Provavelmente já estavam curtindo a praia da Ferradura. Fiquei sozinha em casa e aproveitei o silêncio para escrever.

10 de janeiro

Esta noite sonhei contigo.
Tive um sonho muito real:
Você estava voltando para Goiânia e passou na minha casa para se despedir. Nós nos abraçamos e falamos muitas coisas um para o outro. Quando partiu, partiu também meu coração, chorei horrores e senti medo de não te ver nunca mais.

Acordei com vontade de chorar e de te encontrar. Não estava animada para ficar na praia. Pode ter sido até bobeira minha, já que agora estou sozinha por aqui, mas não estava com vontade, mesmo!

Em menos de uma semana, essa despedida vai acontecer de verdade. Tenho que ficar alegre pelo que vivi e não triste pelo que vou perder. Sempre perdemos coisas e pessoas pelo caminho, mas não devemos parar de ter experiências por puro medo de sofrer. Hoje entendo que a jornada é mais importante que a partida e a chegada.

Nossa... Como estou filosófica! Acho que essa é a página mais profunda de todas as minhas agendas! O que o amor é capaz de fazer...

Lembrei da foto que havia postado e peguei o laptop do meu pai para ver se tinha algum comentário.

17 pessoas curtiram.

Nossa! O Leandro era mesmo um sucesso!

Onze novos comentários:

Danizinha: *Foto PERFEITA!!!!! Amiga, quantos anos ele tem?! Lembro que você disse que ele é mais velho, mas não falou a idade. Ou falou?! Não me recordo. Que corpo é esse, meus amigos? Parabéns! Mandou bem demais!*

Bernardo Souza: *Dani, comporte-se! Não estou entendendo todos esses elogios. Esqueceu que você tem namorado? Estou de olho em você, delícia.*

Danizinha: *Ai, Bê! Não viaja! Estou elogiando o Leandro, "namorado" da Mila! Deixa de ser mané. Você não entende as mulheres.*

Patrícia: *Mila, continuo querendo conversar com você! Quando estiver on-line, me chama! Obs: Concordo com a Dani! Obs2: Bernardo, deixa de ser ciumento! Hahahahahahahahaha!*

Rafael: *Zoando geral aí, né? Show a foto! Você está gata de biquíni, hein?! Quando você volta? Volta logo, gatinha. Acho que precisamos conversar.*

Gabi Moura: *OMG!!!! A Dani acabou de me ligar contando as novidades. Vim dar uma conferida no gato e acabei conferindo mais e mais coisas. Você está com tudo, hein, garota?! Acho que também preciso de uma viagem assim para lavar a alma e voltar cheia de pretendentes. Hahahaha... ;) \o/*

Leandro: *Obrigado pelos elogios! Rsrsrsrs!! Te achei aqui, minha delícia! Como disse o seu amigo para a namorada... Estou de olho em você também, hein?! Lembra o que te falei sobre urubus? Olha aí! Bjs! Já pode me adicionar! Te adoro!*

Danizinha: *Ohmmmmmm!!!*

Gabi Moura: *Ohmmmmmmmm!!!2*

Patrícia: *Ohmmmmmmmmm!!!3*

Bernardo Souza: *Mulheres! Kkkkkkkkkkkk!!!*

Ri sozinha com todos aqueles comentários. Voltei para a página principal e aceitei o pedido de amizade do Leandro. Adorei saber que ele havia me procurado.

E o Rafael?! Até ele foi comentar na foto do Leandro.

Ninguém merece! Que comentário foi aquele?!

Desliguei o computador e, quando estava indo para o quarto, ouvi uma voz do lado de fora me chamando.

— Tem uma menininha sozinha em casa?!

Abri a porta e lá estava o Leandro, parado na varanda, com a mão na cintura.

Estremeci.

— Oi.

— Por que você não foi para a praia com todo mundo? — perguntou, me puxando para dar um beijo.

— Não estava com vontade.

— E por que não estava com vontade?

— Não acordei muito bem. Tive um sonho triste e acabei ficando desanimada.

— Um sonho triste? — Ele perguntou e sentou no murinho da varanda. — Me conta.

— Ah... não. Deixa pra lá.

— Por que você não quer me contar? Quero saber o que te deixou triste.

— Sonhei com você. Com a gente se separando.

— Ah... Minha linda! — E foi logo me abraçando. — Não fica assim, não! Temos que pensar nos dias que ainda temos para aproveitar!

— Mas são tão pouquinhos — lamentei e caminhei pela varanda.

— Você acha que eu não vou ficar triste? Também vou sentir saudades de você. Vem aqui, vem.

Leandro me puxou para perto dele e me abraçou mais uma vez. Eu me sentia tão pequena ali, naqueles braços!

— Você não estava na praia? — perguntei.

— Estava.

— E por que voltou tão cedo?

— Quando todo mundo chegou lá e eu não te vi, fui perguntar para as meninas o que tinha acontecido.

— E o que elas disseram?

— Que você estava desanimada, que precisava ficar sozinha.

— E aí?

— Peguei as minhas coisas, catei um táxi e disse para todo mundo, inclusive para os seus pais, que iria voltar para cá, pois queria saber o que estava acontecendo com você.

— E eles?

— Todo mundo concordou.

— Hum...

— Já que estamos aqui, vamos para a piscina?

O sol era de rachar e o dia estava muito abafado. Olhei para o céu e mais uma vez não consegui encontrar nenhuma nuvem. Os dias em Búzios eram sempre ensolarados. Aquele lugar era mesmo perfeito!

— Pode ser — concordei.

— Mas antes quero te pedir um favor. Na verdade, dois!

— Quais?

— Primeiro, quero ver um sorriso. Não podemos ficar tristes nesses dias que faltam para irmos embora.

Obedeci e sorri para ele.

— Assim que eu gosto. — Fez um carinho no meu rosto. — O segundo pedido é a sua agenda. Fiquei muito curioso para saber tudo o que você escreve lá.

Comecei a rir. Ele não havia tirado aquilo da cabeça.

— Um homem nunca deve pedir para ler a agenda de uma mulher.

— Para de ser boba! Me deixa ler só um pouquinho!

— Não!

— Só as páginas dos dias que você está aqui.

— Ou seja, todas, né espertinho?

Ele estava querendo saber o que eu havia escrito sobre ele! Sorri e acabei concordando.

— Não vai me criticar depois, né? Nem me achar uma boba!

— É claro que não! Já te conheço muito bem para achar que você é uma boba.

Entreguei minha agenda aberta no dia em que ficamos pela primeira vez. Ele voltou todas as páginas.

— Ei!

— Eu quero ler desde o dia 1º. Acha que não vou querer saber quando foi que você me notou? — brincou.

— Nem te contei... — tentei distrair a atenção dele. — Já te adicionei no Face.

Leandro me encarou.

— Que bom! Leu lá que você é uma delícia e que um monte de urubu fica em cima? Aquele Rafael fez um comentário desnecessário.

— Eu vi.

— Gostou?

— Não! Claro que não! Mas adorei o seu!

Dei um beijinho nele.

Fiquei olhando para o Leandro enquanto ele abria a minha agenda no primeiro dia do ano. Começou a ler, tim-tim por tim-tim, com total atenção. Sentei no chão e fiquei apenas observando e tentando lembrar tudo o que havia escrito, até aquele momento.

Que vergonha!

De repente, Leandro abriu um sorriso iluminado. Com certeza estava lendo que eu havia achado um menino bonito no futebol. *Putz!!* Senti minhas bochechas esquentarem de vergonha.

Como havia imaginado, ele começou a rir e me mandou um beijo.

— Linda! Só não gostei da parte do surfista e dessa história de ficar dando notas. Tô de olho em você, hein?! — Apontou dois dedos para os próprios olhos e em seguida para mim.

— Já chega, né? Posso guardar a minha agenda?

— Claro que não! Vou ler até o dia de hoje. Aposto que você já escreveu sobre todo o seu desânimo.

Enquanto Leandro lia, percebi um sorriso tímido na boca dele.

Ai, meu Deus! O que será que ele estava lendo?

Gelei.

Para ter certeza se era a página que eu estava imaginando, levantei correndo e olhei.

Não! Não! Não!

Como fui esquecer que escrevi aquilo?! O que Leandro deve estar pensando agora?!

"O beijo dele é suave, intenso, molhado!"

Morri. Não vou mais olhar na cara dele.

Devia andar com uma pá, junto comigo o tempo inteiro, pra cavar buracos na terra e me esconder em momentos como esse.

Sem fazer nenhum comentário, apenas com o sorriso tímido ainda no rosto, Leandro virou a página.

Minha respiração continuava irregular, assim como as batidas do meu coração.

Demorou mais uns dez minutos até que ele lesse tudo.

— Sabia que você escreve muito bem?

— Obrigada.

— Estou falando sério. Não conseguiria escrever tão bem assim sobre nada. Muito menos sobre meus sentimentos ou uma história qualquer.

Ri sem graça.

— Não estou brincando, não. Você tem facilidade de transformar em palavras tudo o que está sentindo e isso fica muito bonito e verdadeiro no papel.

— Obrigada — agradeci mais uma vez.

— Vou escrever para você no dia do meu aniversário, posso?

Ohmmmmmm!!!!!

— É claro que pode, Lê!

— Mas não é pra rir da minha falta de jeito. Muito menos do meu garrancho...

— Não vou rir. Vou adorar ter um bilhetinho seu.

— E não vou escrever nada de mais! Não sou bom com as palavras.

— Tá. Escreve logo! — pedi.

Abriu a página no dia 16 de março. Ficou pensativo por um tempo e começou a escrever. Tentei olhar por cima do ombro dele, mas ele tapava a folha para que eu não pudesse ler.

— Você não pode ler agora! — disse, fechando a agenda e me entregando.

— Claro que vou ler. — Tentei abrir na página. Ele segurou a minha mão.

— Não vai! Deixa para ser surpresa. Quando a gente for embora, você lê.

Gostei daquela ideia.

— Tá.

— Promete que não vai ler antes?

— Prometo.

— Confio na sua promessa, hein?

— Pode confiar. Gostei da sua ideia.

Será que vou aguentar?! Vou. Preciso! Vai ser uma maneira de ter um pouquinho mais do Leandro depois que ele for embora. E o que eu faço para segurar a minha ansiedade?

Ele riu.

— Agora, vamos para a piscina. Vai logo colocar um biquíni.

Obedeci. Entrei em casa voando, guardei a agenda e fui me arrumar para a piscina.

— Vamos? — chamei, ainda calçando o chinelo.

Passamos o dia inteiro ali e foi gostoso demais. Leandro me divertia com aquele sotaque engraçado e com as coisas que dizia. Cada beijo, cada abraço... Eu ficava mais e mais encantada com aquele goiano.

— É tão fácil gostar de você. Seria um namoro perfeito. Além de ser linda, amo seu beijo e nosso papo rola naturalmente. Você fica dizendo que não tem muita experiência, que é novinha, mas acho que isso é uma coisa que não tem idade. É química mesmo.

Concordava completamente e disse isso a ele.

Almoçamos peixe frito juntos e ficamos na piscina conversando até o sol se pôr. Mais uma vez saímos correndo com frio e fugindo dos mosquitos devoradores.

— Daqui a pouco passo aqui de novo para te buscar e a gente fica lá na piscina no showzinho — avisou na porta da casa.

— Fechado.

— Acho que a galera vai querer ir também. Você se importa?

— Claro que não! — respondi.

— Então, tá! Vai se arrumar logo.

Entrei em casa e todo mundo me olhou. Saí correndo para o chuveiro. Demorei no banho. Estava com vergonha, pois sabia que todos tinham visto o Leandro ir embora da praia para saber o que estava acontecendo comigo.

Quando, aleluia, saí do banheiro, a casa estava silenciosa. Dei uma geral e percebi que já não havia mais ninguém lá. Não entendi nada!

Será que eles estavam chateados comigo e tinham saído sem nem me avisar?

Mas por que motivo eles estariam chateados? Só porque eu não estava com vontade de ir para a praia?

Fiquei com a consciência pesada. Depois que passei meu perfume predileto, resolvi ir até a varanda para ver se eles tinham saído de carro. Quando abri a porta, levei um baita susto. Leandro estava sentado no muro, sozinho.

— O que você está fazendo aí?!? — perguntei, com a mão no coração.

Ele começou a rir.

— Uai, esperando ocê! — explicou, forçando o goianês.

Olhei para a garagem e todos os carros estavam lá.

— Ninguém me esperou. Saí do banheiro e descobri que estava sozinha em casa.

— Eles até esperaram você, mas, quando cheguei para te buscar, perguntaram se podiam ir andando para garantir nossos lugares.

— Hum...

Leandro me puxou e me beijou. Não me preocupei com nada. Nem com a minha mãe nem com mais ninguém. O dia já estava acabando e desejava mais do que nunca aquele beijo. E muitos outros.

— Vamos? — perguntou, me abraçando.

— Já é, demorô mermão — mandei meu carioquês, e caímos na gargalhada.

Fomos levitando de mãos dadas. Como eu estava feliz!!!

— Adoro esse seu cheirinho. Nunca vou me esquecer dele — disse Leandro, chegando bem pertinho da minha orelha.

Estremeci.

— Acho bom! Eu também não vou esquecer o seu perfume.

Quando chegamos à piscina, estavam todos lá.

— Já pedimos lanche para vocês também.

— Obrigada, mãezinha — agradeci.

Mais uma noite divertidíssima. Todo mundo estava se dando muito bem. Nossos pais já sabiam de tudo. Sem reclamações ou mesmo "olhares". As conversas e risadas renderam até o início da madrugada.

Quando todo mundo começou a levantar para ir embora, minha mãe voltou a puxar assunto com o Leandro. Acabamos ficando apenas nós três sentados na beira da piscina.

— Acho que você vai deixar muita saudade, hein?

— Será, tia? Acho que vou ser esquecido rapidinho.

Dei uma risada.

— Duvido! Vocês são parecidos, sabia?

— Nossa... Então devo ser muito bonito, pois sua filha é linda!

— Você é um garoto especial — elogiou minha mãe.

— Tia, se eu levar sua filha para Goiânia, você vai ficar muito triste?

— Nem cogite essa possibilidade!

— Poxa... — Ele fez um bico.

Um bico lindo! Ai, que vontade de beijar!

— Crianças, o papo está ótimo, mas acho que já passamos da hora de dormir, né?

— É mesmo! Ncm vi a hora passar. É tão bom ficar conversando com pessoas como vocês... — disse, encantando ainda mais a minha mãe.

— Você é um fofo, Leandro. Minha filha tem bom gosto.

— Ah, tia! Obrigado! Sabia que ela achou que você não ia gostar de mim?! Fugiu pra caramba, ficou com medo de você brigar com ela.

Minha mãe olhou na minha direção.

— Só não briguei com ela, Leandro, porque você é diferente. É um menino educado, lindinho, que cuida dela. Acho horrível ficar dando beijo na boca sem nem conhecer a pessoa direito.

— Certíssima, tia! Não deixa a Camila fazer isso quando voltar pra casa. Não pode ficar distribuindo beijos por aí, ouviu, gatinha?! — Apertou o meu queixo.

Queria matar o Leandro por ele estar concordando com a minha mãe.

— Pode deixar — garantiu ela, rindo, e levantou para, finalmente, irmos embora.

Fomos andando juntos até chegar em casa. Minha mãe deu um beijo na cabeça do Leandro e entrou.

— Não demora muito, viu? — pediu, antes de fechar a porta.

Leandro me olhou e segurou a minha mão.

— Ela pediu para não demorar muito, mas um pouquinho pode, né? — Riu. — Vamos ficar ali? — Apontou para um murinho na outra rua. — Porque, se te conheço bem, aqui você não vai querer me dar nem um beijinho por causa da sua mãe.

Concordei. Não queria entrar em casa agora. Queria aproveitar cada minuto possível.

Como o muro era um pouco mais alto, pedi ajuda ao Leandro para conseguir sentar. Acabei ficando da altura dele.

Em vez de sentar ao meu lado, ele ficou de frente para mim. Fiquei sem graça com o silêncio e pensei em puxar assunto. Mas já havíamos conversado o dia inteiro, estava com vontade de aproveitar aqueles beijos.

Por que ele estava demorando tanto para me beijar?

Leandro parecia ter lido os meus pensamentos e começou a se aproximar. Devagar. Fazendo a minha pulsação acelerar. Era possível escutar as batidas do meu coração.

Que beijo perfeito!

Enquanto nos beijávamos, comecei a fazer carinho no rosto dele, depois passei a mão pela nuca do Leandro. O beijo ficou mais intenso.

Com as duas mãos nas minhas costas, ele deslizou uma até o meu cabelo. Foi levantando os fios devagar e virando lentamente o meu pescoço para a direita. Deixou a minha boca e foi beijar perto da minha orelha, me provocando arrepios inéditos. Então começou a mordiscar meus lábios e...

Delícia!

— Ca-mi-laaa?! — ouvimos a voz da minha mãe chamando distante, levamos um susto.

Desci do muro e fui até a varanda.

— Falei para você não demorar!

— Não estou demorando, mãe — respondi, com o coração acelerado. — Já vou entrar!

— Vocês precisam se despedir agora. São quase três da manhã.

— Em cinco minutos, eu entro.

Minha mãe fechou a porta mais uma vez.

— Boa-noite, minha menininha — Leandro desejou, dando um selinho. — Como você escreveu na sua agenda, também achei muito intenso o beijo no carro. E esse... quase ferveu, né? Não dá vontade de deixar você ir embora. Quero mais beijos assim.

Senti um calafrio. Não sabia o que responder.

— Gosto simplesmente da sua presença. Ficar com você é bom demais. Tanto se for para dar beijos assim — ele me segurou e deu um beijo carinhoso na testa — quanto se for para dar um beijo assim — ele me abraçou com mais vontade e deu um beijo de tirar o fôlego, me dando um abraço apertado, bem apertado.

Fiquei sem ar e com aquele frio na barriga.

— Boa-noite, Mila! Adoro você.

— Boa-noite! Eu também te adoro.

---

10 de janeiro (ou madrugada de 11)

— Continuação —
Como é doce aquele beijo

Meu coração está batendo tão forte que não sei se vou conseguir dormir. Beijar o Leandro é gostoso demais. Com certeza posso esquecer todos aqueles dias sem beijos na minha vida, pois os que estou dando aqui... valem por todos.

Ai, quanta tentação...

Estou sentindo muita vontade de avançar todas essas páginas para olhar o que o Leandro escreveu para mim, no dia do aniversário dele. Será que foi alguma coisa reveladora? Não tenho a menor ideia do que pode ser. Mas vou aguentar firme para ler apenas no dia que ele já não estiver mais comigo. Acredito que será especial.

Ah... Como vou sentir saudades de tudo isso!!!! Férias de verão deveriam durar uma eternidade.

C L Leandro C L ♥

Capítulo 16

♥

Surpresa!

♥

Acordei com a notícia de que os meninos tinham precisado ir até Cabo Frio naquela manhã, para que o Tadeu pudesse resolver um problema no banco. Juliana e Gisela decidiram ir para Arraial do Cabo com nossos pais. Todos tentaram me convencer a ir, mas preferi ficar na piscina.

Não estava mais desanimada como no dia anterior, só não tive disposição de pegar a estrada para passar o dia em outra praia. Minha mãe não questionou muito aquela minha decisão. Acho que nem ela estava com muita vontade de encarar uma viagem.

Esperei que todos fossem embora para poder colocar o meu maiô. Sim! Ganhei um de Natal e ainda não tinha tido coragem de usar. Sei lá, maiô é só para modelos. Quando estava no banheiro, ouvi o meu celular tocar e saí correndo.

— *Amiiigaaa!* — Dani berrou do outro lado da linha assim que atendi. — Adivinha de onde estou te ligando?

Pensei um pouco.

Para Dani estar desse jeito, tão empolgada, ela devia estar me ligando de algum lugar muito bom.

Só espero que não tenha nada a ver com o Rafael.

— Mila?! Milaaaa?!?!

— Continuo aqui, amiga. Calma! Estou tentando adivinhar em qual lugar paradisíaco você pode estar.

Não conseguia pensar em nenhum lugar empolgante. O que ela poderia estar fazendo para estar tão animada?

— Ai, amiga! Que difícil! Desisto! Conta!

— Tô em Búzios! Tô em Búzios! Tô em... — deu um gritinho no telefone.

— O quê?! Como assim? O que você tá fazendo aqui? Vem me encontrar!

— Então, vamos passar o dia em Geribá! Aqui é lindo, hein, amiga! Você não está na praia? — Dani estava tão empolgada que não parava de falar nem para respirar nem para me dar tempo de responder nem para contar com quem estava, nem...

— Não! Todo mundo saiu, fiquei sozinha no condomínio!

— Ah, não acredito! Vem AGORA pra cá me encontrar!!! — gritou.

— Só viemos passar uma noite, vamos voltar pra casa amanhã. Preciso conhecer o Leandro e quero te ver! Estou morreeendo de saudades.

— Amiga, o Leandro também saiu. Ele e os meninos precisaram ir até Cabo Frio para resolver alguma coisa em um banco que só tem lá. Quando ele voltar...

— Nem pensar, Mila! Quando ele voltar você já vai estar aqui na praia comigo e ele te encontra aqui.

— Mas ele não tem o número do meu celular.

Somente naquele momento percebi que ainda não tínhamos trocado telefone. A única coisa que me faria continuar falando com o Leandro depois que voltássemos para casa era a internet. Eu precisava me lembrar de pegar o telefone dele e, quem sabe, o endereço.

Pelo menos posso ver a casa dele no Google Street View e sonhar com isso todos os dias.

— Putz! Não acredito que vocês ainda não trocaram telefone!

— Estamos sempre juntos. Nem pensamos em fazer isso ainda.

— Poxa! Vem logo pra cá! Você pode ir embora mais cedo e encontrar com ele aí. Mas vem aproveitar essa praia maravilhosa comigo. Aqui é ótimo para brincar de dar notas.

Comecei a rir.

— Vou ligar para a minha mãe e ver se ela não vai reclamar muito. Se ela deixar, vou ver na portaria se eles têm o número de um táxi e vou te encontrar. Em que lugar da praia você está?

— No canto esquerdo. Na frente de um hotel de telhados coloridos. Vem logo! Qualquer coisa, me liga! Beijoooooo!!

A empolgação da Dani havia passado para mim. Não acreditava que a minha melhor amiga estava ali, tão pertinho. Precisava ir ao encontro dela. Precisava contar tudo o que estava vivendo... e em detalhes. Precisava apresentar minhas novas amigas. Precisava desabafar. Precisava da minha melhor amiga. Precisava... do Lê.

Minha mãe não acreditou quando contei da Dani. Tive que esperar ela ligar para a Dani, mandar a Dani descrever a praia e o lugar onde estava. Ainda sem acreditar, minha mãe fez a Dani entregar o celular a um vendedor de sanduíche natural, para que ele confirmasse que estava mesmo em Geribá.

Tudo isso porque no fantástico mundo da cabeça da minha mãe aquilo poderia fazer parte de um plano mirabolante para que eu fugisse com o Leandro para Goiânia!

Depois de tudo esclarecido, minha mãe até que gostou da novidade. Deixou que eu fosse ao encontro da Dani, mas pediu que ligasse assim que estivesse na praia, para ouvir, do meu celular, a voz dela. Ela precisa confiar mais em mim...

Eu mereço? Ninguém merece!

Não perdi mais nenhum minuto e fui até a portaria do condomínio ver se eles tinham algum telefone de táxi. O rapaz que estava trabalhando lá disse que não precisava me preocupar, pois ele mesmo chamaria um carro para mim. Sentei na rampa de entrada esperando, ansiosa, o táxi chegar.

Em dez minutos, já me encontrava dentro do carro, empolgadérrima. Pegamos um pouco de trânsito e levamos mais tempo do que eu desejava no engarrafamento. Quando enfim chegamos, paguei a corrida e saí apressada.

Atravessei um beco, entre o hotel de telhados coloridos e um restaurante, para chegar até a praia. Assim que pisei na areia, vi a Dani, o Bernardo, uma galera e...

Desacelerei.

Ai-meu-Deus!

Conheço aquele cabelo loiro. Tenho certeza de que já vi aquele cabelo antes, em algum lugar.

— Milaaaaaaa! — Dani gritou quando me viu e saiu correndo na minha direção.

Continuei parada. Aquele cabelo loiro me olhou e ganhou um rosto.

Rafael? Não creiooooo!

Sim. Era o Rafael.

— Amiga! Que saudade! — Nos abraçamos por quase uma eternidade. — Quero saber todas as novidades.

— Dani, não acredito que você fez isso comigo!

— O quê?! — perguntou, assustada, percebendo o meu tom de voz. — Ah, o Rafael?! Desculpa por não ter avisado, amiga! Foi a empolgação para te ver que me fez esquecer esse detalhe. Juro!

Olhei para ela desconfiada.

— Mila, essa galera toda é da turma do Bê, incluindo o Rafa. Só aceitei viajar com eles para poder te encontrar. Pensei que seria ótimo estarmos juntas e colocarmos as fofocas em dia, pessoalmente. Se não fosse por isso, nem teria vindo. Você sabe que não gosto de nenhuma dessas garotas, elas se acham!

Comecei a acreditar na Dani, mas ainda estava abalada por saber que o Rafael se encontrava ali.

Na minha frente. Aquilo não era justo. Búzios pertencia ao Leandro. Rafael não ia estragar meu verão.

— E aí, Mila! — Bernardo disse quando se aproximou. — Vamos pra lá. Coloca suas coisas numa das nossas barracas.

Enquanto deixava a minha ecobag em cima da mesa e tirava a saída de praia, percebi que o Rafael não parou de me olhar. Fiquei nervosa, mas tentei não demonstrar. Precisava evitar aquela praga.

Liguei para a minha mãe e coloquei a Dani para falar. Depois de mais uma confirmação de que não havia sido sequestrada pelo Leandro, ela ficou mais tranquila e mandou a gente aproveitar com juízo e com protetor solar.

— Mergulhinho?! — chamei a Dani, pois não estava mais com vontade de ficar ali, com o Rafael me secando o tempo inteiro.

— Hummm... maiô, é? Vamos.

Já dentro da água, relaxei. Repeti todas as histórias que havia contado antes, pelo celular. Pessoalmente, tudo era muito mais emocionante.

— Você precisa conhecer a Juliana e a Gisela. Vai gostar muito delas. Bem que você podia ir para o condomínio comigo, depois daqui, hein?

— E deixar o Bê sozinho, com essas garotas?! Não dá, amiga!

— Poxa! — Fiz um bico.

— Mas podemos combinar de sair à noite. Podemos, não? Precisamos combinar. Não saio de Búzios sem conhecer Leandro, Cristiano, Tadeu, Gisela e Juliana.

Fiquei ainda mais animada com aqueles planos. Seria muito bom poder apresentar a minha melhor amiga aos meus novos amigos. E, principalmente, ao Leandro.

Ai, ai!

Já não aguentávamos mais ficar no mar. Decidimos, então, voltar para a areia. Novamente percebi que o Rafael não parava de me olhar. Sem dar muita importância, estiquei a minha canga ao lado da Dani.

— Amiga, preciso te perguntar uma coisa — comecei falando baixinho, timidamente.

— O quê? — Dani quis saber, chegando mais perto.

Naquele instante, Bernardo sentou ao nosso lado, interrompendo o assunto. Quando deu um beijo na Dani, senti saudades do Leandro. Imaginei se ele já havia voltado de Cabo Frio. Provavelmente não. As meninas disseram que, como eles sabiam que todo mundo ia para Arraial, talvez fossem conhecer as praias por lá mesmo.

— E aí, Mila! Tá curtindo Búzios? — Bernardo quis saber.

— Muuuito.

— Falaí, Camila, belezinha? — Rafael se aproximou e sentou na cadeira ao lado do Bernardo. — Pô, brother! Devia ter trazido a minha prancha. Que mole! Essa praia tem altas ondas!

Um. Dois. Três. Quatro... Lá, Lá, Lá, Lá!...

Tentei deixar a minha mente vazia. Não queria prestar atenção em nada do que o Rafael falava. Quando ele e o Bernardo começaram a conversar sobre surf, carro e vestibular, chamei a atenção da Dani para mim.

— Amiga, você já sentiu pelo Bê uma coisa muito mais forte? — perguntei, praticamente sem emitir som.

— Como assim?

— Não sei explicar direito.

— Amor?

Dei uma risadinha com a pergunta da Dani.

— Não. Não é amor. Eu sei que já estou apaixonada pelo Leandro. — Suspirei. — Mas não é isso. É só que... Vou te explicar tudo, em detalhes.

— Explica — pediu, ansiosa.

Contei para a Dani sobre o amasso no carro e sobre o beijo da noite anterior. Também contei tudo o que o Leandro havia falado sobre não precisar ficar assustada e não passar dos limites. Mas como nunca havia sentido nada parecido com outro garoto nem com nenhum outro beijo... Queria saber se aquilo era comum. Se toda menina sentia, o tempo todo.

Depois de prestar atenção aos mínimos detalhes, Dani deu o veredicto.

— Amiga, isso é atração física. É tesão. Mais que paixão. Mais que amor. Não tem nada a ver com sentimentos. Mas com química: atração da pele, do toque, do beijo — disse, cheia de sabedoria. — Já tive que escutar a maior ladainha da minha mãe, que me deixou morrendo de vergonha, para falar exatamente sobre isso. Como o meu namoro com o Bernardo já é sério, ela ficou preocupada e achou melhor conversar com a gente sobre essas coisas. Sabe, né? Disse que ainda somos muito novos, que precisamos ter calma para não pular etapas e que, quando essa atração ferver, que era para a gente parar o que estivéssemos fazendo e sair para tomar um ar.

Demos uma gargalhada.

— Você e o Bê então já passaram por isso? — perguntei, mais aliviada.

— Claro que sim. Eu imagino como você ficou tensa. Mas é gostoso demais, né?!

— Nem te conto!

— E é difícil até parar para respirar — Dani disse, dando uma risada nervosa. — Às vezes dá vontade de ir um pouquinho além, mas ainda não tive coragem.

— Que bom que te falta coragem, Dani! Você pode se arrepender depois, se fizer alguma coisa antes do tempo. Acho que ainda somos muito novas e precisamos ganhar mais experiência para avançar para essas etapas mais complexas dos relacionamentos.

— Também acho. O Bê não me pressiona nunca. Ele sabe que só vai acontecer quando chegar a hora certa. Mas essa atração é perigosa demais. E deliciosa demais também.

— Bota deliciosa nisso!

Demos mais uma gargalhada.

Os meninos pararam de conversar para tentar descobrir do que nós estávamos rindo. A conversa com a Dani fluía maravilhosamente. Já tinha até mesmo esquecido que o Rafael estava ali.

— Qual é a boa da night? — perguntou ele, me encarando.

— A Rua das Pedras é cheia de barzinhos e restaurantes — respondi.

— Irado... E tem bombado?

— Ô!

— Você vai pra lá hoje?

Por que ele estava interessado em saber se eu iria ou não pra lá?! Quando pensei em responder, Dani me cutucou.

— Tem um menino ali te olhando, ele deve te conhecer.

Olhei na direção que a Dani estava apontando, pensando quem poderia estar ali e dei de cara com o surfista-gato que salvou minha vida. Ele realmente estava me sacando. Acenei completamente sem graça. Ele sorriu de volta.

— Estava pensando se era mesmo você — comentou de longe. — Tá demais... de maiô.

— A própria! Ando tomando cuidado com o mar — brinquei. — Não quero dar trabalho para mais ninguém.

— Trabalho nenhum! — Sorriu e piscou. — Foi um prazer, gata. Se cuida. — Acenou mais uma vez. — A gente se esbarra.

Deitei na canga e tive uma verdadeira crise de riso quando ele já não estava mais olhando. Quando consegui me controlar, a Dani, o Bernardo e até mesmo o Rafael estavam curiosos para saber o que tinha, de fato, acontecido.

Expliquei para a Dani que aquele era o tal surfista que tinha me salvado nos meus primeiros dias em Búzios. Ela também começou a ter uma crise de gargalhadas e não conseguimos mais parar. Lágrimas escorriam pelas nossas bochechas. Os meninos deram de ombros e voltaram para o papo sobre surf.

— Ai, amiga! Estava mesmo morrendo de saudades de você! — disse eu depois de rir até sentir o ar faltar e a barriga doer.

— Bom demais estar aqui com você nesse paraíso, Mila. E melhor ainda poder fazer parte das suas histórias. — Diminuiu o volume da voz. — Ah... e o surfista é mesmo um gato.

Enquanto o pessoal continuava conversando, decidimos almoçar no restaurante ao lado do hotel de telhados coloridos. Como só iríamos eu e a Dani, não vi nenhum problema em ficar ali mais um pouco. Se voltasse para o condomínio, provavelmente não teria ninguém para almoçar comigo.

O restaurante era bem simples, típico de praia. O cardápio era maravilhoso. Decidimos pedir uma moqueca de camarão, pois estávamos alucinadas pelo aroma do prato da mesa ao lado. A moqueca borbulhava e fez com que nossa barriga começasse a roncar. Pedimos para o garçom agilizar o pedido.

Dani começou a me atualizar sobre outros pequenos acontecimentos. De repente, quem eu vejo entrando pela porta do restaurante? Bernardo e Rafael.

Não acredito! Ele não pode sentar aqui! Não pode!

— E aí, meninas? Já escolheram? — Bernardo perguntou e sentou ao lado da Dani.

Enquanto ela mostrava empolgada a panela de moqueca da mesa ao lado, dizendo que tínhamos pedido uma idêntica, Rafael deu a volta na mesa e sentou ao meu lado.

Aquilo não podia estar acontecendo. O que o Leandro iria pensar se me visse aqui? Com certeza, ficaria chateado. Não era para menos, né? Mas... fazer o quê? Levantar e ir embora?

Socorro! Alguém me ajuda!!!

Já sei! Vou inventar que preciso voltar urgentemente para o condomínio. Vou pegar o meu celular, fazer cara de espanto e dizer que acabei de receber uma mensagem do Leandro, dizendo que estava me esperando quando...

A moqueca chegou.

Mmmmm!

Cara a cara estava ainda mais gostosa. Os camarões atraíram o meu olhar. E o meu estômago exigiu ação.

Eu não podia ir embora sem comer pelo menos um pouquinho. Não podia deixar aquele prato suculento e simplesmente pegar um táxi. Se eu fizer isso, quando engravidar, o meu filho nascerá com cara de camarão. Ninguém merece! Pela minha futura geração, preciso comer pelo menos um pouquinho dessa moqueca.

O garçom serviu o meu prato. Salivei.

Não estava ali pelo Rafael. O Leandro não ia ficar chateado. Na verdade, não precisava contar para ele aquele detalhe, já que era tão sem importância para mim.

Coloquei a primeira garfada na boca.

Obrigada, Deus! Obrigada por esses camarões divinos. Muito obrigada.

A moqueca deu para nós quatro e ainda sobrou um pouco de molho no final. Depois de pedirmos a conta, Bernardo me perguntou se eu não queria ir até a casa em que eles estavam hospedados, quem sabe jogar um baralhinho. Agradeci o convite, mas disse que já tinha compromisso.

Contra a minha vontade, os três andaram comigo pelas ruas de Geribá, atrás de algum táxi.

Sim! A burra aqui estava tão empolgada com a chegada da Dani que simplesmente não anotou o número do ponto.

Burra! Burra!

Para piorar a situação, nenhum táxi passava.

— Vamos lá para casa e de lá tentamos arrumar o telefone de algum táxi — sugeriu Bernardo.

— Acho que essa é a melhor ideia, Mila. Já tem quase uma hora que estamos rodando aqui e nada.

Eu estava começando a ficar nervosa. Queria voltar para o condomínio o quanto antes. Leandro já devia ter voltado e eu aqui perdendo o precioso tempo que poderia estar passando ao lado dele. Desesperada, senti vontade de chorar.

— Que cara é essa, amiga?

— Quero voltar logo. Estou com saudades do Leandro.

Bernardo e Rafael olharam para mim, sem entender se eu falava a verdade. Naquele momento, como um milagre, vi um táxi se aproximando. Fiz sinal. Estava cheio. Mas o taxista parou, informou que estava levando a passageira para a praia, mas que voltava em cinco minutos para me pegar.

Sentamos no meio-fio e ficamos esperando. Já não estava mais animada nem empolgada. Quando vi que o relógio marcava cinco e pouco, senti um nó no estômago. Só queria voltar para casa.

— Amiga, te ligo daqui a pouquinho pra gente marcar alguma coisa mais tarde, tá? Quero conhecer o Leandro — Dani avisou enquanto eu entrava no táxi.

— Ã-hã. Beijos. Ah, gente! Obrigada pela companhia!

— De nada, Mila! Também já estou curioso para conhecer o bofe — zoou Bernardo, enquanto o motorista dava a partida no carro. — Quero ver se ele vale mesmo todo o esforço que você está fazendo pra voltar pro condomínio.

— Ele vale muito mais do que você imagina — sorri, me despedindo.

Enquanto o táxi avançava pelas ruas de Búzios, senti uma mistura de alívio, por estar voltando para casa, e apreensão, pois não sabia como contaria ao Leandro tudo o que tinha acontecido hoje.

Capítulo 17

♥

Ciúmes, ciúmes de você

♥

Entramos no condomínio.

Calma, Camila. Respira fundo. Leandro nem deve ter chegado ainda.

Senti meu coração parar quando o motorista fez a curva para entrar na nossa rua. O carro dos meninos já estava estacionado, na frente da casa deles.

— Para, moço! Pode parar aqui — pedi sem pensar, assustando o motorista, que estacionou no mesmo instante.

Paguei a corrida e saí do táxi. Leandro conversava com o Tadeu na varanda. Minhas mãos estavam trêmulas.

Respira fundo, Camila! Se você for falar com o Leandro nervosa desse jeito, ele vai achar que aconteceu alguma coisa.

E não aconteceu?

Claro que não!

Você não ficou na praia até agora por causa do Rafael.

Não foi mesmo. A culpa de toda a demora foi do táxi.

E da comida. Malditos camarões!

Suspirei.

Malditos, deliciosos e suculentos.

— Ei! O que você estava fazendo dentro daquele táxi? — Leandro perguntou, franzindo a testa sem entender.

— As meninas não estavam com você? — Tadeu também perguntou, confuso.

— Não. Elas estão em Arraial do Cabo — comecei a explicar.

— E você, minha lindinha? — Leandro perguntou, cheio de carinho, e me puxou para me dar um beijo. — Nossa! Como você está gelada. O que aconteceu?

Percebendo que eu não estava à vontade, Tadeu deu uma desculpa qualquer e foi para dentro de casa.

— Ai, Lê! É tudo uma grande bobeira, mas não sei direito como te contar. Não quero que fique chateado comigo, mas também não quero mentir para você.

Leandro me abraçou e senti meus olhos arderem de vontade de chorar. Segurei com força nas costas dele. Não queria sair daqueles braços. Não queria ter que dizer nada. Só gostaria que o tempo parasse, naquele minuto.

— Vamos sentar lá na arquibancada para você me contar o que estava fazendo naquele táxi e o que está te angustiando tanto.

Será que ele continuaria compreensivo assim, depois que soubesse com quem eu estava na praia?!

Enquanto caminhávamos, meu celular tocou. Olhei a tela e vi o número da minha mãe.

Droga! Esqueci completamente de avisar que já estava em casa.

— Oi, mãe! Já cheguei! Esqueci de te ligar.

Ela começou a fazer um milhão de perguntas, mas não consegui prestar atenção em nenhuma delas.

— Mãe, depois eu falo com você. Acabei de entrar no condomínio e estou conversando com o Leandro. Quando você chegar aqui, te conto como foi na praia... Beijo.

Já estávamos sentados na arquibancada quando desliguei o celular. Leandro olhava para mim, parecendo analisar as minhas expressões. Olhei para o meio do campo de futebol. Não havia ninguém lá. Fazia muito calor e a maioria das pessoas do condomínio estava na piscina ou na rua. Tentei organizar os meus pensamentos para decidir o que dizer.

— E então, Mila?!

Silêncio. Ainda não sabia o que falar.

Como fui burra! Por que tive que pedir para o táxi parar na frente dele? Por que tive que dar tanta importância a tudo isso? Vou estragar tudo.

— Mila, tem alguém aí?

Suspirei.

— Estava angustiada demais, por isso fiquei daquele jeito.

— Mas por que você ficou angustiada?

— Porque sou uma burra! Não sou capaz nem de me lembrar de anotar a droga do telefone de um táxi — disparei e senti meus olhos se encherem de lágrimas. — Imaginei que você já estava aqui, que já tinha voltado. Comecei a pensar no tempo que falta para tudo isso acabar. E aí, me vi andando pelas ruas de Geribá, por uma hora, sem conseguir encontrar um táxi que pudesse me trazer. O tempo passava e minha angústia só aumentava.

— Calma, minha linda! Agora você já está aqui. Não precisa mais ficar nervosa. Também não me senti confortável em passar tanto tempo longe de você. Quando dei uma passadinha na sua casa antes de ir para Cabo Frio, você ainda estava dormindo. As meninas disseram que iriam para Arraial do Cabo, imaginei que você também acabaria indo.

— Não quis ir.

— Mas eu não tinha como saber. Por isso, quando o Tadeu acabou de resolver o problema no banco, decidimos ficar na praia do Forte, lá em Cabo Frio mesmo. — Esperou que eu dissesse alguma coisa, como não falei nada, perguntou. — Mas por que ficou andando pelas ruas de Geribá? O que você foi fazer lá?

Contei para o Leandro a história desde o início. Primeiro sobre o telefonema animado da Dani, a minha empolgação de poder encontrar com ela em Búzios e contar as novidades, as desconfianças da minha mãe, e, por último, mencionei que o Rafael também estava lá.

O semblante do Leandro se transformou.

— Ele ficou com vocês?!? — perguntou, com a cara fechada.

— Não ficou *com* a gente. O Bernardo está com vários amigos e amigas em uma casa, lá em Geribá. Um desses amigos é o Rafael. Ele estava no mesmo lugar que a gente, mas não troquei mais do que três palavras com ele.

— Quando você foi para a praia, já sabia que ele estaria lá?

— Não.

— E por que a Dani não te contou?

— Porque aquilo não era importante. Ela estava louca para te conhecer e doida para me encontrar. Somos amigas desde o jardim de infância, nunca passamos tanto tempo longe uma da outra.

Leandro me olhou desconfiado. Continuei a falar.

— Estávamos tão animadas por estarmos juntas em Búzios que nem mesmo lembrava que o Rafael se encontrava ali com a gente. A presença dele foi irrelevante.

— Mas por que você estava tão nervosa quando me encontrou?

— Já te disse, porque não passava uma droga de táxi e perdi mais de uma hora andando para tentar voltar para casa, para te encontrar e ficar com você.

Leandro me abraçou e meu coração começou a voltar ao normal. Naquele instante, meu celular tocou.

— Oi, Mila, já chegou? — Dani perguntou, do outro lado da linha.

— Já, amiga!

— Encontrou com o Leandro? Está tudo bem?

— Está sim! Estou com ele agora.

— Ai, que bom! E a nossa saída de mais tarde? O que vamos fazer?

— Não sei ainda, Dani. As meninas ainda não chegaram e ainda não falei sobre isso com o Leandro...

— Assim que vocês decidirem, me liga para combinar, tá?

— Ã-hã. Pode deixar. Beijo.

— Beijo!!!

Expliquei para o Leandro que a Dani queria sair com a gente para poder conhecer todo mundo. Ele não ficou lá muito animado com a ideia, mas acabou concordando.

Comecei a me sentir aliviada depois de ter contado tudo. Mas percebi que o Leandro continuava distante. Apesar de já ter me beijado e abraçado, parecia um pouco frio.

— Ficou chateado?

— Um pouquinho, mas vai passar. — Suspirou e me encarou. — Posso te fazer uma pergunta?

Estremeci.

O que será que ele iria perguntar? Será que iria descobrir sobre o almoço?

Preferi ocultar aquela informação, pois, além de não ser necessária — já que não havia acontecido nada! —, só serviria para plantar uma sementinha de dúvida na cabeça do Leandro.

— Lógico.

— Você sentiu alguma coisa quando viu o Rafael?

— Não — respondi imediatamente.

Não senti nadinha. Nada mesmo.

Sei que levei um susto quando vi aquele cabelo loiro, mas susto não é uma coisa importante, né? Não precisava dizer isso.

É lógico que continuava achando o Rafael bonito, mas não chegava aos pés do Leandro e não representava nada para mim.

Tá. Confesso que fiquei um pouco — juro que bem pouco! — satisfeita quando percebi que ele não parava de me olhar, que tentou puxar assunto, ser agradável e chamar a minha atenção. Mas a satisfação não foi por sentir alguma coisa por ele, foi apenas uma espécie de vingancinha. Depois de um ano de sofrimento, correndo atrás dele, agora era a vez do Rafael experimentar o sabor amargo de não ser correspondido.

— Oi, genteee! — Gisela apareceu ao nosso lado. — Desculpa atrapalhar os pombinhos, tchuc-tchuc, mas o meu gatinho, mais conhecido como Tadeu, pediu para dar um toque que vamos nos arrumar agora, rumo à Rua das Pedras. Então, não demorem! Precisamos chegar cedo para conseguir mesa lá. *Let's go, people?*

Rimos com o jeito da Gisela.

— Já estamos indo, Gi! Não sabia que vocês já tinham chegado.

— Chegamos agorinha mesmo, mas já vamos nos arrumar — explicou e se despediu.

Esperamos que ela saísse de perto e nos beijamos.

— Não imaginava que sentiria ciúmes de você! Mas senti. E muito. Não sei como vai ser quando tivermos que ir embora. Vou sentir tanta saudade... — Leandro confessou de um jeito tão doce que não consegui mais segurar as lágrimas.

— Também vou. — Abracei o Lê mais uma vez. — Não sei como vou me acostumar sem seus beijos e abraços. Sem o seu cheiro. — Isso já aos prantos.

11 de janeiro

— Que dia!! —

Dani está em Búzios! Estou esperando a Juliana acabar de tomar banho para poder me arrumar, pois vamos para a Rua das Pedras. Hoje, a Dani vai conhecer todos os meus novos amigos e o meu gatinho. É engraçado pensar que esse encontro vai acontecer daqui a pouco.

Tudo o que estou vivendo aqui é tão especial que parece fazer parte de um sonho. Ter a minha amiga de infância presente em um desses momentos irá fazer com que todo esse sonho se transforme em uma realidade para sempre.

Não sei bem explicar esse sentimento, mas é mais ou menos isso que eu sinto.

É como se, de alguma forma, a Dani trouxesse o mundo real com ela. É como se ela fosse a conexão de todo aquele sonho com a realidade.

Faz sentido?

Acho que não! Mas não importa! Gosto de escrever. E, principalmente, de deixar registrada a minha impressão do mundo. E é exatamente isso que estou pensando agora.

— Camila!!! Não acredito que você ainda está escrevendo na agenda! Já estamos prontas!

Dei um pulo da cama com o grito da Juliana e corri para me arrumar. Enquanto tomava banho, as meninas foram encontrar com o Tadeu e o Cristiano, que já estavam lindos e cheirosos.

Impossível ser rápida quando se quer caprichar no visual. Coloquei um vestido tomara que caia turquesa, uma sandália de tirinha preta, alta, e mandei ver na maquiagem.

— Vamos? — perguntei assim que saí de casa e encontrei o pessoal na varanda.

— Uau!!! Para tudo! — Leandro exclamou olhando para mim. Virou para os amigos e completou. — E vocês ainda dizem que não é para ter ciúmes. Olha como minha namorada é linda!

Ciúmes? Leandro tinha contado para eles o que havia acontecido?!

— Para de ser bobo, Lê! — falei, meio sem graça. — Vamos nessa?

Estava ansiosa para encontrar a Dani. A expectativa na estratosfera. Queria que ela e o Bernardo gostassem de todos os meus amigos e, especialmente, do Leandro. Comecei a torcer para que o Rafael não aparecesse por lá. Também esperava que ninguém mencionasse nada sobre o almoço.

Quase não falei dentro do carro. Percebendo meu nervosismo, ele segurou a minha mão enquanto dirigia. Relaxei com aquele toque.

Logo que chegamos à Rua das Pedras, Dani me avistou e veio correndo na minha direção. Bernardo veio caminhando bem mais lentamente atrás dela.

— Amiga!!! Como você está maravilhosa! — Me abraçou. — Meu Deus! Vocês acharam esses meninos no paraíso? — perguntou baixinho no meu ouvido. Demos uma gargalhada.

Fiz as apresentações. Bernardo parecia um pouco sem graça. Já a Dani... não demorou muito para estar toda enturmada. Ela e a Gisela, de cara, se deram muito bem.

Caminhamos até um barzinho que ficava na orla. Era um lugar muito agradável. Um DJ animava a noite, e quem quisesse podia sentar em uns pufes e sofás que ficavam virados para o mar. Escolhemos, obviamente, aquele lugar.

— Amiga, Búzios fez muito bem a você. Estou impressionada — observou Dani, me escaneando de cima a baixo.

Sorri sem graça.

— Você tá diferente mesmo — continuou Bernardo. — Não só na aparência, mas sei lá... Estávamos comentando que você está parecendo mais velha, mais madura.

Estávamos?! Quem estava comentando? O Bê com a Dani? Ou geral? Ou, ou...

Ai, meu Deus!

— Obrigada! — respondi, já com a boca seca. — Amiga, não quer ir ao banheiro comigo? — chamei a Dani, que aceitou imediatamente. — Dar uma retocada básica no visual?

— Mulheres! — Bernardo sorriu para o Leandro.

Andamos na direção do banheiro em silêncio, a música estava muito alta e não conseguiríamos entender nada se decidíssemos falar alguma coisa ali.

— Graças a Deus você me convidou para vir aqui. Estava louca para fazer isso, mas estava com medo de dar na cara que queria fofocar. Com você me chamando, ficou mais discreto — Dani disse empolgada.

Demos uma risada.

— E aí, amiga?! O que achou dele?

— Dele não, né! Deles!!! Menina... Esses garotos são demais! Todos! Até o nerd é gato! Você mandou muito bem! Seu gatinho é lindo e muito simpático. Bernardo disse que vocês pareciam até namorados. Leandro é todo carinhoso contigo. Boy magia total!

— Ohm!! Estou muito feliz por você estar aqui, amiga!

— Também. Nossa... Quem vai morrer quando encontrar o Leandro vai ser o Rafael.

Gelei.

— Ah... Espero que isso nem aconteça!

— Ih... Amiga! Acho difícil não acontecer. O Rafa está vindo pra cá.

Ah, não! Ah, nããão! Ah, nãããããão!

— Não acredito! O que ele vem fazer aqui?! — perguntei, nervosa.

— Quando estávamos saindo de casa, ele quis saber o que íamos fazer. Bernardo explicou que a gente ia te encontrar, então ele disse que não queria ficar em casa e que chamaria o Rodrigo para vir também.

— Droga! Tomara que ele não consiga encontrar a gente.

— Impossível! Ele já mandou um torpedo pro Bê e já sabe que estamos aqui — Dani avisou. — Mas não precisa ficar nervosa, amiga! Vai ser até engraçado! O Rafa sempre se achou o cara, só porque é mais velho, bonitinho e tal. Agora, vai te ver com aquele deus grego! Vai aprender que não é a última bolacha do pacote, nem o míster universo.

Tentei dar uma risada descontraída, mas estava completamente estremecida por dentro.

— Eles já devem estar desconfiados que viemos ao banheiro só pra fofocar. Acho melhor a gente ir andando! — pediu, já abrindo a porta do banheiro e deixando a música entrar.

Andamos de volta até os sofás. No meio do caminho, senti meu coração acelerar. Rafael estava sentado com mais um amigo, conversando com o Bernardo *e* o Leandro.

Aquilo não podia estar acontecendo. Não! Não podia ser verdade!

Quando nos aproximamos, Rafael olhou na nossa direção e pareceu congelar o olhar em mim. Tentei ser o mais natural possível. Disse apenas um "oi" para ele e para o Rodrigo e sentei ao lado do Leandro, tascando um beijo na boca dele.

— Quer escolher outro lugar? — perguntei baixinho no ouvido do Lê.

— Por quê? A presença do Rafael te incomoda? — perguntou.

— Não, mas pensei que talvez você pudesse não gostar de estar aqui — expliquei.

— Relaxa, gatinha. — Mordeu a pontinha da minha orelha, me provocando arrepios. — Não precisa ficar preocupada comigo. O Leandro se garante. Está tudo bem, ele é até gente boa — disse e fez um carinho no meu lábio inferior. — Só eu beijo essa boquinha. — Me deu um selinho. — Ele nunca teve essa oportunidade. Só eu...

Dei uma gargalhada. — Para!

Tentei relaxar enquanto todos conversavam. Dani se empolgou ao saber que a Juliana iria estudar com a gente. Começou a fazer inúmeros planos para quando as aulas voltassem. Gisela lamentou não poder trocar de escola.

Os meninos também pareciam estar se entendendo bem. Davam muitas risadas com as histórias engraçadas do Tadeu.

— Como vocês vão fazer quando as férias acabarem? — Bernardo perguntou. — Conhece o Rio? — Olhou para o Leandro.

Percebi o olhar do Rafael em mim.

— Nem gosto de pensar nisso — fui logo respondendo. — Vai ser tão ruim quando a gente tiver que voltar pra casa... Sem dúvida nenhuma, essas foram as melhores férias da minha vida.

— Ohmmmmmmmmmm!! — Todas as meninas falaram juntas.

Leandro me abraçou com carinho. Enquanto isso, Rafael continuava me encarando sem parar.

— Conheço sim, mas não sei quando vou poder voltar. Queria muito que fosse em breve, mas não sei como vai ser. Já até comentei com a tia Regina que queria sequestrar essa coisinha linda. Se pudesse, carregava a Mila comigo pra Goiânia, mas já tomei um toco!

— Nem pense nisso! — Dani disse franzindo a testa. — Não vivo muito tempo sem a minha melhor amiga. — Segundo toco!

— Entendo você. Ainda não sei como vou fazer para ficar sem essa gatinha. Vocês podiam combinar de ir conhecer Goiânia! — Leandro sugeriu.

— Quem sabe? — Dani respondeu e sorriu para mim.

Fiquei pensando em tudo aquilo e não prestei mais atenção em nada. *Será que existia mesmo alguma possibilidade de um reencontro depois que as férias chegassem ao fim?*

O olhar do Rafael já estava me incomodando. Quando ninguém prestava atenção, ele me encarava. Eu conseguia sentir aquele olhar na minha direção, mas não correspondia.

O que ele estava querendo? Por que não parava de me encarar?

Resolvi voltar ao banheiro para respirar. Aquela situação já estava me deixando agoniada. Perguntei se alguma das meninas queria ir comigo, mas elas estavam tão entretidas conversando que não se animaram para me acompanhar. Dei um beijinho no Leandro, que também estava empolgado contando sobre o ano do ENEM, e fui sozinha.

Já no banheiro, procurei respirar fundo e botei a cabeça para funcionar. Queria entender aonde o Rafael queria chegar me encarando daquele jeito. Leandro parecia não ter notado, pois o Rafa só agia quando ninguém estava prestando atenção. Os olhares dele eram tão penetrantes que me deixavam com um nó no estômago.

Por que aquilo me incomodava tanto? Não podia deixar que o Rafael mexesse comigo daquela maneira.

Mas não estava mexendo, certo? Eu só estava nervosa, pois não queria que o Leandro ficasse chateado com aquela situação. Não iria mais me importar. Se alguém notasse que o Rafael não parava de me olhar, ficaria feio para ele, e não para mim.

É... é isso. Tô nem aí.

Não vou nem ligar nem reparar se ele continuar se comportando daquela forma. O problema vai ser todo dele. Única e exclusivamente dele.

Retoquei o batom pela segunda vez.

Quando passei pela porta do banheiro, estava mais confiante. Não deixaria nada atrapalhar os meus últimos dias de férias com o Leandro. Nada mesmo! Antes de virar no corredor que dava para a varanda onde estávamos sentados, uma mão segurou o meu braço.

Estremeci quando levantei os olhos e vi o Rafael parado na minha frente.

— Você está muito linda, sabia? Não consigo mais disfarçar. Não consigo parar de te admirar.

Tentei me soltar, mas ele segurou com um pouco mais de força.

— Calma! Não precisa fugir de mim. Só quero falar contigo, rapidinho.

— Não tenho nada pra falar nem pra ouvir, Rafael. Você pode fazer o favor de me soltar?

— Espera! Sei que você tá com o cara, não quero causar nenhum tipo de estresse. Mas as férias vão acabar e você vai voltar pra casa e ele pro buraco dele, bem longe do Rio. A vida não vai acabar aqui, gata, o ano está apenas começando e quero ter a oportunidade de conversar contigo.

Não queria ouvir mais nada daquele idiota. Aquilo era surreal demais para a minha cabeça. Rafael, rapidamente, tirou a bolsinha de maquiagem da minha mão, abriu e colocou alguma coisa lá dentro. Fiquei paralisada, sem entender o que estava acontecendo.

— Quando estiver sozinha, pega — disse, me devolvendo a bolsa e finalmente me deixando sair dali.

Meu coração estava aos pulos. E se o Leandro perguntasse o motivo da minha demora? E se pedisse para olhar minha bolsa e encontrasse...

Ai, meu Deus! O que o moleque havia colocado lá dentro? O quê?!?!

Tentei respirar fundo e me acalmar. Não podia estragar o clima. Olhei para os meus amigos e para o Leandro, a conversa continuava animada. Precisava disfarçar. Precisava fingir que nada de anormal havia acontecido.

— Mila, pedimos uns sanduíches e escolhi um pra você também, tá? — Dani avisou assim que voltei para o meu lugar e guardei minha bolsinha dentro da bolsa.

— Obrigada! — Sorri.

Será que vou conseguir comer alguma coisa? Estou enjoada de tanto nervosismo! Não consigo pensar em comida. Não consigo pensar em nada.

E se abrisse a bolsinha, dentro da bolsa, para poder descobrir o que tinha lá dentro? Será que alguém iria perceber?

Olhei ao redor, todo mundo no maior papo. Segurei a minha bolsa, como se estivesse segurando uma bomba prestes a explodir. Disfarcei e, quando estava quase abrindo a bolsinha dentro dela, Rafael voltou para a mesa e me encarou mais uma vez.

Não! Não!! Não!!!

Soltei a bolsa e a pendurei no braço do sofá.

Foco, Camila! Esquece o Rafael. Esquece que ele está ali, lindo e loiro bem na sua frente, olhando para o fundo dos seus olhos, e... para o decote do seu vestido. Ai!

Esqueceee!!!!!!

Olhei para o lado, sorri para o Leandro. Quando ele fez um carinho na minha sobrancelha e me beijou na sequência, esqueci do mundo. Principalmente, esqueci que, minutos atrás, Rafael estava falando comigo.

— "Vou morrer de saudade, não, não vá embora!" — cantarolou baixinho, depois de um longo beijo.

Senti meus olhos arderem.

— Também vou sentir muito a sua falta. Você foi a história mais especial que já vivi.

11 de janeiro (madrugada de 12)

— Que dia!! —
— continuação —
Tic — tac — tic — tac — tic — tac...

Escuto esse barulhinho cada vez mais rápido. O tempo está voando nesse final de férias. Quanto mais desejo que as horas passem devagar, mais o relógio parece acelerar.

Hoje tudo foi bem diferente e movimentado. Amigos do Rio com os amigos que fiz aqui. Acontecimentos e mais acontecimentos! Um barzinho delicioso com um DJ show e vista para o mar...

O problema é que eu queria o Leandro só para mim. Sinto agonia quando vejo os dias passarem e percebo que o nosso tempo está se esgotando. É claro que gosto de estar com meus amigos e é claro que amei poder dividir toda essa experiência com a Dani, mas o dia já acabou e a hora da despedida está se aproximando.

O que vai acontecer depois?!

Não sinto sono. Sei que preciso dormir para aproveitar com muita disposição esses últimos dias, mas o nó que estou sentindo no estômago, o mesmo que não me deixou comer, também parece que não vai me deixar dormir.

Preciso colocar a cabeça no travesseiro para descansar. Amanhã (ou melhor, daqui a pouco) é um novo dia e vou aproveitá-lo ao máximo! É como diz a música...

"O tempo não para!"

Boa-noite!

Fechei a agenda e continuei parada no mesmo lugar. Sentada na cadeira da sala, sozinha, apenas com o abajur da mesa aceso. Todo mundo já estava dormindo, mas eu sabia que não conseguiria dormir enquanto não descobrisse o que é que o Rafael havia colocado dentro da minha bolsinha.

Ainda não tinha tido coragem de olhar. Estava me sentindo culpada por esconder aquilo das minhas amigas e do Leandro. Mas tinha a certeza de que, assim que abrisse aquela bolsa, me sentiria culpada por ter um segredo compartilhado apenas com o Rafael.

Quem diria! Eu de segredinhos com o garoto! Ah, o mundo dá voltas...

Olhei a bolsa mais uma vez.

Abrir ou não abrir? Eis a questão.

Segurei a bolsa e abri devagar. Peguei a bolsinha de maquiagem, senti minhas mãos tremerem e minha pulsação disparar. Abri. Dentro da bolsa, junto com meu lápis de olho, blush, sombra, batom e rímel, estava um papel.

Um bilhetinho todo dobrado.

E agora, Camila?!

Se você não ler esse bilhetinho já, vai ficar pensando nele o tempo inteiro, imaginando coisas.

Abre agora e lê! Acaba de uma vez com esse mistério.

Comecei a abrir aquela folha de caderno e... fechei! Não iria ler nada do Rafael, não agora. Não iria deixar que ele fizesse parte das minhas férias, mais do que já havia feito até aqui.

Praia, almoço, aquela conversa rápida no banheiro e aqueles olhares já tinham sido mais que o suficiente. Bem mais! O Rafael não iria estragar as minhas férias de verão. Não permitiria que ele fizesse parte daquela história tão especial. Deixaria aquele bilhete para depois, quando precisasse acordar do sonho para voltar à realidade. Até lá, Rafael ficaria escondido no meu passado.

O meu presente se chama Leandro.

O presente mais lindo que já havia "ganhado" da vida em toda a minha vida. Vida louca vida, vida intensa. Me leva que eu vou!

Capítulo 18

♥

Triste constatação: o tempo não para

♥

Abri os olhos sem me mexer. Queria guardar na memória aquele lugar. Todos os detalhes, as cores, os sabores, os sons, os cheiros, as sensações... Cada pedacinho daquele verão precisava ficar registrado.

Olhei para o armário escuro que ficava do lado direito da minha cama. Do lado esquerdo ficava a cama de casal e, ao lado, estava a janela que dava para o mato. No teto, o ventilador.

Respirei fundo. O quarto tinha diversos aromas. Um pouco de madeira antiga, de protetor solar, do meu perfume e do perfume do Leandro, que ficava nas minhas roupas toda vez que eu voltava para casa, depois de incontáveis abraços.

Apesar de ter sido a última a dormir, fui a primeira a acordar. Levantei em silêncio e caminhei lentamente até a sala. Olhei para o sofá, já meio velho, mas ainda confortável. Lembrei da primeira vez que dormi ali, no meio da tarde, no dia que havia conversado com o Lê pela primeira vez. Naquele 4 de janeiro, não tinha a menor ideia dos dias maravilhosos que estavam por vir.

Fui até a varanda, contemplei o cantinho em que sentei diversas vezes para escrever na agenda. O murinho em que estava sentada no dia em que sustentei o olhar do Leandro quando ele me encarou, antes até de saber o nome dele.

Nossa! Tudo aquilo parecia ter acontecido há tanto tempo! Muitas coisas haviam mudado. Eu havia mudado. Meu jeito de agir, de ver e viver o mundo. Acho que isso é amadurecer.

— Ei, Mila! O que você está fazendo aí na varanda, de camisola? — Juliana perguntou, me olhando da porta de casa.

— Pensando em como tudo aconteceu. Nas coisas que vivemos até agora.

— Muito bom, né?! Mas ainda temos mais coisas para viver. As férias não acabaram. Faltam três noites. Não podemos desperdiçar o hoje.

— É! Não podemos mesmo — concordei.

Observei a Juliana enquanto ela preparava um copo de Nescau. Ela também estava diferente. Já não se vestia mais de maneira esquisita, embora conservasse o jeito doce e tímido, mas era uma garota muito mais segura.

Também tinha a Gisela! A Gi era uma amiga que as férias me deram de presente e que iria levar para sempre na minha vida. Amiga divertida, engraçada, com um coração enorme e cheia de confiança.

E o que falar dos meninos?!

O Cristiano, com aquele jeito calado, reservado, observador, mas que foi se soltando aos poucos, mostrando que não era bonito apenas por fora. O Tadeu com seu jeito brincalhão, alegre, lindo! Daria um excelente humorista. E o Leandro? Ah... O Leandro era um príncipe. O menino mais encantador que eu já havia conhecido.

Nunca esqueceria nada daquilo. Nada!

— Mila! Terra chamando! — Juliana passou a mão na frente do meu rosto.

— Desculpa. — Dei uma gargalhada. — Acordei pensativa e estava longe... com minhas reflexões.

— Percebi. Perguntei se você vai querer ir para a praia hoje ou se prefere ficar na piscina.

— Sei lá — respondi. — O que vocês querem fazer?

— Também não sei! Estava pensando em fazer alguma coisa diferente. Os meninos disseram que a praia da Tartaruga é bem legal. Podíamos andar de caiaque ou naquela banana que é puxada por um barco. Seria divertido, né?

Gostei da ideia.

— Bota divertido nisso! Você acha que eles se animam de ir?

— Com certeza. Nossos pais até comentaram ontem que estavam querendo desbravar Cabo Frio, mas eu não estou com vontade de ir pra lá. Queria aproveitar com os meninos.

— Oba!!! Eu também!

— Então, combinado! Daqui a pouco a gente vai até a casa deles para marcar. O Cristiano disse que eles esperariam a gente para decidir o que fazer.

— Ohm! Vocês dois juntos são muito fofos, Ju!

— Tô adorando ficar com o Cris! Nem quero pensar como vai ser quando tivermos que nos separar. Não quero pensar nisso até chegar o dia. Nunca vivi nada parecido, acho que vou sofrer bastante com a despedida.

— Vamos precisar consolar uma a outra, porque também vou estar aos pedaços. Nossos corações vão pra Goiânia com eles!

— Já foram!... Muito triste eles morarem tão longe! — lamentou. — Menina, e o tal de Rafael, hein?! Era dele que você gostava, né?!

Estremeci com aquele pensamento.

— Nem me lembra disso, Ju.

— Ele ficou te encarando direto lá no barzinho! Até o Cris comentou.

— Sério? — *Ai, meu Deus! E se ele resolver comentar aquilo também com o Leandro?* — O que ele falou?

— Que o menino não tirava os olhos de você. Tava até engraçado. Ele te olhando e você babando pelo Leandro.

Demos uma gargalhada, sendo que a minha foi um pouco nervosa.

Quando a casa finalmente acordou, informamos que iríamos com os meninos passar o dia na praia da Tartaruga. Nossos pais já não ficavam mais preocupados quando saíamos com eles. Como fui a primeira a ficar pronta, Juliana e Gisela me incumbiram de ir avisar sobre os planos.

Aproveitei e não voltei mais para casa, fiquei sentada na varanda conversando com o Tadeu e o Lê, esperando o Cris e as meninas terminarem de se arrumar. Estava animadérrima para passar o dia na praia com o Leandro.

— Mila! Estamos indo, hein? — minha mãe avisou de dentro do carro. — Leandro, toma conta delas direitinho! A Camila e a Juliana já quase se afogaram em Geribá. Não deixa que elas fiquem dando bobeira no mar, viu!

Minha mãe precisava mesmo me matar de vergonha?!

Leandro riu e disse que cuidaria muito bem da gente. — Tá comigo, tá com Deus!

— Acho que vou comprar aquelas boias de braço, para quando você quiser mergulhar. O que acha? — Tadeu zoou.

— Sem graça! — Fiz uma careta.

Quando chegamos à praia, o sol estava de rachar o coco. Escolhemos uma mesa, deixamos nossas coisas e logo fomos mergulhar. Coloquei o pé na água e levei um susto com a temperatura.

— Caramba! Essa água tá congelante! — reclamei.

— Assim que é bom, pelo menos não vamos morrer de calor com o sol que está fazendo hoje. É só mergulhar que você se acostuma com a temperatura! Vem comigo! — Leandro me pegou no colo feito um bebê e nos jogamos juntos no mar.

Cheguei a sentir um pouco de falta de ar quando mergulhei. Parecia que estava entrando em um balde de gelo. Mas a sensação depois que molhava a cabeça era revigorante demais.

Apesar da temperatura da água, não dava vontade de sair do mar. A Tartaruga era maravilhosa, um sonho. Não tinha onda e, se eu quisesse, poderia ficar nadando ou simplesmente boiando, sem perigo algum.

— Ei, gatinha! Não está com frio mais não? — Leandro chegou bem perto de mim.

— Não! Está tão gostoso ficar aqui, não dá vontade de voltar pra barraca.

— É verdade. Mais gostoso ainda é ficar aqui *com você* — disse e me deu um beijo, salgado e gelado.

— Hum! Seu beijo tá tão bom hoje! — elogiei.

— É? O seu é *sempre* muito bom — Leandro disse e me deu mais um longo beijo.

— Ei! Os dois! Podem ir parando de namorar aqui! Vocês sabiam que a praia está cheia de crianças? — Tadeu implicou. Gisela vinha pendurada nas costas dele. — Vamos brincar de briga de galo?

Sem nem pensar, Leandro já me passou para o cangote dele e garantiu que ninguém ganharia da gente. E não ganharam mesmo.

Foi tudo muito divertido. Não conseguíamos parar de rir. Fizemos vários tipos de corridas, jogos, andamos de banana boat e almoçamos um camarão frito delicioso.

Depois de descansar do almoço, Leandro me chamou para dar uma volta na praia com ele. Não recusei o convite.

Andamos até o canto direito da Tartaruga.

— É, Camilinha! Você vai fazer uma falta danada! Engraçado, já tive duas namoradas, já fiquei com algumas meninas, mas nunca me dei tão bem com alguém assim. É fácil amar você.

Eu estava nas nuvens com tantos elogios. Sentamos na areia, no canto oposto ao que estávamos antes. Na prainha de pedras multicoloridas. Leandro passou o braço pelas minhas costas, apoiei a cabeça no ombro dele.

— Vou ficar tão grudado contigo nesses dias que faltam que você vai até enjoar de mim.

— Duvido! — Sorri.

Ele começou a selecionar pedrinhas que estavam à nossa volta, na areia.

— Escolhe uma e batiza de Camila? — pedi.

Ele escolheu duas e disse: — Esta será você e esta será o Leandro — falou e esfregou uma na outra, com um sorriso derretedor de corações.

— Pra sempre... — sonhei acordada.

Leandro se afastou um pouco e me olhou.

— Como você pode ser assim, tão legal e tão linda? Normalmente essas duas qualidades não costumam andar juntas.

Dei uma gargalhada com aquele comentário.

— Você está rindo, mas eu estou falando sério. Quando as meninas são lindas como você, costumam ser metidas, com o nariz em pé, arrogantes. Nunca vi você ser assim com ninguém.

— Obrigada, Lê! Você também é diferente. Os garotos da sua idade nem olham para meninas da minha idade porque acham que somos pirralhas, crianças. Desde o dia em que nos conhecemos, você jamais me esnobou. Muito pelo contrário. — Dei mais uma risada.

— Você é uma menininha, mas não é por isso que é boba ou infantil. Adoro conversar com você, sair com você, beijar sua boca — disse e foi se chegando.

Toda vez que o Leandro vinha me dar um beijo lentamente, sentia o meu coração bater mais forte. Aquele menino mexia comigo de um jeito...

Bom demais!

— Melhor a gente voltar para a barraca, eles devem estar preocupados. Pelo seu histórico em Búzios, podem achar que nos afogamos.

— Engraçadinho! — Belisquei a bunda dele antes de levantar. — Vamos voltar nadando?

Aproveitamos a praia até o sol se pôr. Ninguém estava com vontade de ir embora. Tudo tinha sido tão perfeito hoje que, se pudéssemos, teríamos pausado o mundo só para poder viver aqueles momentos mais um pouquinho.

— E aí?! O que vamos fazer daqui a pouco? — Tadeu quis saber, já no condomínio.

— Podemos ir àquele barzinho que fica na areia. O que vocês acham? — sugeri.

— Que barzinho? — Leandro perguntou, olhando para mim de rabo de olho enquanto dirigia.

— Nós passamos por ele ontem. Um que fica no calçadão, tem música ao vivo e as mesas ficam na areia, iluminadas com velas, não lembram?

— Ah... É verdade! Lá é bem romântico mesmo — concordou Cristiano.

Todos aceitaram a minha sugestão. Decidimos não demorar. Qualquer minuto longe era tempo perdido. Iríamos apenas tomar banho e sair novamente.

— Mila, nada de escrever em agenda agora, hein?! Separa a sua roupa e vamos nos arrumar correndo — pediu Gisela.

— Pode deixar! Também não quero perder tempo.

Entrei no quarto e olhei todas as opções que ainda não havia usado. Queria ficar linda para o Leandro. Decidi colocar um short preto, de seda, bem curtinho com uma blusinha preta, bem decotada e larguinha na barriga.

Quando acabei de passar hidratante no corpo todo, fui encontrar a Gisela e a Ju, que já estavam na varanda da casa dos meninos.

— Mulher Gato! Hum! Vai com esse decote todo, é?! — Leandro perguntou no meu ouvido enquanto a galera entrava no carro. Fiquei arrepiada.

— Achou vulgar?!

— Você não pode estar fazendo essa pergunta de verdade, né?! Só porque quer ouvir elogios! Diz a verdade! — Sorriu. — Você nunca está vulgar! Esse decote te deixou um mulherão.

Dei uma gargalhada e sentei no banco da frente.

Como da primeira vez que fomos de carro com eles para a Rua das Pedras, Leandro sugeriu que nossos amigos descessem para procurar mesa, enquanto corríamos atrás de uma vaga. Senti meu coração acelerar.

Foi preciso dar três voltas nas ruas de Búzios para conseguir estacionar. Assim que desligou o motor, Leandro olhou para mim e sorriu.

— Já quer sair ou posso te dar uns beijos?

— Beijo não se pede, se rouba — impliquei.

— Ah, é?!

Leandro segurou a minha nuca e continuou olhando para mim. Senti um frio na espinha. Fiquei TODA arrepiada! Com a outra mão, imobilizou a minha mão. Foi se aproximando bem devagar. Deixando-me cada vez com mais vontade de colar os meus lábios nos dele. Quando nossas bocas se encontraram, Leandro continuou a fazer tudo lentamente. Um beijo bem suave. Parecia estar provando o gosto da minha boca.

Meu Deus! Leandro conseguia me surpreender a cada beijo. Era um mais gostoso que o outro.

Liberou minha mão enquanto continuava a me beijar e foi fazendo carinho no meu braço, no meu ombro, no meu rosto...

— Acho melhor a gente ir... — Parou de repente.

— O que aconteceu?

— Não consigo me segurar. Estou com muita vontade de te beijar com mais intensidade, mas da última vez você ficou assustada. Não quero fazer nada que você não goste.

Ohm! Ele não é um fofo?!

— Você não faz nada que eu não goste. Muito pelo contrário! E aquele beijo não foi ruim, longe disso. Só que é "quente" demais — fiz aspas com os dedos e terminei a frase rindo.

— Pois é. Melhor a gente ir logo encontrar o pessoal, né?!

Hum! Bem que eu queria mais um beijo.

— É, é melhor! — respondi e não me mexi.

Leandro riu e se aproximou de mim mais uma vez.

— Ah... Dona Camilinha! É difícil demais resistir a você, sabia?

Beijou o meu pescoço.

— E esse perfume? Ai, ai, ai. Será que você não poderia ser menos perfeitinha?

Suspirou perto da minha orelha, me deixando daquele jeito que você já sabe. E então, me beijou. Um beijo não tão lento como o primeiro, mas tão gostoso quanto. Não queria parar de beijar. Poderia ter aqueles lábios nos meus para sempre.

Depois daqueles beijos maravilhosos, achamos melhor ir ao encontro dos nossos amigos, que já deviam estar sentados, esperando por nós.

Adorava caminhar de mãos dadas com o Leandro. Enquanto nos dirigíamos para o barzinho, fomos comentando sobre as pessoas que passavam e morríamos de rir. O Lê era muito divertido.

O clima do bar era delicioso. Velinhas nas mesas e um casal cantando MPB davam uma atmosfera bem romântica ao lugar. No início, todo mundo ficou relembrando e conversando sobre as coisas engraçadas e legais que já tinham acontecido naquelas férias. Conforme o tempo foi passando, fui ficando mais e mais quieta. Faltava tão pouco para tudo aquilo acabar. Aquele pensamento me entristeceu.

— Ei... Que carinha é essa? — Leandro perguntou, quando percebeu que eu estava silenciosa.

— Sempre fico triste quando lembro que isso tudo está acabando.

— Fica não! Vamos pensar pelo lado bom. Apesar da distância, temos a internet e podemos nos falar sempre, via Skype.

Viva a tecnologia!

— Isso é verdade — concordei.

— Depois podemos marcar de você conhecer Goiânia. Também quero conhecer melhor o Rio de Janeiro.

— Jura?

— Claro! Se você quiser me visitar e se me aceitar na sua casa, vamos poder marcar nossos reencontros — disse, retribuindo o beliscão na bunda.

— Ai garoto! Vou cobrar essa promessa, hein?! — Fiquei mais feliz com aquela possibilidade.

— Então, essa não vai ser uma despedida. Ainda vamos voltar a nos ver. — Leandro fez um carinho no meu rosto com as costas da mão. — E espero que seja em breve, *muuuito* em breve.

Fiquei satisfeita com aquela ideia. Mesmo estando tão longe um do outro, ainda poderíamos continuar nos falando. Não seria a mesma coisa, pois infelizmente ainda não inventaram uma maneira de você conseguir tocar em uma pessoa do outro lado do monitor. Se essa invenção já fosse possível...

Falar pela internet não seria suficiente. Iria morrer de saudades daqueles beijos e daqueles abraços tão gostosos. Mas pelo menos seria uma maneira de continuar tendo contato com aquele menino que tinha feito com que as minhas férias de verão fossem AS FÉRIAS!

Depois de ver que eu estava mais alegre, Leandro me beijou com vontade. Muita vontade. Sem a mínima disposição de ir embora, como sempre, acabamos ficando no barzinho até quase o dia amanhecer. Que vontade de... *Camila, segura a onda!*

12 de janeiro (pra mim, são 12 ainda!!!)

— Está acabando —

Já são seis e meia da manhã, acabei de chegar. Minha mãe não reclamou. Dá pra acreditar?! Nunca cheguei em casa tão tarde como hoje!

O dia foi bem especial, mas passou voando!! Fiquei com o Leandro o dia inteiro, mesmo assim parece que não foi tempo suficiente para saciar a vontade de ficar ao lado dele. Poderia ter ficado muito mais.

E o que são aqueles beijos?! Ai, ai, ai!

Nunca fiquei com tanta vontade de mandar os limites para o inferno!!!

— Camila, o que você ainda está fazendo acordada? Vem dormir, menina!

Estava demorando!!! Agora sim, reconheço a minha mãe.

Fechei a minha agenda, apaguei as luzes e apaguei.

Capítulo 19

♥

Confesso que estou... apaixonada!

MILA,

TENTAMOS FAZER DE TUDO PARA TE ACORDAR, MAS VOCÊ PARECIA UMA PEDRA DORMINDO. ESTAMOS NA PISCINA COM OS MENINOS. LEANDRO TAMBÉM ESTÁ COM A GENTE. NOSSOS PAIS FORAM FAZER COMPRAS.

NÃO DEMORA! COLOCA LOGO O BIQUÍNI.

SEU NAMORADINHO ESTÁ AQUI PERTURBANDO, MANDANDO ESCREVER QUE VOCÊ FICA LINDINHA DEMAIS DORMINDO COM ESSE PIJAMA CHEIO DE CARNEIRINHOS. HAHAHAHAHAHA! DESCULPA, MILA! MAS ELE APROVEITOU QUE DEIXAMOS A PORTA ABERTA E ENTROU NO QUARTO PARA TENTAR TE CHAMAR.

ESTAMOS TE ESPERANDO!

BEIJOS, GISELA!

PS: ESSE PIJAMA É MESMO UMA FOFURA!

Acordei e encontrei o bilhete da Gi pregado na geladeira.

Nunca mais durmo com esses pijamas de bichinhos. Já falei isso com a minha mãe mais de mil vezes. Sempre dou o exemplo do incêndio: se o prédio pegar fogo, imagina ter que descer assim?! Mas parece que a minha mãe, como sempre, não percebe a gravidade da situação.

Ok. Nunca houve um incêndio, graças a Deus, mas saber que o Leandro entrou no quarto e me viu com esses malditos carneirinhos queimou meu filme.

Para compensar a visão que ele teve de mim, resolvi estrear o meu biquíni mais sexy (estava estrategicamente escondido no fundo da mala) e prender o cabelo meio de lado, de um jeito que todas as minhas amigas acham um verdadeiro charme.

Olhei a minha imagem refletida no espelho.

Nada mal! Espero que possa apagar aqueles carneirinhos da cabeça do Leandro.

Todos estavam deitados nas espreguiçadeiras quando cheguei. Não tinha mais nenhuma sobrando. Fui logo tirando minha saída de praia.

— Qué qué isso?!? Deita aqui comigo! — Pasmo, Leandro ofereceu, chegando um pouquinho para o lado. — Você está uma de... deusa!

— Obrigada! — Agradeci e sorri.

De... o quê? Será que ele ia dizer delícia ou devassa?

Deitei ao lado dele e nos beijamos. *O que confesso ter sido uma sensação beeem diferente!* Encostei a minha cabeça no peito do Leandro e tive vontade de ficar ali para sempre.

— Você é tão bonitinha dormindo! Parecia uma garotinha com aquele pijama de carneirinhos.

Ah, não! Droga! Droga! Droga!

Continuei com a cabeça no peito do Leandro, sem coragem de olhar para cima.

É vergonha demais para uma pessoa só: saber que o garoto que você gosta te viu com um pijama de bichinhos!

— Acho que vou mergulhar — cortei, procurando mudar logo de assunto.

Tirei os óculos escuros e percebi que o olhar do Leandro ficou fixo em minhas coxas.

— Você tem um corpo lindo demais! — elogiou. — Tá malhando muito?

— Que nada! Quase não malho, minha mãe acha que ainda sou muito nova para fazer academia.

— E como você faz para ter esse corpo todo?! Sabia que muitas meninas passam horas na academia para ficar com as pernas e o abdômen assim?

Dei uma risada com o comentário.

— Nada de especial. Mas também não paro em casa. Caminho na praia todos os dias com as minhas amigas, pratico esportes, ando de patins no calçadão... Acho que todos esses exercícios devem ajudar. Mas não faço por obrigação, faço por lazer — expliquei.

— É isso aí! Você é toda linda mesmo! — Riu e levantou rápido, me jogando junto com ele na piscina.

Mais uma vez passamos o dia inteiro colados. Inventamos várias brincadeiras na água e, quando todos paravam para descansar, aproveitávamos para namorar mais um pouquinho.

— Você vai querer ir para a Rua das Pedras de novo, com todo mundo? — Leandro me perguntou no fim da tarde, de uma maneira que parecia que tinha outros planos.

— Sei lá. Você tem uma sugestão melhor? — Sorri para ele.

— Estava pensando em curtir só você, hoje. Já passamos o dia inteiro com eles aqui na piscina e nos últimos dias também saímos juntos. Como só temos mais duas noites, queria ficar só com você! A gente podia ficar aqui mesmo e vir para a piscina mais tarde, ficar escutando música, conversando e vendo as estrelas cadentes. O que acha do meu plano?

— Perfeito! Combinadíssimo!

— E se eles decidirem ficar, aí nós vamos para a Rua das Pedras.

— Será que eles não vão ficar chateados? — perguntei.

— Ah, Mila! A gente explica que é porque queremos ficar sozinhos. Quero curtir um pouquinho só você. Poder conversar sem interrupções, poder dar beijos nessa boquinha gostosa, do jeito que eu quiser.

— Então tá, né!

Como combinado, Leandro entregou a chave do carro para que o Tadeu pudesse dirigir e os quatro foram para a Rua das Pedras. Coloquei um short jeans e uma regatinha branca flamê e fui para a varanda.

Quando vi o Leandro caminhando pela rua, na minha direção, senti as minhas pernas ficarem bambas. Ele estava mais lindo do que nunca. Todo bronzeado, com uma camiseta preta pendurada no ombro e uma bermuda branca de linho bem soltinha. O cabelo ainda estava um pouco molhado e, quando chegou perto, estremeci com aquele perfume delicioso.

— Vamos? — Me deu a mão. — O que você acha de sentarmos no mesmo lugar em que demos o nosso primeiro beijo, antes de irmos para o bar da piscina?

Concordei.

Sentamos na arquibancada e ficamos por alguns minutos em silêncio.

— Quer brincar de...

— De jogo da verdade? — Dei uma risada.

— Foi assim que tudo isso começou! — Leandro pareceu pensativo. — Não sinto como se tivesse te conhecido esse ano, parece que te conheço desde sempre.

Ohm!! Lindo, lindo, lindo! Como não ficar apaixonada?

— Também acho! Quem começa?

— Claro que sou eu! — Leandro deu um sorriso escancarado. — Está pronta?

— Prontíssima — respondi, toda confiante.

— Qual foi a melhor coisa que você viveu durante essas férias?

— Te conhecer — respondi na lata. Afinal, não tinha dúvida alguma de que aquela havia sido a melhor coisa que aconteceu em toda a minha vida.

— Hum! Lindinha. — Fez um carinho no meu rosto. — Sua vez de perguntar, lembrando que não vale repetir pergunta, hein?

Parei para pensar. *Por que era tão difícil fazer uma pergunta?*

— Em algum momento você se arrependeu por ter ficado com uma menina mais nova que você? Uma "menininha", como você mesmo diz, de 15 aninhos?

— Não! Claro que não! Você é linda, gente boa, inteligente, com um corpo de dar inveja a qualquer outra mulher... e beija demais! Como você pode pensar que um garoto pode se arrepender de ficar com você?!

Dei um sorriso tímido com todos aqueles elogios. Leandro ficou me olhando por algum tempo e avisou que faria a próxima pergunta.

— Quando o Rafael estava aqui, você ficou balançada em algum momento?

Ai, meu Deus! Por que ele fez aquela pergunta? Pensei que o Leandro já nem lembrava mais da presença do Rafael, assim como eu fiz questão de ignorar aquela lembrança.

Acorda, Camila! Responde logo! Quer que ele pense que você precisou de tempo para se decidir se ficou balançada ou não?

— Não. Balançada, não! Mas confesso que foi bem esquisito. Sei lá!

— Esquisito?!

Droga, Camila! Você tinha que ter aberto a boca para falar demais?

— Não sei se esquisito é a palavra certa. Mas foi estranho encontrar com ele em Búzios.

— Você sentiu alguma coisa?

— Claro que não, Lê! Com você do meu lado, como poderia sentir alguma coisa por um menino que nunca fez questão de falar comigo, que sempre me esnobou? Um garoto com quem não tenho a menor intimidade? Lógico que não senti nada.

Não estava mentindo, estava? Não precisava falar para o Leandro que fiquei nervosa com aqueles olhares. Afinal, qualquer garoto que me encarasse do jeito que o Rafael me encarou me deixaria nervosa. Certo?

Antes que o Leandro pensasse em insistir naquele assunto, resolvi fazer logo a minha pergunta.

— O que você sente quando damos aqueles beijos mais intensos e demorados?

Leandro olhou para mim um pouco constrangido e deu um sorriso torto.

— Isso é pergunta que se faça, dona Camila?! — Olhou para cima, procurando uma resposta. — É difícil de explicar. Sinto apenas coisas boas. Tenho vontade de continuar beijando, mas sinto que preciso me conter. Tenho medo de perder um pouco o controle, pois os seus beijos são muito bons. Apesar de ser novinha, você sabe, né?! — Riu, nervoso. — Esses beijos sempre dão vontade de ir mais além. Dá vontade de fazer carinho em outras partes do corpo, sem ser nas costas, rosto e pescoço... — Mais uma risada nervosa. — Dá vontade de abraçar mais apertado... — Suspirou. — Bom, é isso! Você conseguiu me deixar com vergonha pela primeira vez, mas falei a verdade.

Ele com vergonha?! Pela primeira vez fiquei com vergonha pela resposta de outra pessoa.

Ai, ai, ai!

Sorri, sentindo as minhas bochechas esquentarem.

— Você me deixou tão nervoso com essa pergunta que até esqueci que era a minha vez de deixar você sem graça. Bom, vamos lá!

O que será que ele vai perguntar?

Medo, medo, medo, meeedooo!

— O que você sente quando faço isso com você? — Leandro levantou o meu cabelo e deu um beijo molhado no meu pescoço, pertinho da orelha.

E agora? O que respondo?

— Isso não vale — toda arrepiada, tentei ganhar tempo. — Você está repetindo a minha pergunta.

— Não estou, não! Você perguntou o que sinto quando nos beijamos. Agora, estou querendo saber o que você sente quando toco minha língua no seu pescoço.

Suspirei.

— Sinto meu corpo inteiro ficar arrepiado e sinto vontade de me deixar levar um pouco mais. De deixar você fazer o que disse na resposta anterior. — Dei uma gargalhada bem nervosa.

Esse jogo já foi mais inocente!

— Hum! Gostei da resposta! — Leandro deu mais um sorriso torto. — Sua vez!

Acho que é melhor parar com esse tipo de pergunta, né?!

Mmmmmm!

Ou não!

— Você já... — *Ai, meu Deus!!!!! Não acredito que estou perguntando isso!*

— Já...?! Isso não é pergunta! O que você quer saber?!

— Se você já foi além dos limites com alguém.

Leandro riu.

Ai, Camila! Sua mula! O menino já tem 19 anos, já passou para a faculdade, já deve ter tido várias namoradas, vários casinhos. E você faz essa pergunta?

— Já! Já namorei sério duas vezes. Tive uma namorada com quem fiquei quase três anos, mas éramos muito novinhos, terminamos quando eu estava com 16 anos. Fizemos tudo o que disse na resposta anterior — deu uma risada —, só não... Mas logo depois disso, com 17, namorei uma menina mais velha e ela me ensinou o que acontecia quando não controlamos os nossos limites. — Mais risadas.

Duas namoradas?

Será que eram bonitas? Feias? Quanto tempo ele namorou essa segunda?

Droga! Estou com ciúmes!

— Agora é a minha vez — Leandro disse, com uma malícia no rosto que me preocupou.

E esse sorriso? Aposto que vai vir A PERGUNTA! Acho que vou dizer que estou tonta e que não quero mais brincar.

— Está preparada? — perguntou.

Vou colocar a mão na cabeça e dizer que a minha pressão está baixa. Precisamos interromper a brincadeira e...

— Se eu morasse no Rio de Janeiro, você acha que a gente daria certo juntos e gostaria que fosse comigo a sua primeira vez?

Ai! Posso desmaiar agora?

Tossi, tentando me livrar do engasgo.

— Nossa, Leandro! Que pergunta!

— Nem vem, Camilinha! As suas foram piores! É só uma curiosidade.

— Não sei o que dizer. Acredito que as chances de namorarmos seriam enormes. Com certeza! Mas quanto ao resto... Não tenho a menor ideia. Não vou dizer que essas coisas não passam pela minha cabeça. É lógico que passam! Mas acho que preciso esperar um bom tempo até chegar o momento certo.

— É muito linda mesmo, né?! Você está mais do que certa. Tem muitas meninas da sua idade ou até mais novas que não esperam e já querem viver uma experiência atrás da outra. Acho que você tem que conservar isso sempre na sua cabeça. Não importa o que falem, só faça as coisas quando se sentir realmente preparada — aconselhou e me beijou.

Chega desse tipo de pergunta! Vamos voltar ao jogo inocente.

— É isso mesmo o que eu penso. E, pensando dessa forma, respondendo melhor à sua pergunta anterior, se a gente estivesse namorando e se eu fosse, por exemplo, da sua idade, gostaria muito que fosse com você.

Camilaaaaaa!

Não dá para acreditar! Ele já havia aceitado sua resposta anterior. Para que você foi botar mais lenha na fogueira?

Leandro abriu um sorriso gigantesco.

— Gostei da resposta! Mesmo com essas bochechas vermelhas, você foi bem sincera e corajosa. — Fez um carinho no meu rosto. — Sua vez de mandar a bomba.

Agora sim! Inocente, inocente!

Vamos lá!

— Você vai sentir a minha falta?

Credo! Que pergunta mais sem graça!

— Nossa, Mila! Gastou pergunta de bobeira, hein?! É lógico que eu vou sentir a sua falta. No voo de volta para casa, não vou parar de pensar em você, no seu sorriso lindo, no seu corpo perfeito, na sua boca maravilhosa, na sua voz doce. Vai ser bem difícil esse início de vida normal. Mas você pode ter a certeza de que não vou me esquecer de nada do que vivemos aqui. Sou mais velho, mais experiente, mas isso não significa que certas pessoas, ou certas experiências, não durem para sempre. Você foi uma princesinha que encontrei nessas férias. Quando vim para cá, estava imaginando que iria curtir tudo! Queria sair todos os dias, conhecer várias garotas. Mas aí você apareceu logo nos primeiros dias que cheguei e mudou todos os meus planos. Não me arrependo de nada. Foi muito bom namorar você neste verão.

Senti os meus olhos arderem.

Segura essas lágrimas! Não deixa nenhuma cair.

Ohm! Mas foi tão fofo tudo o que ele disse.

Segura!

— Estava esquecendo de falar sobre esses seus olhos. — Segurou meu rosto e levantou um pouco o meu queixo. — Você expressa tudo o que está sentindo por eles e isso é tão bonito…

— Vou sentir demais a sua ausência na minha vida! — revelei, com um nó na garganta.

Nós nos abraçamos e depois nos beijamos. Não queria acreditar que só faltavam mais duas noites para que todo aquele sonho terminasse.

— Vamos comer uma coisinha? — Leandro sugeriu enquanto me enchia de carinhos. — Continuamos com a brincadeira mais tarde.

Concordei. Andamos até o bar da piscina e escolhemos nossos lanches. Sentamos nas cadeiras de sol e ficamos por muito tempo em silêncio, ouvindo o músico cantar. Depois, voltamos a conversar sobre o que faríamos nas semanas seguintes. Os preparativos para a escola e para a faculdade. Os preparativos para a rotina que já recomeçava no final do mês que vem.

— Camila! — Levei um baita susto com a voz da minha mãe. — Oi, Leandro! Tudo bem?

— Oi, tia!

— Olha só, crianças! Está na hora de voltar para casa. As meninas já voltaram, só falta você, Mila! Leandro, seus amigos também já chegaram.

— Já estamos indo, mãe! Pode ir para casa que no máximo em meia hora vou estar lá.

— Ok. Meia hora, hein, Leandro?! E veste essa camisa, espertinho.

— Pode deixar, tia! Pode deixar.

Esperamos que a minha mãe fosse embora para que a gente levantasse. Não queria voltar para casa. Não queria que aquele momento chegasse ao fim.

Droga!

— Vamos andando? — convidou Leandro. Concordei em silêncio.

No meio do caminho, ele me segurou pelo braço. Paramos no mesmo murinho em que ficamos nos beijando, no outro dia. Mais uma vez, ele me ajudou a sentar e ficou parado na minha frente, na mesma altura que eu.

— Sabe, Mila, amanhã talvez a gente não consiga conversar muito nem se despedir de verdade. É claro que vamos ficar juntos, mas talvez não seja como hoje. Amanhã o clima vai estar diferente. Acho que todos nós vamos estar mais tristes, desanimados, querendo aproveitar cada segundo! Por isso, quis ficar a sós com você essa noite. Para poder conversar, brincar, beijar. Porque, se não fizéssemos isso, amanhã seria uma despedida ainda pior.

— Obrigada, Lê! Essa noite vai ficar guardada para sempre na minha memória. Você foi a experiência mais perto que já tive de um namorado, até hoje. Antes de você, só havia ficado com sete meninos e sem repetir nenhuma vez.

Leandro riu.

— Mila, já que estamos abrindo os nossos corações... — ele deu uma risada —, que coisa brega acabei de falar! Mas enfim... Já que estamos conversando, queria te dar um conselho.

— Conselho?

— É. Não sou o cara mais experiente do mundo, mas, como você é especial, acho que posso te dizer algumas palavras. Vamos lá... Você é uma menina linda! E precisa acreditar nisso. Quando li a sua agenda e também pelo pouco que me contou sobre o Rafael, fiquei um pouco chateado por saber que você entrega o seu coração rápido demais. Isso não é bom, pois você pode se magoar. — Deu um sorriso amigo. — Não estou falando isso por ter ciúmes dele, mas porque não quero que você se decepcione ou que fique triste por alguém que não te merece.

Ohm!! Preciso arrumar uma mala gigante para levar o Leandro para a minha casa.

— Muito obrigada, Lê! É uma pena que, quando encontro o meu príncipe encantado, ele mora longe, bem longe — eu disse, olhando nos olhos dele.

— É uma pena mesmo! Queria muito morar perto de você. — Me deu um beijo na testa. — Mas, sobre o Rafael, o que quero dizer é que você precisa ir devagar. Não se envolve só porque o cara é bonito. Se você sentir vontade de ficar, fica. Mas não se apaixona antes de conversar, de saber mais sobre ele. Não quero te ver magoada por causa de garoto nenhum. Você é uma pessoa incrível e merece o melhor, sempre.

Oi? Do que ele está falando?

— Ãh? — perguntei, franzindo a testa.

— Mila, infelizmente, não posso desejar que você não conheça mais ninguém até a gente se reencontrar. Espero, de verdade, que a gente possa se ver em breve. Mas não posso te pedir para ficar pensando apenas em mim, me esperando. Isso seria de um egoísmo monstruoso. Você vai voltar para a sua rotina, vai viver coisas novas e vai voltar a se apaixonar inúmeras vezes. O que posso te pedir é para que nunca se esqueça desses momentos que vivemos aqui. Quero poder sempre fazer parte da sua história e das suas lembranças — falou e retirou a pedrinha Camila do bolso.

Não quero me despedir! Tudo isso vai doer demais.

— Também espero o mesmo de você. Mesmo não sendo o seu primeiro amor de verão, espero que de alguma maneira tenha marcado o meu lugar na sua vida e no seu coração. Vou gostar de saber que um dia, lá na frente, nós dois já adultos, você vai estar parado, olhando para o céu, e vai ver o Cruzeiro do Sul, ou uma estrela cadente e vai se lembrar de mim.

Leandro se aproximou e me deu um beijo, único, diferente de todos os beijos. Era suave e intenso ao mesmo tempo. Doce e quente. Gentil e vigoroso. Senti todos os músculos do meu corpo reagirem ao toque dele na minha pele. Senti meu coração dar pulos com aquele abraço. Senti um nó no estômago de tanto nervosismo com todas aquelas sensações. Mas não queria parar de sentir. Só um pouco mais... não seria problema algum.

Quando Leandro afastou a boca, segurei no pescoço dele com carinho e voltei a beijá-lo. Nosso abraço ficou um pouco mais apertado, e o beijo, ainda mais intenso. Quando o beijei no pescoço, ele colocou as mãos por debaixo da minha blusa para acariciar as minhas costas. Fiquei *daquele jeito* quando senti as mãos fortes dele no fecho do meu sutiã. Leandro beijou o meu pescoço e me senti como se estivesse em outra dimensão.

As mãos dele caminharam um pouco mais pelas minhas costas e chegaram bem próximas da linha da minha cintura. Enquanto nos beijávamos intensamente mais uma vez, uma das mãos desceu um pouco mais e pousou no bolso do meu short, ficando ali por não mais que alguns segundos.

Quando o beijo foi perdendo força, Leandro acariciou a minha cintura e ficou com as mãos ali. Pregadas. Como se não fosse permitido mais nenhum passeio.

— Acho que deixamos esquentar um pouco demais — observou, me olhando nos olhos com um sorriso tranquilo no rosto. — Você é de outro mundo! Te quero!

Engoli em seco! Ele disse que me quer! Ele me quer!

— Obrigada por ter feito com que as minhas férias fossem maravilhosas e inesquecíveis. Também te quero... um dia!

Capítulo 20

♥

As amizades de verão

♥

Acordei com uma sensação esquisita. Hoje é o último dia das minhas férias de verão. Amanhã sairemos bem cedinho.

Antes, eu não queria viajar, não queria ficar amiga da Juliana, não queria deixar de pensar no Rafael. Agora, tudo está diferente.

A Juliana não é uma menina-sem-graça-e-sem-sal, me senti até mal de ter pensado daquela forma. Em momento algum foi chata ou desagradável. Aprendi uma lição. Mais uma! Viajar com os meus pais não está sendo ruim e ficar longe da minha vidinha de sempre está sendo uma experiência maravilhosa.

Adorei conhecer cada lugar novo que visitei, aquelas pessoas e, principalmente, o Leandro. Nada parecido havia acontecido comigo até então. Viver essa experiência está mudando muita coisa dentro de mim. O ruim é pensar que chegou o último dia.

— Vamos para a praia, Camila?

— Não quero, mãe!

— Por quê?

— Vou ficar aqui na piscina mesmo.

— A Juliana e a Gisela também vão com a gente.

— Mas eu não quero ir — disse, secamente.

— Você que sabe. Amanhã vamos embora bem cedo, hoje é o último dia para aproveitar.

— Por isso mesmo quero ficar aqui.

Minha mãe me olhou e percebeu que ali existia um problema. Até aquele momento ela não havia percebido como o Leandro estava sendo importante para mim e como eu o adorava. Ela sabia que eu estava encantada, mas não pensou que fosse tão sério assim.

— Essa tristeza toda é por causa do Leandro?

— Não só por causa dele. Adorei o Cris e o Tadeu também. Vou sentir saudades.

— Mas sentir saudade não é uma coisa ruim.

— Depende.

— Vocês podem marcar muitas coisas. Vão continuar se falando pela internet. Não fica assim, minha flor.

— Falar é fácil, mãe.

Era verdade. Não seria apenas do Leandro que eu iria sentir falta.

— Tudo bem, pode ficar, então! Juízo, hein?!

— Tá, mãe. Vou lá para a piscina.

— Toma seu café da manhã antes.

— Não estou com um pingo de fome.

— Come pelo menos uma fruta.

Peguei uma banana para não ter que ficar ouvindo minha mãe falar, mas joguei fora no primeiro lixo do condomínio. Eu estava triste, sentindo muito frio na barriga. *Que sensação estranha.* Parecia que a qualquer momento eu ia começar a chorar.

Já na piscina, olhei para todos os lados e não vi sinal dos meninos. Puxei a espreguiçadeira e deitei. Fechei os olhos, procurei relaxar para ver se aquela sensação de agonia saía de dentro de mim.

Não. Não saía de jeito nenhum, não conseguia me concentrar em nada. Meus pensamentos iam e vinham, davam voltas e terminavam no mesmo lugar: Goiânia X Rio de Janeiro.

— O que a carioca mais linda do Brasil está fazendo sozinha na piscina?

Abri os olhos, Leandro estava parado bem na minha frente.

— Nada. Tentando relaxar.

— Acabei de ver os seus pais saindo. Eu também estava indo para a praia, mas sua mãe me disse que você não iria.

— Pois é.

— Ela também disse que você está tristinha.

— Só um pouco — confessei.

— Não fi... Camila! — Leandro tentou uma piadinha para me fazer sorrir.

— Bobo. Não estou triste, só um pouco desanimada porque as férias acabaram.

— Ah... E eu achando que era porque você sentiria a minha falta.

Dei uma risada.

— É claro que é por isso. Saudade é muito ruim — eu disse, fazendo um bico.

— Mas ainda estamos aqui, vamos aproveitar ou vamos curtir tristeza?

— Aproveitar — falei, esboçando um sorrisinho.

Antes que eu pudesse me ajeitar na espreguiçadeira de novo, Leandro me pegou no colo e saiu correndo comigo na direção da piscina. Quando me dei conta, já estava dentro da água. Comecei a rir e o Leandro me beijou. Um beijo longo e delicioso.

— Já que não fomos para a praia, que tal sair para almoçar?

— Sair do condomínio?

— É. Só eu e você. Topa?

— Topo!

Ficamos pegando sol até a hora do almoço. Passei em casa para tomar uma chuveirada e me arrumar. Quando fui para a varanda ver se o Leandro já estava pronto, levei um susto, pois não esperava que ele já estivesse ali, sentado no murinho, me esperando.

— Você se assusta fácil, hein?

— Não esperava te encontrar no *nosso* murinho.

— Já havia batido, mas acho que você não ouviu.

— Não ouvi mesmo. Desculpa!

— Vamos? — Segurou a minha mão.

— Vamos que eu estou faminta.

Pegamos um táxi e fomos para a Rua das Pedras. Caminhamos pela Orla Bardot e escolhemos um dos restaurantes mais famosos de Búzios, o Bar do Zé, de frente para o mar, e sentamos na varanda. Era nosso último almoço juntos. Leandro escolheu um bobó de camarão, delicioso.

Ai, meu Deus! Os camarões suculentos me perseguiam por Búzios!

Ficamos conversando mesmo depois da sobremesa.

— Caramba! Nem vi o tempo passar. Será que os seus pais estão preocupados com você? — Leandro perguntou, um pouco aflito.

— Por quê?

— Porque eles já devem ter chegado.

— Deixei um bilhete — expliquei, com um sorriso no rosto.

— Ah... gatinha esperta!

— Lindo!

— Já que você deixou um bilhete, antes de irmos embora, podemos dar uma volta pela orla, né? O que você acha? Vamos tirar umas fotos com a Brigitte Bardot e com os Pescadores?

— Vamos.

— A gente aproveita e passa em frente ao ponto de táxi e deixa um carro agendado para nossa volta.

— Ah... gatinho esperto! — devolvi.

— Lindona!

Depois de várias fotos ao lado da estátua, andamos na areia e sentamos em um barquinho que estava ancorado em frente às estátuas em homenagem aos pescadores. De lá, vimos um pôr do sol maravilhoso. Leandro me abraçou, fiquei com a cabeça encostada no ombro dele. Não me sentia mais tão criança quanto antes. Aquela experiência e aqueles sentimentos tinham me deixado, sem dúvida, mais madura, mais mulher.

Depois que o sol se escondeu completamente atrás de uma montanha, saímos de mãos dadas e fomos andando na direção do ponto.

— Entra e espera aí, tá? — Leandro pediu, enquanto abria a porta para mim.

— O que você vai fazer?

— Surpresa.

Não sabia o que ele pretendia, mas fiquei tentando descobrir. De dentro do táxi, acabei perdendo o Lê de vista.

— Não poderia ir embora sem te dar um presente — ele disse surgindo na janela.

Não acreditei. Leandro segurava uma caixinha de presente com alguma coisa pequena lá dentro. Saí do carro e pulei no pescoço dele, com as pernas encolhidas, e o abracei. Ele deu uns três giros de 360 graus.

— Você ainda nem sabe se vai gostar e já está feliz desse jeito?

— Não preciso nem saber o que é. Já adorei.

— Abre e vê se você gosta.

Abri a caixinha e dentro havia dois brinquinhos em formato de coração. Lindos! Bem delicados.

— Lê!!!

— Gostou?

— Amei! Vou usar todos os dias.

— Usa mesmo, para você se lembrar de que o seu coração já tem um dono.

Comecei a rir.

— Viu? Nós nos despedimos ontem, mas conseguimos passar mais um dia inteiro juntos — Leandro disse, passando as mãos pelos meus cabelos.

— Você não existe!

— Sei que já te disse isso antes, mas não custa repetir. Gostei demais de te conhecer, viu, carioca? — Olhou fundo nos meus olhos.

— Eu também. Pena que passou tão rápido.

— É verdade. Tudo o que é bom não dura para sempre. Não é isso o que as pessoas costumam dizer?

— É. E, como diz a música, "o pra sempre sempre acaba".

— Nosso caso de amor nunca vai acabar. Vamos continuar nos falando e vamos marcar as nossas visitas! Isso é uma promessa — enfatizou apertando a minha mão.

— Fechado!

O taxista ligou o carro e meu coração acelerou. Sabia que o relógio iria passar cada vez mais rápido. Logo, logo as minhas férias de verão estariam chegando ao fim.

Antes de descer do carro, Leandro me puxou.

— Como vamos fazer hoje?

— O quê?

— Vamos ficar por aqui? Fazer uma despedida com todo mundo? — perguntou.

— Você que manda — respondi, com o coração partido.

— Show. Daqui a pouco passo aqui e vamos para o barzinho da piscina.

— Tá.

Desembarcamos e fiquei olhando o Leandro passar por todas as casas até entrar. Acenei.

— Caramba, Camila! Já estava preocupada.

— Você não viu o bilhete, mãe?

— Vi.

— E por que ficou preocupada?

— Porque no bilhete você disse que tinha ido almoçar.

— E daí?

— Já olhou para o céu? Era almoço ou jantar? Fiquei preocupada.

— Sem motivo. Já estou aqui.

Fui para o quarto e chamei a Juliana e a Gi para fofocar.

— Olha o que o Leandro me deu.

As meninas ficaram bobas quando viram o presente e não pararam de falar que era lindo, divino, maravilhoso etc.

— Conta tudo!

— Tenho muita coisa pra contar. Acho que vai ter que ficar pra depois daqui. Quando voltarmos pro Rio, podemos marcar uma moqueca regada a fofocas! O que acham? — falei, agitadíssima.

— Adorei a ideia — respondeu Gisela, animada.

— Ai, gente! Essa despedida vai ser horrível, né?! Como vocês estão se sentindo? Não estão tristes?

— Claro, Mila! O Tadeu vai me fazer muita falta. Sempre vou me lembrar daquele jeitinho dele, da maneira como ele faz todo mundo rir.

— E eu vou sentir falta do... — Juliana engoliu o choro.

— Muito ruim, né? Bem que eles podiam morar no Rio — falei, com a voz trêmula.

— É verdade. Despedidas são sempre ruins. Eu e a Gi conversamos bastante sobre isso antes de você chegar. Essas férias foram AS FÉRIAS! — Juliana era, de fato, outra pessoa.

— Foram mesmo!

— O bom é que nós três moramos perto e nossa amizade será cada vez maior. Estivemos juntas no melhor verão das nossas vidas.

— Insuperável!!! — Concordei com a Juliana e batemos as palmas das mãos bem no alto e depois demos um abraçaço triplo.

— Só ganhamos coisas boas.

A Gi tinha razão. Muitas coisas boas aconteceram.

— Meninas, seus namoradinhos estão na varanda.

Começamos a rir com o aviso da tia Tatiana e saímos do quarto.

No barzinho da piscina, fizemos uma roda com as espreguiçadeiras. Cada casal dividiu uma.

— Vocês podem combinar de irem juntas para Goiânia — sugeriu Leandro, olhando para as meninas enquanto estava abraçado comigo.

— Podemos. Vamos combinar e ver como convencer os nossos pais. A gente vai falando com vocês pelo Skype — respondeu Gisela, dando um beijinho no Tadeu.

Conversamos e rimos durante toda a noite. Os casais estavam em sintonia e era fácil ficar daquele jeito, por muito tempo.

Enquanto o papo rolava, olhei para o céu, esperei uma nuvem imensa passar e encontrei o Cruzeiro do Sul. Ri sozinha, sabendo que nunca iria me esquecer daquelas férias, principalmente quando olhasse para o céu. Parecendo saber exatamente o que eu estava pensando, Leandro me abraçou com ternura. O tempo estava virando.

Eram quase quatro da manhã, vimos que já estava na hora de nos despedirmos. Falei com o Tadeu e com o Cristiano e pedi para que eles ficassem de olho no Leandro por mim.

— Pode deixar. Leandro não vai mais olhar para nenhuma mulher. Vou fazer o meu amigo se mudar para o Rio de Janeiro... desde que eu vá junto, claro.

Rimos com o comentário do Tadeu. Era fácil gostar dele, assim como era fácil gostar da Gi. Se eles morassem perto, formariam um casal perfeito. O mesmo acontecia com a Juliana e o Cris.

— Minha linda, vem cá me dar um chamego. — Leandro me levantou, ventava horrores.

Senti meu coração acelerar e os meus olhos começaram a arder. Não queria chorar, fiquei com medo de parecer boba, infantil ou apaixonadinha demais. Mas foi impossível controlar as lágrimas.

— Você é linda. Adorei te conhecer e não vou te esquecer, nunca. Pode ter certeza disso. — Leandro secou os meus olhos.

— Vou sentir tanto a sua falta... — eu disse, mordendo o braço dele.

— Au! Eu também. Muita falta desse sorriso e desses beijos. Dessa mordida, não! Ainda dá tempo de fugir. Vamos pra Goiânia comigo?!

— Se você me chamar de novo, vou acabar indo.

— Parrrtiu, então. Já é!!! — falou, imitando sotaque de carioca.

— Seu louco!

Paramos de falar, nos abraçamos mais forte e nos beijamos.

Ah... Aquele beijo!

— Camila, vamos! Tá ventando demais.

Olhei para a Gi e para a Ju, elas já estavam andando na direção da nossa casa, lutando contra o vento. Voltei a abraçar o Leandro.

— Te adoro, viu?

— Também te adoro, minha menininha linda!

E, para a minha maior tristeza, demos o nosso último beijo.

A despedida foi massacrante. Quando finalmente nos separamos, fiquei parada com a Gi e a Ju esperando os meninos andarem até a casa deles. Acenamos.

Senti, mais uma vez, aquele frio na barriga. Não, na verdade, meu corpo inteiro estava congelado. Não consegui mais segurar o choro. Doía demais aquele adeus.

14 de janeiro (vou riscar o 15 da minha agenda)

— A despedida —

Acabei de me despedir do Leandro. Foi péssimo. Não sei explicar direito como estou me sentindo. Acho que deve ser assim que as pessoas se sentem quando terminam um casamento. Parece que você descobre um vazio que não sabia que existia. É uma sensação horrível. Dá muita vontade de ficar triste. Uma dor que eu nunca senti em toda a minha vida.

Não sei o que vai acontecer de agora em diante. Será que vou conhecer Goiânia? Será que o Leandro vai vir conhecer melhor o Rio? E na internet, vamos continuar nos falando?

Estou sozinha, no "nosso" murinho da varanda. O dia amanheceu nublado e não estou com vontade nenhuma de dormir. É a última vez que sento aqui.

Daqui a pouco, já vamos estar no carro, voltando para casa. Vou sentir muita falta de tudo! Odeio quando termina.

Saudades + saudades + saudades + ...

Mas é como o Lê falou: "Tudo o que é bom não dura para sempre."

Como será a minha vida daqui pra frente? Como será o amanhã? Responda quem puder... Eu não posso!

Capítulo 21

♥

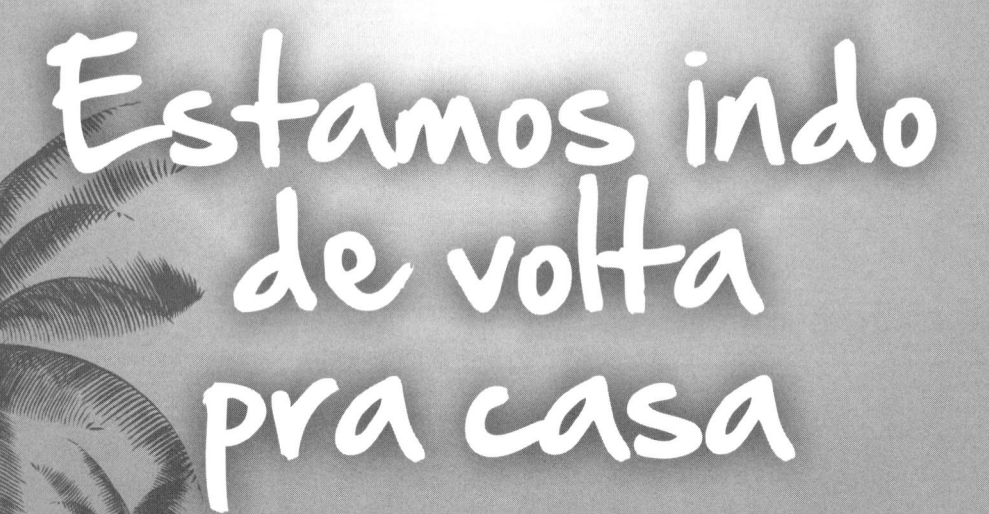

Estamos indo de volta pra casa

♥

— Camila, já são quase nove horas, está na hora de acordar! Não queremos pegar a estrada tarde — minha mãe me chamou.

Levantei no susto, tinha acabado de dormir e dei um pulo da cama. Fui correndo encontrar as meninas na mesa do café da manhã.

— E aí, eles já foram? — perguntei, ansiosa, com uma pontinha de esperança. Quem sabe eu pudesse ver o Leandro uma última vez.

— Já. O voo deles era às dez e pouco e ainda tinham que devolver o carro no aeroporto. O Tadeu disse que estavam pensando em sair, no máximo, às sete — respondeu Juliana, sonolenta.

— Vocês chegaram a ver?

— Não — lamentou Gisela. — Juliana foi a primeira a ir dar uma olhada lá fora. Quando levantei, fiz a mesma pergunta.

— Nem dormi, mas quando fui até a varanda, o carro deles já não estava mais lá.

— Poxa — lamentei também.

Ficamos em silêncio, sem apetite e com cara de velório. Nossos pais pediram para que a gente se arrumasse logo para ajudar a levar as malas para os carros.

Era, definitivamente, o fim daquelas férias de verão. Suspiramos e fomos arrumar as últimas coisinhas.

— Mila, vamos tentar marcar o nosso almoço essa semana ainda, para que as fofocas não esfriem? — sugeriu Gisela, não tão empolgada como é de costume.

— Vamos sim, amiga.

Nós nos abraçamos. A Gi voltaria de carona no carro da Juliana.

— Adorei conhecer vocês! Boa viagem! BFF?

— BFF!!! — falamos ao mesmo tempo, batendo as seis palmas das mãos umas contra as outras.

Entrei no carro dos meus pais com o coração apertado. Acenei. Aquela era a última despedida. Quando passamos na frente da casa dos meninos, imaginei o Leandro sentado na varanda, com aquele sorriso lindo, conversando com o Tadeu. Chovia.

Eu também estava nublada.

Pai do Céu, como aquilo doía! Iria morrer de saudades.

Observei todo o caminho até a saída de Búzios. Aquelas praias, aquelas ruas, restaurantes, barzinhos, amigos... ficariam marcados para sempre no meu coração.

Quando pegamos a estrada, deparamos com um temporal. Tentei fechar os olhos para dormir um pouco. Coloquei o meu fone no ouvido, liguei o Ipod e procurei relaxar. Naquele instante, me lembrei do recado do Leandro na minha agenda.

Ainda não tinha lido o que ele escreveu. Senti o meu coração acelerar com a expectativa. Como ele havia dito, seria uma maneira de ter mais um pouquinho dele comigo.

Abri a página e, antes de ler, aproximei o meu nariz da folha. Como imaginei, o perfume do Leandro estava ali. Esperava que aquele cheiro ficasse, para sempre, impresso nas folhas da agenda.

Comecei a rir quando percebi que ele havia copiado o meu jeito de escrever na agenda. Primeiro, repetiu a data que ficava no alto da página e acrescentou um título.

16 de março
— Um dia especial —
Camilinha,

Hoje é um dia muito especial, pois é o meu aniversário. Espero que lembre sempre de mim com carinho. Você é uma menina muito doce, que adorei conhecer. Também não vou me esquecer de você. Nem do nosso beijo "quente". Muito menos da vontade de passar dos limites. Risos!

Não sou tão bom com as palavras quanto você, mas não poderia deixar de deixar registrado aqui: você fez com que o meu verão fosse incrível. Muito obrigado por tudo.

Você plantou uma sementinha no meu coração. Espero que dê uma bela flor, como você.

Ah... E agora sempre que olhar para o céu, quando quiser se lembrar dos dias em que estivemos em Búzios, é só olhar para o Cruzeiro do Sul. Tenha a certeza de que, quando fizer isso, vou estar tão perto de você quanto estamos agora.

Um beijo enorme, do tamanho do céu.

Leandro. Seu Lê.

Uma lágrima pingou na agenda e borrou a palavra *sementinha*. Brotou um sorriso em mim.

Capítulo 22

♥

Sempre vai existir um Cruzeiro do Sul

27 de janeiro

— O verão continua —

Nossa! Já são 13 páginas em branco na minha agenda. Prometo que isso não vai voltar a acontecer. Passei a ouvir Bob Dylan por indicação do Cris e, como ele disse na música Nothing Was Delivered:

"Cuide de todas as suas memórias (...)"

Depois de ler essa frase, resolvi pegar a minha agenda e voltar a colocar aqui tudo o que estou sentindo. Andava um pouco desanimada, tristinha, desde quando voltei para casa.

Minhas amigas bem que tentaram levantar o meu astral, mas estava preferindo viver um tempo curtindo uma fossa.

Todo mundo precisa passar por esse momento de tristeza, para poder seguir adiante no amor. Bem, esse não é um conselho do Dylan, mas da minha queridíssima Lorelai Gilmore. Sim, do seriado, Gilmore Girls.

E curtir esse momento de lembranças e saudades parece ter sido um bom remédio. É claro que não esqueci o Leandro. E para ser bem sincera, acho que isso nunca vai acontecer.

Aquele menino foi o primeiro que me fez sentir tantos frios na barriga... e calores pelo corpo todo, o primeiro garoto com quem fiquei mais de uma vez, o primeiro a dizer que me adora!

Olho para as nossas fotos e já morro de saudades desse verão. Sei que muitos anos irão passar e que essa saudade irá diminuir, mas essas férias foram inesquecíveis.

Perdi a pedrinha Leandro que ele me deu na praia, mas o que mais me conforta é saber que sempre vai existir o

Cruzeiro do Sul. Mais do que as redes sociais, que são uma falsa sensação de proximidade, as estrelas sempre me farão lembrar do Leandro que conheci em Búzios.

Exatamente aquele Leandro.

Não importa a idade nem a aparência que tenhamos adquirido e as experiências que teremos conquistado. Nada vai importar quando as estrelas brilharem no céu.

Porque, sempre que isso acontecer, o que vai prevalecer serão as lembranças doces, as descobertas, aquela paixão inocente com um início de um pouco mais!

Os abraços, os beijos, o sabor salgado do mar e o cheiro de protetor solar, o som do violão e o cheiro de cloro, tudo estará sempre vivo, a cada anoitecer. Quando eu quiser voltar para esse verão, vou precisar apenas olhar para o céu.

Sem saber, Leandro me deu o maior presente de todos: um céu inteiro só para me fazer lembrar as férias mais especiais da minha vida.

Tem coisa melhor que isso?

Continuamos nos falando pelo Skype e ainda vamos tentar marcar o nosso reencontro. Leandro está vendo se consegue vir para o Rio em julho. Quem sabe não passamos o inverno juntinhos?!

Amanhã, finalmente, vou me encontrar com a Gisela e a Ju. Elas também precisaram de um tempo para acalmar o coração. Mas agora já marcamos um cinema e as fofocas.

E hoje, ufa!, acordei recuperada. Depois da fossa, senti vontade de levantar a cabeça e aproveitar o final do verão. Sem culpas — já que foi o Leandro mesmo que me mandou uma mensagem, pedindo para que não deixe de aproveitar a minha idade... intensamente!

Liguei para a Dani, pedi para que ela juntasse as meninas na casa dela para que a gente possa colocar todos os papos em dia no próximo final de semana.

Antes de escrever na agenda, fui me arrumar e estou apenas esperando a carona do meu pai.

E o melhor, é claro, deixei para o fim.

Resolvi passar uma maquiagem, para levantar ainda mais o meu astral. E dentro da bolsinha achei aquele bilhete que havia esquecido totalmente e ainda não tinha lido. O bilhete do Rafael!

Mila,

Sei que você deve ter um pouco de raiva de mim, depois de tudo. Mas não sou tão babaca como você pode estar pensando. O Bernardo comentou comigo que você gostava bastante de mim e tal. Cara, vacilei muito feio quando fiquei com a sua amiga. Mas juro — por mais que você não acredite, é verdade! — que eu não sabia disso.

Se soubesse mesmo que você gostava de mim, teria conversado contigo muito antes. Hoje na praia você estava gata demais! Achei que estava falando do tal carinha só para colocar ciúmes, mas, quando a Dani disse que era verdade, fiquei bolado!

Ainda bem que o carinha é de Goiânia e que as férias não duram para sempre. Quando você voltar, espero ter a chance de conversar contigo.

Beijos! Rafa.

Obs: essa é a primeira vez — tirando a época do primário — que escrevo uma carta para uma garota. Não sei se isso vai importar para você, mas para mim é importante dizer.

Valeu!

E quando achei que meu coração não poderia ficar mais acelerado do que depois daquele susto, percebi um bilhetinho menor, dentro da bolsinha.

Não me lembrava de ter colocado nenhum outro papel lá dentro. Curiosa, abri para saber o que era.

Camilinha,

Entrei aqui hoje, enquanto você dormia — como você está lendo no futuro, hoje é o dia que te vi com o pijama de carneirinhos — e, enquanto a Gisela escreve um bilhete para você, peguei sua bolsa de maquiagem para esconder um bilhete meu! E não é que já tinha outro lá dentro?! Ah, menininha... que arrasa corações!

Não sei se você já chegou a ler o do Rafael — me desculpa, sou curioso demais para resistir —, mas, se não tiver lido e se estiver precisando, agora, de um conselho... Vai em frente! Não tenha medo de viver suas paixões ou suas atrações!

Agora é você quem está no comando da situação. O que nós vivemos não vai ser apagado. E, quem sabe, poderemos reviver isso em outras estações. Mas não deixe de aproveitar nada! Quero que você viva tudo o que puder viver. Com juízo, hein?!

Te adoro muito! Você vai estar sempre comigo, nem que seja nas estrelas!

Leandro

Preciso deixar isso registrado, gente.

Sim! Meu coração poderia bater com mais força.

Até agora, colando os dois bilhetes aqui na agenda, sinto as minhas mãos tremerem.

Mas isso é gostoso demais! É o sinal de que estamos vivendo, aprendendo, crescendo e vivenciando emoções. A vida não está passando em branco.

O que vou fazer agora?!

Vou me deixar levar! Não quero mais recusar convites — já imaginou se minha mãe tivesse me deixado ficar, em vez de viajar?! —, quero tudo o que a vida tiver para me oferecer.

Que venha o final do verão e todas as outras estações! Agora sei que estou pronta! Tenho muitas e muitas páginas de agenda para completar. Seja com risos, lágrimas, uma nova experiência, uma nova tentação.

"Eu quero é sempre mais que ontem!"

Tchauzinho, férias, bem-vinda... VIDA!

Serei feliz, bem feliz!!!

Leia agora, em primeira mão,
o início do próximo livro da série
As Quatro Estações do Amor.

Folhas de um Outono

Livro 2

Capítulo 1

♥♥

Começando uma nova estação

> "Pelas ruas do outono
> Ventos se perdem do verão
> Pétalas secas entre planos
> Por caminhos onde jamais
> Nos encontramos
> Faz tanto frio
> Nesta tarde…"

Outono — *Última dança*

Começando — 21 de março

Alô, Alô! Será que algum dia alguém vai ler este blog? É engraçado pensar que um total desconhecido pode ler as minhas palavras. Digamos que este espaço é um experimento. Desde pequena, gosto de escrever em agenda. Mas já estou crescidinha, com meus 16 anos e cansei de fazer um diário. Quero falar mais de sentimentos e menos da rotina. Por isso surgiu a ideia de entrar para o mundo do blog.

Se você está disposto(a) a ler as minhas linhas, saiba que vai encontrar nada mais nada menos do que reflexões. Algumas bobas e outras mais profundas. Não tenho a pretensão de agradar ninguém. Quero escrever livremente o que sinto. Isso é permitido na blogosfera? É o que pretendo descobrir.

Meu perfil: Tenho 16 anos, me chamo Camila Garcia — mais conhecida como Mila — e faço aniversário em dezembro. Quero ser jornalista e conhecer o mundo inteiro. Por falar em viajar… Ainda não sou experiente no assunto, mas a minha última viagem foi inesquecível e isso despertou em mim a vontade de conhecer cada vez mais destinos e pessoas.

Mais informações para a posteridade:

Essa é uma mania que tenho. Gosto de contar como estou em cada ano da minha vida para saber exatamente quem fui — quem sabe não me transformo em uma pop star? Isso vai facilitar uma futura biografia — Risos!

Estou branca azeda! Na verdade sou morena, mas como o sol tem passado bem longe de mim, a minha cor é indefinida e horrorosa. Meu cabelo é comprido, castanho e ondulado — estou aprendendo a gostar mais dessas ondas que me tiravam o sono. Continuo resistindo bravamente aos tratamentos que alisam os fios.

Tenho olhos cor de mel e adoro maquiagem. Infelizmente tenho uma mãe um pouco neurótica que acha que vou ficar "velha rapidinho" se continuar usando lápis de olho, rímel e sombra sendo "tão novinha". Coisas de mãe! Então, não posso usar essas maravilhas todos os dias. Uso apenas em ocasiões especiais.

Acho que é isso que posso falar sobre mim — fisicamente! Mas neste blog são os meus pensamentos que irão prevalecer. E como vivemos em constante mutação — "prefiro ser essa metamorfose ambulante..." —, vou deixar que eles mostrem quem sou a cada dia, a cada postagem, a cada minuto.

Posso começar?!

As folhas secas do outono já começaram a cair.

Dizem por aí que passamos a perceber certas coisas apenas quando elas marcam a nossa vida de alguma maneira. Posso afirmar que isso aconteceu comigo. Desde o verão do ano passado — o melhor da minha vida! — as estações do ano passaram a ter um significado especial para mim. Não sei explicar muito bem, mas assim como a natureza, também passei a "sofrer" uma transformação interna com as mudanças do clima.

Estranho?

No verão do ano passado vivi momentos inesquecíveis. Construí amizades, me apaixonei, amadureci. Sei que não podemos permanecer no paraíso para sempre e as férias perfeitas tiveram um curto prazo de 15 dias. — É... A vida não é fácil para ninguém! Nem mesmo para uma mocinha no auge da adolescência como eu.

Passei o maior sufoco no último outono. A saudade daquele amor de verão doía de uma maneira que nunca havia sentido. O nome da dor? Leandro. Ah, aquele menino! Ainda me lembro do perfume, da voz e daquelas mãos como se tivéssemos nos despedido ontem. Búzios foi a primeira das muitas viagens incríveis que ainda pretendo fazer.

Por que o amor acabou no verão? — Snif, snif, snif!

Quem consegue namorar a distância? Gosto de presença física, de toque, de beijo. — Ui, ui, ui! — Infelizmente, Rio de Janeiro e Goiânia não permitem essa aproximação frequente — são 1.322km de distância! Sim, calculei no Google. Ainda são as estrelas que fazem com que aquele filme não perca a cor. Sempre que olho para o céu, volto àquela estação.

Você pode estar se perguntando se a gente manteve contato. Por algum tempo sim. Estávamos ligados pelas redes sociais, mas fui fraca e não aguentei ver que a vida continuava seguindo seu rumo. Fotos e comentários me deram coragem para excluir o Leandro do meu mundo virtual e deixá-lo apenas nas minhas lembranças. Era mais gostoso pensar em algo que vivi intensamente do que ficar encarando uma realidade que nada mais tinha a ver comigo — tinha vontade de arrancar os cabelos de todas as garotas que deixavam recadinhos fofos para ele.

Foi assim que senti mais frio do que nunca nas estações seguintes. Procurei me esquentar com novas descobertas e até que não me saí tão mal. Tirei da cabeça paixões platônicas que não chegaram a virar concretas e tentei não fantasiar demais. Acho que estou realmente amadurecendo — e chegando cada vez mais perto dos 18 anos!!!

Estou vazia como as árvores do outono?! Talvez, mas novas folhas sempre voltarão a surgir. É ou não é verdade?

Isso foi muito brega? Risos!

Até a próxima!

Depois de reler meu primeiro texto, adicionei uma foto e postei no blog. Não pretendia divulgar aquele endereço para ninguém. Se por acaso uma pessoa o achasse e começasse a ler, não teria problema algum. Mas não queria que amigos e família descobrissem. As opiniões e julgamentos acabariam sendo inevitáveis.

Podar, me limitar, me controlar. Não era o que eu pretendia. Queria estar livre como ficava nas páginas da minha agenda. Sem a preocupação de que alguém fosse ler.

Admirei o resultado final do blog e me senti satisfeita. Optei por um visual bem simples, sem desenhos, enfeites ou qualquer papagaiada do tipo. Preferi uma cor entre o azul e o verde. Nada muito chamativo. Afinal, não era aquele o meu objetivo. Quanto mais no escuro estivesse, quanto menos chamasse a atenção, mais perfeito seria.

— Camilaaaaaa! — o grito agudo da minha mãe dava a impressão de que a qualquer momento os vidros da janela poderiam trincar.

Fechei correndo a página do meu novo blog e desliguei o computador. Sabia que em instantes a porta do meu quarto seria aberta e não estava disposta a ser pega no flagra.

— Você não está me ouvindo? — Invadiu o meu quarto, resmungando bem alto.

— Mãe, até São Jorge conseguiu te escutar de dentro da lua.

— Você me respeita, menina! — Não perdia aquela mania de me ameaçar com a mão levantada, como se fosse me dar uma palmada. – Já está pronta?

Tive uma leve sensação de *déjà vu*. Uma nostalgia gigantesca tomou conta de mim. Ah, aquele verão! Tinha começado exatamente daquela maneira, com os gritos da minha mãe. Quanta saudade!

Não dos gritos, claro!

Sacudi a cabeça percebendo que estava sendo observada.

— O que você está olhando? — Corei com o olhar da minha mãe que parecia saber exatamente em que lugar estava o meu pensamento.

— Você ainda pensa muito no Leandro?

Na mosca!

— O quê?! Que ideia é essa, mãe? Ficou louca? Já tem mais de um ano que não tenho nem notícias dele. — Senti meu coração acelerar só de ter que falar sobre aquele assunto.

— Sei que você estava pensando no seu primeiro namoradinho. E nem adianta disfarçar. Você saiu de dentro de mim, conheço todos os seus pensamentos.

Argh! Sai imaginação! Sai imaginação horrível!
Sei que é a lei da vida, a natureza, mas é muito estranho pensar no meu nascimento. "Você saiu de dentro de mim." Gostaria de continuar acreditando na história da cegonha.
Ou não!

Não gosto de ter essa imagem na mente. Sinto um arrepio sempre que escuto isso.

— Camila, você vive com a cabeça no mundo da lua, hein? Será que isso é déficit de atenção? — disparou. — Quando voltar de viagem, vou te levar ao médico. Não é normal ser tão distraída assim. No meio de uma conversa a sua cabeça vai parar lá no lugar onde Judas perdeu o Band-Aid.

— Não seriam... as botas, mãe?

— As botas, Camila, ele perdeu bem antes!!!

Mamãe não perdia a mania de inventar doenças. E como o déficit de atenção "está na moda", ela vive repetindo isso sem parar. "Menina, temos que investigar se você tem DDA. Os sintomas estão na cara!"

Se papai esquece o guarda-chuva e volta para pegar, a história também é a mesma. "Paulo, Paulo... Depois não diga que não avisei! Isso é DDA!"

— Mãe, preciso correr! Se não terminar de arrumar a minha bolsa, vou acabar perdendo o ônibus.

— Verdade! — Ficou me encarando por quase um minuto e percebi que os olhos dela começaram a ficar marejados.

— O que aconteceu? — perguntei, nervosa.

— Meu nenenzinho lindo cresceu! — Levantou a blusa e enxugou algumas lágrimas que começaram a rolar. — Ainda não posso acreditar que você vai viajar sozinha.

Puxei o braço dela e dei um abraço apertado. Apesar das brigas, ela era a melhor mãe do mundo.

Nem eu conseguia imaginar aquela possibilidade até ter as passagens compradas, o hotel reservado e a inscrição no curso finalizada. Realmente viajaria sozinha. E era verdade:

Eu estava crescendo e pronta (espero!) para começar uma nova história.

Papel: Offset 75g
Tipo: Clarendon
www.editoravalentina.com.br